Dood van een moordenares

Rupert Thomson

Dood van een moordenares

Roman

Vertaald uit het Engels

door

Nicolette Hoekmeijer

J.M. MEULENHOFF

0 8. 09. 2008

Oospronkelijke titel *Death of a Murderer*
Copyright © 2007 Rupert Thomson
Copyright Nederlandse vertaling © Nicolette Hoekmeijer en
J.M. Meulenhoff bv, Amsterdam
Vormgeving omslag Suzan Beijer
Vormgeving binnenwerk © Steven Boland
Foto voorzijde © Corbis
Foto auteur © Alan Pryke

www.meulenhoff.nl
ISBN 978 90 290 8138 2 / NUR 302

I

Toen het nieuws op de autoradio klonk bleef Billy roerloos zitten, tot niets anders in staat dan luisteren. Hij stond geparkeerd op Norwich Road, voor Glamour Gear. Op de stoel naast hem lagen, verpakt in doorzichtig plastic, de balletschoentjes die hij had beloofd op weg naar huis op te halen. De voorruit begon al te beslaan, maar hij kon nog net naar buiten kijken. Een doodgewone straat in een doodgewoon plaatsje in Engeland. Vrijdagmiddag. Alle etalages verlicht, de stoep nat van de regen...

De dood van de vrouw riep geen specifieke gevoelens bij hem op. Geen mededogen, geen opluchting, geen verontwaardiging. Het was onbestemder, en intenser. De vrouw was betrokken geweest bij de moord op ten minste vijf mensen, onder wie drie nog jonge kinderen, en sindsdien werd ze gevreesd en gehaat. De kinderen waren op beestachtige wijze door haar vriendje misbruikt, in haar bijzijn, met haar medewerking; mogelijk had ze een van hen zelfs eigenhandig gemarteld. De lichamen van de slachtoffers waren begraven in het troosteloze veengebied ten noorden van Manchester. Het was alweer lang geleden, in de jaren zestig, maar het was haar nooit vergeven. Nooit vergeven, nooit vergeten. En nu was ze een natuurlijke dood gestorven, in een ziekenhuis dertig kilometer verderop. Het was zo'n moment dat je heel intens beleeft, waarin je de omgeving tot in detail in je opneemt, terwijl alles vreemd stil aanvoelt, afgezwakt, alsof je door een telescoop naar een explosie kijkt. Het kwam geen seconde bij hem op dat hij rechtstreeks met haar dood te maken zou krijgen; hij kon op dat moment niet vermoeden dat hij een rol in het verhaal zou gaan spelen.

De telefoon ging drie dagen later, op maandagavond, terwijl hij naar een programma zat te kijken over het geheim van de piramiden. Hij stond op het punt naar zijn werk te gaan, dus liet hij Sue, zijn vrouw, opnemen.

'Ja hoor, hij is er,' hoorde hij haar zeggen. 'Ik geef hem wel even.'

Met heldere, bijna glinsterende ogen stak ze hem de hoorn toe en zei heel nadrukkelijk: 'Voor jóú.' Ze had de laatste tijd iets geëxalteerds dat hem bevreemdde: ze wond zich op om niets, werd kwaad om niets. Ze waren al veertien jaar samen, waarvan tien getrouwd, en toch leek hij nu een minder duidelijk beeld van haar te hebben dan in het begin.

Hij liep door de kamer, nam de telefoon van haar aan en keerde zich naar het raam. Hoewel het al een paar uur donker was, schoof hij de gordijnen iets uit elkaar en bracht zijn gezicht tot vlak bij het glas. Hij kon net de vage contouren van zijn auto onderscheiden, en het lage stenen muurtje erachter.

'Met Billy Tyler.'

'Billy, alles goed?'

Hij had verwacht een van zijn collega's van het politiebureau aan de lijn te krijgen, maar de stem aan de andere kant van de lijn was die van Phil Shaw. Toen Phil in 1992 als aspirant-agent bij het politiekorps was gekomen had Billy hem begeleid, wat betekende dat hij Phil wegwijs had moeten maken, dat hij hem door die eerste paar lastige weken had moeten loodsen. Het was hem toen al duidelijk dat er een mooie carrière voor Phil in het verschiet lag. Maar ze hadden het goed met elkaar kunnen vinden. Phil ging geregeld met hem mee naar huis, en dan haalden ze onderweg wat te eten; curry's aan de keukentafel, met veel koud bier, of Billy stak de barbecue aan, als het lekker weer was. Nu, tien jaar later, was Phil brigadier-rechercheur.

'Heb je het nieuws gezien?' zei Phil.

'Ja, wat dacht je?' zei Billy.

Hij had in de loop van het weekend vrijwel alle kranten gekocht, die vol hadden gestaan met artikelen over de vrouw. Ze werd 'een gestoorde moordenares' genoemd, 'een monster' en 'een duivelin'; haar naam, zei men, was synoniem met het kwaad. Veel kranten hadden op de voorpagina ook weer de foto afgedrukt die was genomen toen ze net was opgepakt, de foto die zoveel meer had vastgelegd dan bedoeld, niet alleen de vrouw zelf maar ook de aard van de misdaden, de gemoedsgesteldheid waarin ze waren gepleegd. Je zag haar, goed geconserveerd, ondanks de zesendertig jaar die ze achter tralies had doorgebracht: het getoupeerde haar, de norse mond die iets gekrenkts had en, het meest pregnante, de indringende, duistere blik, een en al afweer en vijandigheid, zonder ook maar een spoortje berouw. En je zag haar vriendje, de psychopaat uit Glasgow, die haar had ingewijd in de wereld van pornografie, sadisme en moord. En dan zag je nog de slachtoffers. De kleine gezichtjes, die nooit werden uitvergroot zoals dat van haar. Het ouderwetse, onbeholpen zwart-wit. Losgeweekt uit de tijd, weggerukt uit hun gezin. In de zaterdageditie van *The Sun* was een deel gepubliceerd van de transcriptie van de zestien minuten durende geluidsopname die in de rechtszaal was afgespeeld. Op de band was te horen hoe een van de kinderen werd gemarteld, en zelfs de meest geharde verslaggevers waren diep geschokt geweest. Billy moest een jaar of negen zijn geweest toen het proces begon en de details van de misdaden waren, vanzelfsprekend, van hem weggehouden. Toch meende hij zich te herinneren dat de grote mensen op geschokte toon tegen elkaar fluisterden, waarbij ze over hun schouder heimelijke blikken op hem wierpen – Betty Lydgate, de beste vriendin van zijn moeder, en tante Ethel, en mevrouw Parks, de buurvrouw – en die periode van zijn jeugd leek gekenmerkt door een zekere kilte, alsof de zon tijdelijk was schuilgegaan achter donkere wolken. Nadat hij de transcriptie had gelezen, was Billy gaan wandelen in de bossen achter zijn huis, en hoewel er een ijzige wind door de bomen gierde kon hij de stem van de vrouw maar niet uit zijn hoofd krijgen. *Stil nou. Hou op of ik verlies mijn geduld en dan krijg je een klap. Hou nou op. Schei uit. Hou je kop.*

Phil Shaw zei iets. Billy hoorde de woorden 'supervisie' en 'regelen' en ineens begreep hij waarvoor Phil hem gebeld kon hebben.

'We hebben je morgennacht nodig,' zei Phil.

Hij droeg Billy op over het lichaam van de vrouw te waken. Het zou haar laatste nacht in het mortuarium zijn, zei Phil. De uitvaart stond gepland voor woensdagavond, al wist niemand dat; die informatie was nog niet vrijgegeven. Hij vond het vervelend, maar Billy zou een twaalfuursdienst moeten draaien. Ze kwamen mensen tekort. Maar goed, het betekende wel dat hij overuren uitbetaald zou krijgen.

'Ben jij er ook?' vroeg Billy.

'Ik zit hier al sinds vrijdagochtend vier uur, toen duidelijk werd dat haar einde naderde.'

Billy kon zich de verbeten glimlach op Phils gezicht voorstellen. Phil mocht dan heel kalm klinken, zakelijk zelfs – dat was een van zijn sterke punten, dat hij nooit zijn zelfbeheersing verloor – maar het kon niet anders of hij stond onder grote druk. Het lag allemaal zeer gevoelig. Er kon echt van alles misgaan.

Ze namen door wat er allemaal al was geregeld en wat er allemaal nog zou moeten gebeuren, en vervolgens legde Phil Billy uit hoe hij bij het ziekenhuis moest komen en Billy maakte aantekeningen op een notitieblokje dat naast de telefoon lag.

'Wat was er?' vroeg Sue zodra hij had opgehangen.

Hij besloot het haar niet te vertellen, nog niet.

'Ik moet morgen een dienst van zeven tot zeven draaien,' zei hij, en hij ging weer voor de tv zitten.

Het programma over de piramiden was afgelopen.

2

'Het is gewoon werk,' zei hij tegen Sue toen hij dinsdag-
avond de deur uitging. 'Gewoon werk, meer niet.' Maar
toen hij een van haar mondhoeken naar beneden zag trekken, wist hij dat hij haar niet had weten te overtuigen, en
zelf had hij ook het gevoel dat zijn woorden ontoereikend
waren, dat er iets heel wezenlijks, iets heel essentieels was
dat hij niet had weten over te brengen. Maar hij kon echt
niet langer wachten, anders zou hij te laat op zijn werk
komen.

Hij stak het sleuteltje in het contact, met het portier aan
de bestuurderskant nog open, in de hoop dat zij op het laatste moment zou bijdraaien en nog iets aardigs tegen hem zou
zeggen – hij vond het vreselijk om naar zijn werk te gaan als
er ruzie dreigde – maar zodra hij zijn gordel om had gedaan
en de auto in de versnelling had gezet, moest hij het portier
wel dichttrekken en de oprit afrijden. Wat kon hij anders?
Hoewel ze maar een paar meter van hem af stond, had ze
nog altijd niets gezegd. Ze keek naar beneden en door het
licht van de stormlantaarn op de veranda, achter haar, kon
hij haar gezichtsuitdrukking niet goed zien. Hij deed zijn
linkerknipperlicht aan, draaide de weg op en nog geen vijf
minuten later reed hij over de A14, in westelijke richting.

Onderweg wierp hij zo nu en dan een blik op zijn mobiele
telefoon, maar die zweeg in alle talen. Hij reed een paar kilo-

meter achter een wit busje, met op de achterkant het woord HAZEWINDHONDENVERVOER. Waar was de dichtstbijzijnde hondenrenbaan? Hij kon niet helder nadenken. Het was een gure, naargeestige avond. De boomtoppen zwiepten in de wind. Het leek alweer een eeuwigheid geleden dat het mooi weer was geweest, terwijl het pas november was.

Hij gaapte ongegeneerd, zonder een hand voor zijn mond te houden. Als hij nachtdienst had sliep hij meestal van negen uur 's ochtends tot een uur of drie, vier 's middags, maar dit keer was hij om een of andere reden al om één uur wakker geworden, en hoewel hij doodmoe was kon hij de slaap niet meer vatten. Hij was naar beneden gegaan en had Sue in de keuken aangetroffen, waar ze bezig was een foto van hun dochter Emma in te lijsten, en toen had hij haar verteld wat hij zou gaan doen. Helemaal het verkeerde moment, waarschijnlijk, zeer slecht gekozen, maar vroeg of laat had hij het toch moeten zeggen. Ze hadden eigenlijk nooit geheimen voor elkaar gehad – en bovendien, het was ook wel weer iets bijzonders, toch? Alsof je deel uitmaakte van de geschiedenis.

Toen Sue de naam van de vrouw hoorde, reageerde ze heel direct, heel heftig. 'Ga niet, Billy. Blijf hier, bij mij.' Hij was zo verbaasd geweest dat hij niet wist wat hij moest zeggen – terwijl zij al met smoesjes voor hem kwam aanzetten. 'Je kunt je ziek melden. Er heerst griep.' Maar hij bleef vrijwel nooit ziek thuis – in tegenstelling tot zijn vroegere partner Jim Malone, wiens bijnaam veelzeggend 'Virus' luidde – en bovendien vond hij dat hij Phil niet in de steek kon laten, al helemaal niet op het allerlaatste moment. Sue viel tegen hem uit en zei dat hij altijd alleen maar aan zichzelf dacht. Hij was koppig. Blind. Ze zat er niet mee dat hij in een mortuarium moest waken – dergelijke dingen had hij al eerder gedaan – wat haar dwarszat was de nabijheid van het kwaad, de duistere invloeden die op hem zouden inwerken – de schaduw die dat over hun leven zou kunnen werpen. Ze was altijd al bijgelovig geweest, maar waar dat in het begin alleen maar een aspect van haar karakter was geweest, iets wat als een soort rode draad kriskras door haar persoonlijkheid liep, een vertederende eigenaardigheid, was het nu het prisma waardoor ze de wereld bekeek, en inmiddels zou hij willen dat hij een goede smoes had bedacht om haar zoet te houden, iets bijzonders, maar toch geloofwaardig – een gevangenisopstand, een staking, een demonstratie. Maar haar reactie overviel hem een beetje. Hij had niet snel genoeg gereageerd. Ze vroeg nogmaals om wiens stoffelijk overschot het ging, duidelijk in de hoop dat ze hem verkeerd had verstaan of verkeerd had begrepen, in de hoop dat hij nu een andere naam zou noemen, een naam die haar niets zei. Toen hij herhaalde wat hij had gezegd, waarbij hij zijn uiterste best deed zijn ergernis te onderdrukken – 'Dat héb ik je al gezegd, Sue' – had ze aan zijn arm getrokken en was, zorgelijk, over Emma begonnen, met tranen in haar ogen, wat vaker het geval was als ze bang was. Maar hij reageerde niet, en zij keerde zich van hem af en liep naar de andere kant van de kamer. Ze stond met haar gezicht naar het raam, haar handen in haar zij. Hij zag het plekje met pluizig haar op haar achterhoofd, het gevolg van het auto-ongeluk dat ze het jaar daarvoor had gehad, en heel even brak er iets in hem, en bijna was hij naar haar toe gelopen om haar in zijn armen te sluiten. *Goed, schat. Dan ga ik niet.*

Het zou zo makkelijk zijn geweest.

Later, toen hij in de keuken zijn brood stond te smeren, ging ze opnieuw in de aanval. Ze was inmiddels razend. Hoe kon hij in 's hemelsnaam rechtvaardigen wat hij zou gaan doen? Waarom was hij bereid zijn hele gezin in gevaar te brengen? Wat was hij voor iemand? Hij kon nauwelijks geloven dat ze de gevaren zo opblies, maar aan de andere kant sprak er zo'n overtuiging uit haar woorden dat hij zelf begon te twijfelen.

'Ik hoef alleen maar ergens te zitten,' zei hij.

'Ja, maar het gaat om háár, hè?' Ze weigerde de naam van de vrouw uit te spreken; ze wilde niet dat die in haar huis in de mond werd genomen. 'Wat zij heeft gedaan...' Ze huiverde. 'Het is niet goed om met zulke dingen in aanraking te komen. Dat is gewoon niet goed.'

Zulke dingen, dacht hij. Niet zulke mensen.

'Maar ze is dood,' zei hij.

Ze schudde heel langzaam haar hoofd, een gebaar dat ze bewaarde voor de momenten dat hij het overduidelijk bij het verkeerde eind had.

'Ik kan het me niet permitteren om bijgelovig te zijn, Sue, niet in mijn...'

'Ik las gisteren iets in de krant. Het schijnt dat twintig begrafenisondernemers hebben geweigerd zich over het stoffelijk overschot te ontfermen. Twíntig. Waarom zou dat zijn, denk je? Zijn die ook allemaal bijgelovig?'

'Dat ligt anders.'

'En de crematoria dan? Hoeveel hebben er daarvan nee gezegd?' Ze liet een droog lachje horen. 'Ik betwijfel of ze ooit van haar afkomen.'

Billy slaakte een zucht en keek van haar weg. In de kamer ernaast zat Emma in kleermakerszit op het vloerkleed naar *The Sound of Music* te kijken, met het geluid veel te hard.

'Kan het wat zachter, Emma?' riep hij, maar ze hoorde hem niet.

Nou ja, misschien was dat maar beter ook, bedacht hij. Dan merkte ze tenminste niet dat ze ruzie hadden.

'Het gaat niet om bijgeloof, Billy,' zei Sue. 'Het gaat erom dat je afstand moet bewaren. Het gaat erom te voorkomen dat bepaalde dingen vat op je krijgen. Dat zou jij allemaal moeten weten. Jij zit bij de politie.'

'Ik krijg haar niet te zien,' zei hij. 'Nog geen seconde.'

Met een ruk draaide Sue haar hoofd en keek hem aan, alsof hij nu dan eindelijk iets écht verschrikkelijks had gezegd. Haar lippen verstrakten en vervolgens versmalde haar mond, terwijl ze strak naar de keukenvloer keek. Het was alsof ze door de tegels heen keek naar wat zich er direct onder bevond: de fundering van het huis, de donkere, klamme aarde – het einde van alles.

'Het is mijn werk,' mompelde hij.

In de woonkamer zong Julie Andrews over muziek en berghellingen die tot leven komen.

Niet veel later moest hij weg. Sue kwam achter hem aan naar buiten, maar ze zwaaide hem niet uit, zei hem zelfs geen gedag. Ze stond alleen maar bewegingloos op het pad, in haar kabeltrui, en ze zag eruit alsof ze het koud had.

3

Toen hij haar had leren kennen, eind jaren tachtig, werd ze Susie genoemd – Susie Newman – en in die ene lettergreep, die verborgen 'z', lag een hele wereld besloten. Een zekere onverschrokkenheid. Plezier. Seks. Destijds was het steevast Susie, nooit Sue. Billy zat toen al bijna tien jaar bij de politie. Dankzij Neil, een schoolvriend die gelijktijdig met hem bij de politie was gegaan, had hij de bijnaam 'Sjofele' gekregen – Neil had hem een keer betrapt toen hij in de kleedkamer het insigne van zijn politiehelm oppoetste – maar als je dan toch een bijnaam moest hebben was deze nog niet zo erg, zeker niet als je bedacht dat een van zijn jaargenoten 'Kots' werd genoemd, en een ander 'Vuilak'. De eerste paar jaar had hij in 'Het Bordeel' gewoond, het pension voor alleenstaande mannen achter het politiebureau van Widnes, waarna hij begin 1985 zijn intrek had genomen in een klein flatje in Frederick Street. Hij was toen al gezakt voor zijn brigadierexamen, waar hij eigenlijk alleen maar aan had meegedaan omdat het van hem werd verwacht, niet omdat hij het wilde, en hij had al een hele tijd geleden besloten dat hij het best vond om gewoon agent te blijven. Aanvankelijk deed hij zijn rondes te voet, en ging dan langs bij allerlei bedrijven en winkeltjes. Later reed hij rond in de patrouillewagen. Een groot deel van zijn werk bestond uit luisteren. Dat vond hij het leukste aan zijn baan, dat het hem de kans bood om te gaan met allerlei mensen, in aanraking te komen met al die verschillende levens. Hij vond het prettig dat hij iedereen kende, en dat iedereen hem kende.

Op een stralende ochtend in juni ging hij naar de buurtgarage, waar hij altijd even thee dronk. Er zat een nieuw meisje achter de receptie, en hij besloot naar binnen te gaan om zich aan haar voor te stellen. Toen hij zijn hoofd om de deur stak, zag hij dat ze zat te typen. Hij wachtte tot ze doorhad dat er iemand stond en opkeek, voordat hij naar binnen stapte.

'Ik ben Billy Tyler,' zei hij.

Hij vroeg haar een paar dingen, niet al te persoonlijk. Het bleek dat haar stiefvader het baantje voor haar had geregeld. Hij had een bedrijf in occasions, in Stockport. Niet zomaar occasions. Jaguars. Ferrari's.

'Het is alleen voor de zomer,' zei ze. 'Daarna wil ik gaan reizen. Misschien naar India, of naar Thailand…'

Ze kreeg een dromerige blik in haar ogen, onpeilbaar, en op dat moment wilde hij haar kussen. Hij wilde haar ogen kussen tot ze weer helder stonden.

'Susie Newman.'

Hij had haar naam hardop herhaald, daar in dat kleine kantoortje met de sleetse vloerbedekking en de beduimelde pin-upkalender. Ze had hem aandachtig opgenomen en er waren rimpeltjes van verwondering op haar voorhoofd verschenen, hoewel bij haar mondhoeken ook de voorbode van een glimlach zichtbaar was. Maar voor hem was het alsof hij droomde. Ze had haar naam nog niet gezegd of hij had het idee dat die hem bekend voorkwam. Niet dat hij de naam ooit eerder had gehoord. Nee, het was meer alsof hij zijn eigen toekomst binnen was geslingerd, een toekomst waarvan zij deel uitmaakte, waarin ze zelfs een centrale rol speelde. Haar naam kwam hem vertrouwd voor omdat hij ermee vertrouwd zou raken. Het was een vertrouwdheid die nog vorm moest krijgen.

Maar dat zei hij allemaal niet tegen Sue – in elk geval niet die ochtend. Op zijn achtentwintigste had hij iets gehad met een vrouw die Venetia heette. Hij was niet in staat geweest te verhullen hoe verschrikkelijk verliefd hij op haar was, en daarmee had hij alles kapotgemaakt. 'Ik krijg bijna geen lucht als jij in de buurt bent,' had Venetia een keer tegen hem gezegd. 'Jij zuigt alle zuurstof op.' In de loop der jaren was hij gaan inzien dat je soms maar beter niet al te hard van stapel kon lopen. Toen hij Susie uiteindelijk vertelde wat er door hem heen was gegaan op het moment dat hij haar naam hoorde, was het alweer twee maanden later en zaten ze thee te drinken in het Kingsway Hotel op Victoria Road, om de hoek bij de garage. Ze liet hem uitpraten, streek toen haar haren achter haar oor en keek hem recht aan, waarbij haar ogen zo glinsterden dat het leek alsof hij het eerste beeld was dat ze ooit hadden aanschouwd.

'Dat zeg je natuurlijk tegen elk meisje,' zei ze.

Hij lachte niet en deed ook geen moeite het te ontkennen; hij bleef volkomen ernstig en sloeg zijn blik neer, keek naar het tafellaken. Hoewel hij er al weken over nadacht, begreep hij zelf nog altijd niet goed wat hij haar net had verteld.

'Ik heb het nog nooit tegen iemand gezegd,' zei hij. 'Ik heb het zelfs nog nooit gevóéld.'

Er was een moment waarin er niets gebeurde, helemaal niets, hoewel ze allebei wisten wat er stond te gebeuren, zodat die paar tellen verstreken in slow motion, terwijl ze ook heel intens waren – een vertraging en een intensiteit die samenvielen maar tegengesteld waren, een verrukkelijke combinatie, als ijs in warm schuim. Uiteindelijk legde ze een hand op zijn achterhoofd en trok hem naar zich toe, totdat hun lippen elkaar raakten. Na die kus hielden ze zo'n vijf centimeter afstand en speurden elkaars gezicht af. Hij voelde de warme damp van zijn thee tegen de onderkant van zijn kin.

'Ga niet op reis,' zei hij. 'Nog even niet.'

4

Als je de suikerfabriek ziet, ben je te ver, had Phil gezegd, maar Billy was bij de afslag Bury St Edmunds East van de A14 af gegaan, en niet veel later zag hij dat het ziekenhuis werd aangegeven op de richtingborden. Hij nam een aantal rotondes en reed toen over een rustige weg door een buitenwijk. Bomen aan weerszijden, grote huizen. Hij kende Bury niet zo goed. Hij was er een keer op zaterdag naartoe gereden met Sue, toen Emma nog maar een baby was. Ze hadden een uur op een soort rommelmarktje doorgebracht en Sue had een bamboe windorgel gekocht, dat ze in de tuin had gehangen. Maar op de eerste de beste winderige dag hadden hun buren, de Gibsons, geklaagd over het geluid, waarop Sue het weer had weggehaald.

Hij gaf links aan en draaide de oprit op, onder de donkere, wijduitstaande takken van een ceder door. De parkeerplaats was vol. Hij wachtte, met knipperende richtingaanwijzer, op een vrouw die achteruit een krappe parkeerplek verliet. Hij boog voorover en keek naar het ziekenhuis. Het was geverfd in een merkwaardig soort mintgroen en uit de voorgevel staken robuuste, moderne erkers. Het gebouw zag er nieuw uit, en goedkoop. Prefab.

Zelfs vanaf de plek waar hij stond kon hij de menigte zien die zich bij de hoofdingang had verzameld. Phil had aan de telefoon al iets gezegd over journalisten die zodra het nieuws bekend was geworden hun kamp hadden opgeslagen op het ziekenhuisterrein. Niet dat ze dat niet hadden zien aankomen, had hij gezegd; sterker nog, ze hadden verwacht dat het nog veel erger zou zijn. De afgelopen vier dagen had de politie op gezette tijden de journalisten te woord gestaan om hen op de hoogte te houden, maar in het gebouw zelf werd niemand toegelaten. Hoewel een enkeling blijkbaar wel had geprobeerd binnen te komen. Een verslaggever van een roddelblad had een verpleegster een paar duizend pond in contanten aangeboden om hem het mortuarium in te smokkelen. Ze aasden natuurlijk op trofeeën – een foto van het lijk, een ring, een haarlok. Ze wilden een soort lijfelijk contact met de beruchte kindermoordenares. Ze wilden iets voelen van de kracht, de gruwelen. Ze wilden in direct contact komen met het onbekende.

Toen Billy uit de auto stapte, bleef zijn voet ergens achter haken en hij keek naar beneden. Op de grond lag het restant van een zelfgemaakt bordje, en hoewel er modder en bandensporen op het zompige karton zaten, was de tekst nog goed leesbaar. BRAND IN DE HEL!

Nadat hij zijn auto op slot had gedaan, streek hij zijn uniform glad en liep naar de ingang van het ziekenhuis. Gezichten draaiden zijn kant op toen hij dichterbij kwam. Er doken microfoons op. Er werd een televisiecamera op hem gericht, met een brandend rood lampje. Op hetzelfde moment begon zijn mobieltje te piepen, om hem te laten weten dat er een sms'je was binnengekomen. Van Sue. *billy kom alsjeblieft naar huis.* Uit het feit dat ze zijn naam gebruikte maakte hij op dat haar woede was geluwd, maar hij kon nog steeds niets aan de situatie veranderen. Hij zette zijn mobieltje uit en liet het in zijn zak glijden. Zonder te reageren op de vragen die hem werden gesteld baande hij zich een weg door de menigte. Hij deed zijn mond niet open, behalve om 'Neem me niet kwalijk' te zeggen. Een magere man in een parka greep zijn arm, maar liet hem vrijwel meteen weer los toen Billy zich omdraaide en hem strak aankeek.

Toen Billy de hal binnenkwam zag hij Phil Shaw, die stond te praten met een vrouw in een lichtgrijs pak. Phil droeg ook een pak, marineblauw, met een wit overhemd en een paarse stropdas. Hij had donkere kringen onder zijn ogen en zijn huid was vlekkerig, de poriën duidelijk zichtbaar.

'Hebben ze je buiten nog lastiggevallen, Billy?' zei Phil.

'Nee, valt mee.'

'Ze lijken zich goed te gedragen – tot nog toe…'

Phil stelde hem voor aan de vrouw. Ze heette Eileen Evans en ze was hoofd bedrijfsvoering van het ziekenhuis. Als Phil om de een of andere reden weggeroepen zou worden, kon Billy bij haar terecht met eventuele problemen of vragen. Billy voelde Eileens koele, grijze ogen rustig over zijn gezicht glijden.

Er was een pasje geregeld voor Billy's auto, en hij ging naar buiten om het achter de voorruit te leggen. Toen hij terugkwam knikte Phil even naar de agent die de wacht hield bij de hoofdingang, legde toen een hand op Billy's onderrug en leidde hem door een lange, helder verlichte gang. Ze kwamen eerst langs een cafetaria, toen langs een lift. De muren waren wit, met een vleugje roze. Op sommige plekken stonden een paar plastic stoelen. Er hing iets in de lucht, een haast ijzige spanning, alsof het hele ziekenhuis al sinds vrijdagochtend zijn adem inhield.

Billy zag aan zijn linkerhand een tuin. Een oosterse tuin, op een binnenplaats, met een vijver en een piepklein stenen tempeltje en een rood, houten bruggetje. Hij vroeg zich af wat Harry Parsons daarvan zou vinden. Harry was een gepensioneerde loodgieter die een volkstuintje had achter Billy's huis. Als Billy niets omhanden had ging hij vaak even kijken of Harry er was. Dan praatten ze wat over het weer, of over het feit dat er zo weinig leeuweriken waren, of over de spoorwegen die er een puinhoop van maakten – over van alles en nog wat, eigenlijk. Emma noemde hem 'Parsons'.

'Dag, Parsons,' zei ze, waarop hij even tegen de rand van zijn platte pet tikte.

'Hoe gaat ie?' zei Phil.

'Goed hoor, brigges.'

'Met Sue ook alles goed?'

'Prima.' Billy zweeg even. 'Ze wordt altijd een beetje somber van de winter.'

Phil knikte, alsof hij ook moeite had met de winter. 'En de kleine meid? Hoe is het met de kleine meid?'

'Ze is alweer acht.'

'Dat meen je niet.'

'We hebben onze handen er vol aan. We kunnen haar geen moment uit het oog verliezen.'

Phil knikte, zijn blik naar de grond gericht. 'Sorry dat je een twaalfuursdienst moet draaien, Billy,' zei hij. 'Ik kon op zo korte termijn niemand anders vinden.'

'Geen punt.'

Nou ja, het zou geen punt zijn geweest als Sue hem gewoon met rust had gelaten. Na hun aanvaring tijdens de lunch was hij weer naar boven gegaan, in de hoop nog een paar uurtjes te kunnen slapen, maar hij lag nog geen tien minuten in bed toen Sue de kamer binnenkwam, en zelfs met zijn ogen dicht zag hij haarscherp de binnenkant van haar hoofd, een en al kortsluiting en kapot serviesgoed.

'Je houdt niet van ons,' hoorde hij haar zeggen. 'Daar komt het uiteindelijk op neer. Je houdt gewoon niet van ons.'

'Onzin,' mompelde hij in zijn kussen.

'Je houdt niet van Emma en mij. Toen ze net was geboren, heb je ons ook al laten zitten…'

'Begin daar nou niet weer over. Bovendien heb ik jullie niet "laten zitten"…'

'Wat?' Ze stond nu over hem heen gebogen, haar gezicht

op slechts enkele centimeters van dat van hem, en ze porde tegen zijn schouder. 'Wát zei je?'

Soms had hij sterk het gevoel dat ze hem wilde provoceren, hem zover wilde krijgen dat hij geweld gebruikte. Dan zou zij met een triomfantelijke blik in haar ogen een stap naar achteren kunnen doen en kunnen zeggen: 'Zie je nou? Ik wist het wel. Ik heb het al die tijd geweten.'

'Jezus Christus, doe me een lol!'

Hij sloeg met een woest gebaar het beddengoed weg en duwde haar opzij. Vanuit zijn ooghoeken zag hij haar wankelen – een beetje overdreven, vond hij – en zich vervolgens klein maken tegen de muur. Toen hij eenmaal naast zijn bed stond, wist hij zich geen houding te geven. Hij liep in zijn T-shirt en zijn onderbroek naar het raam en staarde naar buiten. Hij zag de tuin, met daarachter de volkstuintjes, allemaal perceeltjes die samen een lappendeken vormden die zich zacht glooiend uitstrekte tot aan de bosrand. Aan zijn rechterhand deinde en golfde een korenveld alsof het werd geregeerd door een geheimzinnig getij, onzichtbare stromingen. Hij had het huis voor het eerst gezien in de zomer, toen het koren hoog stond en het geel grillig was bespikkeld met klaprozen. Hij had zelden zoiets moois gezien. Maar op een dag als deze leek de schoonheid ongepast, om niet te zeggen verraderlijk. En dan te bedenken dat hun huwelijk daar was begonnen. Dat hij Sues hand had gepakt en haar had meegetrokken naar het midden van dat korenveld – Susie zoals ze toen was… En nu, tien jaar later, waren ze met elkaar verbonden door weinig anders dan ruzies en tranen, hatelijke opmerkingen, dingen die ze niet eens echt meenden. Ik kan net zo goed meteen naar mijn werk gaan, dacht hij, aangezien me toch geen rust is gegund.

Phil begon weer te praten, nu over de vrouw wier stoffelijk overschot bewaakt moest worden. Omdat ze de afgelopen twee, drie jaar al een paar keer eerder in het ziekenhuis opgenomen was geweest – eerst vanwege osteoporose, toen vanwege een cerebraal aneurysma en onlangs nog vanwege ademhalingsproblemen – had de politie een protocol ontwikkeld voor wanneer ze het gevangenisterrein moest verlaten. Dat ze nu dood was maakte geen verschil. De politie had tot taak haar te beschermen tegen een ieder die zich op haar wilde wreken of haar kwaad wilde doen – en je hoefde maar even op internet te kijken om te weten dat er meer dan genoeg mensen waren die dat wilden – maar tegelijkertijd diende ze te voorkomen dat de andere patiënten en hun familieleden hinder ondervonden of werden lastiggevallen. Hij had intensief contact gehad met het ziekenhuispersoneel om de veiligheid te garanderen, waarbij hij probeerde de overlast tot een minimum te beperken. Er waren agenten geposteerd aan de achterkant van het gebouw, en in de vele gangen. Er werd ook op het terrein gepatrouilleerd. Alle in- en uitgangen werden bewaakt.

Ergens achter hen ging met een klik een deur open en Billy hoorde snelle voetstappen. Phil draaide zich abrupt om, maar het was alleen maar een verpleegster die gehaast de andere kant op liep. Al snel was ze vijftig meter bij hen vandaan, haar weerspiegeling een wazige, slingerende vlek in de heldere spiegel van de vloer.

'Wij moeten zorgen dat er niets gebeurt,' zei Phil, zijn blik nog altijd op de verpleegster gericht. 'Als we daarin slagen, hebben we goed werk geleverd.'

Billy knikte. Het verbaasde hem niets dat Phil gespannen was. Als er iemand in de fout ging, zou Phil daarvoor verantwoordelijk worden gesteld – bovendien zou het de volgende ochtend breed worden uitgemeten in de kranten. *Zorg dat er niets gebeurt*: het klonk makkelijker dan het was.

Voor hen zwaaide een stel dubbele deuren open, een dikke rubberen rand langs de zijkant, en er kwamen twee mannen tevoorschijn, allebei op donkerblauwe Adidas en met zo'n zelfingenomen loopje, een beetje wijdbeens, dat Billy kende uit buurten als Gainsborough en Chantry. Een doffe klap toen de deuren weer dichtzwaaiden. 'Ze heeft toch besloten ervan af te zien,' zei een van de mannen. 'Meen je dat nou?' zei de ander. 'Tja,' zei de eerste man. 'Ze is natuurlijk bang.'

Ziekenhuizen, dacht Billy. Het was een wereld die je maar al te makkelijk vergat, die je maar al te graag wílde vergeten, maar die niet viel weg te denken en waar de meeste mensen uiteindelijk toch terechtkwamen. Levens die op zo'n laag pitje stonden dat je je afvroeg of het nog de moeite waard was. Geen echte vlammen, alleen een waakvlammetje. En dan de verschrikking en het gedoe van het daadwerkelijke sterven...

De gangen waren van kleur veranderd. Het wit was er totaal uit verdwenen. Ook waren er geen tuinen meer te bekennen, of exemplaren van *Good Housekeeping* of mooi ingelijste prenten. Alleen mensen die hier echt iets te zoeken hadden zouden zich zo diep in het gebouw wagen, en er was dan ook niet zo'n sterke noodzaak om discretie en betrouwbaarheid uit te stralen. Alles was groen. Somber. Klinisch. Het groen zat op de muren en het hing in de lucht. Het zat in de kringen onder Phils ogen. Dit was de zakelijke kant. De autopsie, het rapport van de lijkschouwer. Lichamen die werden opengemaakt als een tas en vervolgens weer werden gesloten, de inhoud een stuk rommeliger dan eerst. Een huiveringwekkende douanepost. Een laatste grens om over te gaan, een laatste reis.

Billy had ineens het gevoel dat het kouder was. De lange gangen, de eindeloze kamers met een bordje op de deur, de stilte: hij kwam steeds dichter in de buurt van iets ontzagwekkends, verstikkends, gevaarlijks bijna... Maar hij zou alleen maar van streek raken als hij dergelijke dingen dacht, en hij had te veel ervaring om dat te laten gebeuren. Hij dwong zichzelf aan doodgewone, alledaagse dingen te denken. *Van zeven tot zeven. Een twaalfuursdienst. Maar* goed, *het betekende wel dat hij overuren uitbetaald zou krijgen.* En toen *Ik hoop maar dat ik mijn brood niet thuis heb laten liggen.* En toen *Het is gewoon werk.* Dezelfde woorden als altijd, al probeerde hij dit keer zichzelf ervan te overtuigen.

5

De dubbele deuren die toegang boden tot het mortuarium waren vaalgroen en diep verzonken in de muur. Links ervan hing een bordje met VOOR TOEGANG GELIEVE ÉÉN KEER TE BELLEN. Op een ander bordje er vlak naast stond ALLEEN TOEGANG VOOR PERSONEEL. Hoog aan de muur hing een ronde, bolle spiegel waarin zowel Billy als de rechercheur te zien waren als een magere, buitenaardse versie van zichzelf. Bol hoofd, taps toelopend lichaam. Net een kikkervisje. Achter zich zag Billy een brede doorgang, een soort helling die toegang bood tot een grote, spelonkachtige ruimte. Bovenaan, roerloos te midden van het onophoudelijke, lage gebrom van de generatoren, stonden een paar kleine pallettrucks, die slepertjes werden genoemd. Phil vertelde hem dat ze werden gebruikt om het vuile beddengoed van de patiënten naar de achterkant van het ziekenhuis te brengen. Het beddengoed van de vrouw was ook hierheen gebracht, al werd het niet als wasgoed behandeld, maar als niet-chemisch afval. Zodra haar stoffelijk overschot van de gesloten afdeling was gereden waar ze haar laatste dagen had doorgebracht, waren haar lakens en kussenslopen vernietigd, net als alle andere voorwerpen waarmee ze in aanraking was gekomen. Dergelijke voorwerpen zouden onvermijdelijk als souvenir beschouwd worden, zei Phil, en ze konden mensen maar beter niet in de verleiding brengen.

Billy keek toe terwijl Phil op de bel van het mortuarium drukte. De deur werd van binnenuit opengedaan en een jonge, blonde agente liet hen binnen. Billy kende haar niet. Ze hadden agenten van een aantal verschillende bureaus ingeschakeld. Wie ze maar konden vinden, eigenlijk.

'Jij bent zeker de volgende?' zei ze, terwijl ze Billy aankeek.

Hij knikte.

'Het valt best mee.' Ze keek even weg. 'Eigenlijk is het voornamelijk saai.'

Billy liep achter Phil aan door de deur naar binnen. Hij zette zijn tas op een stoel en zag een hele batterij koelcellen, van vloer tot plafond.

'Is er nog iets wat ik moet weten?' vroeg hij de agente.

Ze dacht even na, waarbij haar smalle mond scheeftrok. 'Als de telefoon in het kantoortje gaat,' zei ze, 'kun je hem maar beter direct opnemen. Anders krijg je een heel vreemde pieptoon die uiteindelijk op je zenuwen gaat werken.'

'Verder nog iets?'

'Het stinkt een beetje.'

'De geur van de dood,' zei Phil. 'Daar doe je niets aan.'

Billy keek toe terwijl de agente zich over het journaal boog en haar eigen vertrek noteerde. Als hij had moeten zeggen hoe oud ze was, zou hij haar ergens tussen de achtentwintig en de eenendertig hebben geschat. Met andere woorden, toen de moorden werden gepleegd was zij nog niet eens geboren, was er zelfs nog geen gedachte aan haar gewijd.

Ze ging weer rechtop staan en haalde een hand door haar korte, blonde haar. 'Nou, voor mij zit het erop.'

'Moet je ver?' vroeg Billy haar.

'Ik woon vlak bij Cambridge.'

'Daar ben je zo.'

'Heb je me weleens zien rijden?' Ze grinnikte naar hem en pakte haar spullen.

Toen ze weg was riep Phil Billy bij zich. Billy noteerde dat hij het journaal overnam en dat brigadier-rechercheur Shaw aanwezig was, waarna hij in de meest linkse kolom de datum en de tijd noteerde, zijn handtekening zette en tegen de radiator leunde, die maar heel weinig warmte gaf.

'Waar ligt ze?' zei hij. 'Dat ik het maar weet.'

'Daar.' Phil wees op een van de koelcellen waar STOFFE-LIJKE OVERSCHOTTEN POLITIE op stond, iets rechts van de deur die toegang bood tot de sectiekamer. 'Hij zit op slot.'

'Wie heeft de sleutel?'

'De vrouw die je bij de hoofdingang hebt gezien. Eileen Evans.'

'Zijn er nog meer in omloop?'

'Nee.'

Ongetwijfeld aangespoord door Billy's nieuwsgierigheid liep Phil naar de koelcel die hij net had aangewezen en mor-relde aan de deur. Er zat geen enkele beweging in.

'Jij hebt haar zeker wel gezien?' zei Billy. 'Dood, bedoel ik.'

Phil antwoordde, met zijn rug nog altijd naar Billy: 'Ja, ik heb haar gezien.'

'Hoe zag ze eruit?'

Phil draaide met een ruk zijn hoofd – misschien vreesde hij even dat Billy een grafschenner was – maar blijkbaar zag hij niets in Billy's blik wat een dergelijk vermoeden beves-tigde, want hij gaf gewoon antwoord. 'Alsof ze te veel had gerookt,' zei hij. 'Ze zag er oud uit. Ouder dan zestig.'

'Denk jij ooit aan wat ze heeft gedaan?'

'Nee. Voor mij is het gewoon een plotselinge dood, zoals zovele.'

Billy knikte. 'Maar toch,' zei hij. Hij wist niet precies waar hij naartoe wilde, maar op de een of andere manier kon hij het onderwerp niet laten rusten.

Phil liep naar een andere koelcel, eentje waar een bruine envelop op was geplakt, en bekeek de namen van de overle-denen. Hij zei opnieuw iets zonder Billy aan te kijken. 'Laat ik het zo zeggen. Iedereen die is overleden verdient een zekere mate van respect – wat hij of zij ook heeft gedaan.'

Billy vond dat Phil ergens wel gelijk had, al zouden een heleboel mensen het niet met hem eens zijn. Zeker niet in dit geval.

'Bovendien,' vervolgde Phil, terwijl hij de rest van de namen las, 'denk ik dat er iets uit mensen verdwijnt op het moment dat ze sterven, zelfs bij iemand als zij. Een mens is dan niet langer wie hij is geweest.'

'Daar heb ik nooit zo bij stilgestaan,' zei Billy, 'maar je hebt gelijk, het klinkt wel logisch.'

'Uiteindelijk is hier domweg sprake van een code negenentwintig, wil ik maar zeggen.' Phil draaide zich om en keek hem aan.

Billy knikte, deed toen zijn weekendtas open en haalde er een plastic map uit. Hij lag achter met het schrijven van rapporten en zag de twaalfuursdienst als een mooie gelegenheid om wat achterstallig werk te doen.

'Jij zult je niet vervelen,' zei Phil.

Billy keek hem met een ernstige blik aan, en toen glimlachten de mannen naar elkaar. De meeste agenten hadden een hekel aan de papierwinkel die het werk met zich meebracht – veel meer dan vroeger. Er was een hoop veranderd sinds 1984, toen de *Police and Criminal Evidence Act* in werking was getreden, en het waren geen veranderingen ten goede.

'Heb je wat te eten bij je?' vroeg Phil.

Billy stak weer een hand in zijn tas en haalde een stevig, in aluminiumfolie gewikkeld pakje tevoorschijn. 'Rauwe ham,' zei hij, 'met lekker veel mosterd.'

'Mocht je verder nog iets nodig hebben,' zei Phil, 'dan is er een cafetaria bij de hoofdingang. Je eerste pauze is vannacht om twaalf uur, en dan weer om een uurtje of vier.'

'Oké, brigges. Bedankt.'

Phil liet zijn blik nog een laatste keer door de ruimte dwalen en vertrok.

6

Zodra Billy de dubbele deuren op slot had gedaan en in het
journaal had genoteerd dat Phil was vertrokken, ging hij
zitten en strekte zijn benen, de enkels gekruist, de hak van
zijn linkervoet in het gootje dat midden over de vloer liep.
Hij sloeg zijn map open en bladerde wat in zijn paperassen.
Op het derde formulier dat hij tegenkwam stonden bovenaan met vetgedrukte, zwarte letters de woorden: KIND/JON-
GERE VERMIST. Het was alsof zijn keel werd dichtgesnoerd,
en hij sloeg het dossier weer dicht. Hij had het grootste deel
van de zondagmiddag doorgebracht in een goedkoop huur-
huis bij Cherry Tree Road, waar hij had gesproken met een
echtpaar van wie de dochter, Rebecca, sinds de dag daarvoor werd vermist. Gelukkig had Rebecca naar huis gebeld
toen Billy die avond weer op weg was naar het bureau,
maar hij bleef toch het gevoel houden dat het goed zou zijn
om een nader onderzoek in te stellen, vandaar dat hij het
dossier bij zich had gehouden, en nu moest hij een aanvul-
lend proces-verbaal opmaken, dat van onschatbare betekenis kon zijn als Rebecca nogmaals vermist zou worden.
Het invullen van vermiste-personenformulieren was een
tijdrovend werkje – ze waren uitzonderlijk gedetailleerd
– en het bezorgde hem altijd een angstig voorgevoel. Hoewel hij inmiddels zeven jaar verder was, liet de herinnering
aan Shena Coates hem nog altijd niet los.

Op een zomerse ochtend had Shena door de achterdeur het huis verlaten, terwijl haar ouders boodschappen aan het doen waren. Ze droeg een fluwelen jurk en schoenen met hoge hakken, en ze had haar gloednieuwe make-uptasje bij zich. Ze sloot zich op in het schuurtje, deed lippenstift, rouge, oogschaduw en mascara op en verhing zich. Ze was elf. Je kon de afdrukken van haar handen op het raam zien, waar ze had geprobeerd het glas schoon te vegen. Ze had meer licht nodig gehad om zich op te maken... Je zou denken dat een door de wol geverfde agent gewend was aan dergelijke voorvallen, hoe tragisch ook, maar het tegendeel was waar: hij leek er gaandeweg steeds meer last van te krijgen, zoals je dat ook met een allergie kunt hebben, zozeer zelfs dat hij bang was dat het nog eens zijn dood zou worden. Een van de redenen dat hij begin dat jaar overplaatsing had aangevraagd naar Stowmarket, was dat Stowmarket zo'n plaatsje was waar nooit iets gebeurde, en de misdaden die er gepleegd werden zouden minder heftig zijn, minder ernstig. In theorie, althans. Het verhaal van Rebecca mocht dan tot het verleden behoren – in ieder geval voorlopig– maar de nare associaties bleven. Dat rapport kwam later wel een keertje, hield hij zichzelf voor, als hij het kon opbrengen.

Terwijl hij de map weglegde, werd hij zich een bepaalde geur gewaar – of misschien niet zozeer een geur als wel een kriebel in zijn neus, een lichte irritatie – en hij herinnerde zich de woorden van Phil Shaw. De geur van de dood. Billy draaide zich om op zijn stoel en keek naar de koelcel die Phil had aangewezen. Hij was wit, net als alle andere, maar het bordje waarop normaal gesproken de naam van de overledene geschreven stond, was leeg. Uit niets bleek dat er ook echt iemand in lag.

Er speelde een naam door zijn hoofd. Trevor Lydgate. Die naam spookte voortdurend door zijn gedachten sinds hij het nieuws had gehoord, die vrijdagmiddag. Ook nu weer moest hij hem naar de achtergrond dringen. Hij wilde niet aan Trevor denken, niet nu.

Hij staarde net zolang naar het lege bordje op de koelcel totdat zijn hoofd leeg begon te raken.

Geen namen, geen gedachten.

Zijn hoofd voelde hol, uitgelepeld, glad als een lege eierdop.

7

Een paar jaar eerder, in die lome, slaapverwekkende periode tussen kerst en oud en nieuw, was Billy naar de plek gereden waar de moordenaars hun slachtoffers hadden begraven. Hij had Sue en Emma bij zijn moeder achtergelaten en gezegd dat hij zijn vriend Neil in Widnes ging opzoeken. In Yorkshire en Humberside was die nacht sneeuw gevallen, maar toen hij op pad ging was het in Cheshire stralend weer, en hij had meteen een goede bui, alsof hij op avontuur ging. Maar toen hij op de M60 door Manchester slingerde, ving hij een eerste glimp op van het veenmoeras, een zacht glooiende helling die opdoemde in het oosten, een boomloos, kaal landschap, en hij had het gevoel alsof er een steen op zijn maag lag, alsof er iets schrijnde bij zijn hart. Hij moest zichzelf dwingen niet te keren en terug te rijden naar het huis van zijn moeder.

Niet lang nadat hij de A635 op was gedraaid, realiseerde hij zich dat hij in de voetstappen trad van de moordenaars. Dit was de weg die zij ook genomen moesten hebben – er was geen andere weg – en hij betwijfelde of er veel was veranderd sinds de jaren zestig. Waarschijnlijk waren er toen nog geen Chinese restaurants geweest, en ook geen computerwinkels, maar verder zag alles eruit alsof het minstens honderd jaar oud was. De rijtjeshuizen, de fabrieken, de stations, de kerken: hij zag wat de twee moordenaars gezien moesten hebben. En overal torende het hoogveen boven de daken uit, al werd de dreigende aanwezigheid die dag verzacht door stuifsneeuw...

In de hoofdstraat van Mossley kwam hem een auto tegemoet. Achter het stuur zat een vrouw met blond haar, de bovenste helft van haar gezicht ging schuil achter een neergeklapte zonneklep. Alleen de ronding van haar stevige kin was zichtbaar, en een harde mond die alleen nog maar harder leek door haar felrode lippenstift. Weer dat schrijnende gevoel bij zijn hart. De aanvechting om rechtsomkeert te maken.

Na Greenfield liep de weg weer omhoog en al snel bevond hij zich op het hoogveen, het uitgestrekte landschap aan beide kanten, ongerept en verlaten. De lucht werd zwaarder, heiig. Af en toe kwam de zon tevoorschijn – een zilverkleurige schijf, scherp afgetekend maar waterig, bleek. Hij zette zijn auto op een parkeerhaven, trok zijn handschoenen en rubberlaarzen aan en zette een wollen muts op. Hij bleef roerloos naast de auto staan. Een stilte die griezelig levendig was, zoals de stilte wanneer je de telefoon opneemt en degene aan de andere kant van de lijn zwijgt. Hij liep een paadje op, in de richting van een steenformatie die bekendstond als de Standing Stones. Het lichaam van een van de slachtoffers was daar vlakbij gevonden.

Al snel werd het paadje smaller en hij liep verder over het moerasland, in de veronderstelling dat het zo sneller zou gaan, maar het gelige gras was stug en weerbarstig, vertraagde zijn pas, en het dunne laagje sneeuw onttrok levensgevaarlijke greppels en gaten aan het oog. Als hij niet uitkeek kon hij zo een enkel verstuiken, of zelfs breken. Hij merkte dat hij voortdurend achteromkeek. Hij wilde zijn auto kunnen zien, realiseerde hij zich, en hoe verder hij ervandaan kwam, hoe sterker die behoefte werd. Hij voelde zich gespannen, bijna bang. In deze ijzige weersomstandigheden leken de talloze stukken steen die uit het moerasland omhoogstaken bijna zwart. Net als zijn auto, die dan ook naadloos opging in het landschap. Eén keer stapte hij, terwijl hij achteromkeek, in drijfzand, waar zijn rechterbeen tot aan de knie in wegzakte. Hij moest uit alle macht trekken om zijn been weer los te krijgen.

Pas toen hij bij de Standing Stones vandaan liep voelde hij zich weer wat rustiger worden. De mist was opgetrokken. Er scheen een waterig zonnetje. Hij moest denken aan de jongen van wie het lichaam nog altijd niet was gevonden en hij raakte in zo'n vreemde gemoedstoestand, bijna een soort trance, dat hij een kreet slaakte en achteruitdeinsde toen de grond voor hem plotseling omhoog leek te komen. Geschrokken zag hij een enorme, asgrauwe haas wegschieten, zijn zwarte oren scherp afgetekend tegen het berijpte gras. Zodra de haas uit het oog was verdwenen bestudeerde hij de plek waar het beest ineengedoken had gezeten, een plek met rulle, turfkleurige aarde onder een overhangende kei. Voor hij er goed en wel erg in had schraapte hij met zijn hak over de grond. Hij had het gevoel dat de haas een markering was, een soort kruisje op de kaart: als hij hier ging graven, zou hij misschien ergens op stuiten – een bril, een schoen… Hij deed een stap naar achteren. Wat haalde hij zich in zijn hoofd? Het moerasland was keer op keer door honderden mensen uitgekamd. Bovendien was de toplaag in de loop der jaren veranderd; stukken veen die in de jaren zestig nog bloot hadden gelegen, zouden nu bedekt zijn met een dikke laag gras. Maar hij hoopte op een wonderbaarlijke ontdekking, realiseerde hij zich. Dat was deels de reden dat hij hiernaartoe was gekomen.

Voordat hij het moerasland achter zich liet stak hij de weg over en liep omhoog naar Hollin Brown Knoll, ook een geliefde plek van de moordenaars. Hij bleef even staan om op adem te komen en zag drie mannen met een geweer richting Standing Stones lopen, met een zwarte hond bij zich. Hij dacht aan de haas en hoopte dat hij ongedeerd zou blijven. Op de top van de heuvel lag een kei die zo hoog was als een stoel met een enigszins holle bovenkant, maar zodra hij ging zitten voelde hij zo sterk de aanwezigheid van de vrouw dat hij meteen weer opstond en wegliep.

Verderop werd het terrein vlakker, en hij kwam langs enkele ondiepe greppels die slingerend in noordelijke richting liepen. De stroompjes waren dichtgevroren; zwart water perste zich door smalle geultjes onder het ijs. Boven op de heuvel zag hij een boom, met een verwrongen stam die over de grond kroop, alsof hij op zoek was naar een schuilplaats, en die vervolgens de lucht in schoot, de dunne, grauwe takken trillend in de wind. Weer had hij het gevoel dat er iets viel te ontdekken, maar het was als een woord dat op het puntje van je tong lag, maar waarvan je wist dat je er nooit op zou komen. Er waren hier dingen die niet te bevatten waren en die niet ontrafeld konden worden – in ieder geval niet door hem. Hij staarde naar een van de greppels en zag een man voor zich, die een jongetje aan de hand meevoerde. Na een poosje staken alleen nog het hoofd en de schouders van de man boven de rand van de greppel uit en was het jongetje nergens meer te bekennen…

De afgelopen nacht was vanuit het oosten sneeuw komen opzetten, en nu ging het opnieuw sneeuwen, de lucht werd steeds zwaarder, sloot hem in, een wolk van dwarrelende vlokjes.

Hij draaide zich om en liep weer naar zijn auto.

8

Toen Billy zijn mobieltje op tafel zag liggen moest hij denken aan het sms'je dat Sue hem had gestuurd. Soms, als ze hem bedolf onder sms'jes, het ene bericht nog bondiger en vertwijfelder dan het vorige, of wanneer ze echt iets onmogelijks van hem verlangde, zoals die middag het geval was geweest, vroeg hij zich weleens af waarom hij dat eigenlijk allemaal pikte. Waar was Susie Newman gebleven? En wanneer was ze verdwenen? Ga niet op reis, had hij gezegd, en ze was niet gegaan. Ze had werk gevonden bij een marketing consultant, en later, in oktober van dat jaar, was ze bij hem ingetrokken. Ze woonden in zijn kleine tweekamerappartement in Frederick Street, om de hoek bij het politiebureau. Jezus, de seks van toen. De liefde van toen. Hij rende naar huis zodra hij uit zijn werk kwam. Letterlijk. Maar hij was nooit met haar naar India of Thailand gegaan; hij had haar dromen niet serieus genomen. Er waren veertien jaren verstreken, en ze hadden bepaalde kansen door hun vingers laten glippen, en ze was veranderd in een vrouw die hij niet meer herkende. Zo nu en dan ving hij nog een glimp op van wie ze was geweest, maar in feite was het alsof hij probeerde af te stemmen op een buitenlandse radiozender met een zwak signaal; vooral veel storing, ruis, geluiden waaraan hij geen touw kon vastknopen. Maar hoe zat het dan met het gevoel van verwantschap dat hij had gehad, die zonnige ochtend in 1988 toen hij in Murphy's garage stond? Was dat een illusie geweest, een vorm van zinsbegoocheling? Of was hij niet zorgvuldig genoeg omgegaan met wat hem was gegeven? En als het verdwenen was, was het dan voorgoed verdwenen, of kon het nog teruggehaald worden?

Hij draaide in cirkeltjes rond.

Hij zag haar weer voor zich, in de kou bij de voordeur, haar gezicht naar de grond gebogen, de armen stijf over elkaar. Er waren dagen dat alles in verkeerde aarde leek te vallen, wat hij ook deed of juist naliet, en dan kwam de gedachte bij hem op dat ze domweg genoeg van hem had, dat hij niet beantwoordde aan de verwachtingen die ze had gekoesterd, de verlangens die ze had gehad. Er waren ongetwijfeld mensen die dezelfde mening waren toegedaan. Haar vader, om te beginnen. Peter Newman liet geen gelegenheid voorbijgaan om Billy duidelijk te maken dat ze beter verdiende. Niet dat Newman nou zo'n goed voorbeeld was als het om een huwelijk ging: hij had Susies moeder in de steek gelaten toen Susie dertien was.

Billy had Peter Newman voor het eerst gezien in een wijnbar in Manchester, in de zomer van 1989. Hoewel een wijnbar toen al geen noviteit meer was – de wijnbar had zeker een jaar of vijf eerder opgang gemaakt in het noordwesten – had Billy er nog nooit een voet over de drempel gezet, iets wat Newman vrijwel meteen leek aan te voelen. Newman zat er met twee andere zakenmannen. Ze droegen alle drie een double-breasted pak met schoudervullingen, waardoor ze erg Amerikaans oogden, en Billy was zich pijnlijk bewust van zijn goedkope zwarte schoenen en het groezelige verband om zijn rechterhand – een verwonding die hij had opgelopen toen hij de zaterdag daarvoor bij een wedstrijd van de rugbycompetitie een dronkenlap had ingerekend.

Toen de serveerster hun kant op kwam, bestelden Newman en zijn collega's wijn. Net als Susie. Billy zei dat hij ook wel een wijntje lustte.

'Zeker weten?' zei Newman. 'Heb je niet liever een biertje?'

'Nee, ik neem wijn,' zei Billy, hoewel hij eigenlijk trek had in bier. Maar hij voelde zich niet op zijn gemak tussen deze zakenlieden; hij voelde zich zoals hij zich had gevoeld toen hij voor zijn brigadierexamen was gezakt.

Aanvankelijk had Newman het over een project waarin hij geld had gestoken – een luxe vakantieoord op een Grieks eiland – maar gaandeweg bracht hij het gesprek op Susie, en het feit dat zij iets had met een agent.

'"Sjofele Billy", wordt hij genoemd,' zei Newman tegen zijn zakenpartners.

De twee mannen lachten zachtjes en knikten. Deze informatie leek hen niet in het minst te verbazen.

'Ik word "Sjofele" genoemd,' zei Billy. 'Geen "Sjofele Billy".'

'Ik kan het nog altijd niet geloven,' zei Newman. 'Hoe hebben jullie elkaar in 's hemelsnaam ontmoet?'

Billy probeerde zich niets aan te trekken van de laatdunkende toon. 'Susie werkte in een garage in Widnes,' zei hij. 'Ik ga daar vaak even langs als ik...'

Newman walste over hem heen. 'Nou ja, ik heb haar met mannen van allerlei slag gezien,' zei hij, terwijl hij zich weer tot zijn zakenpartners wendde. 'Ze is bepaald niet kieskeurig, wil ik maar zeggen.'

Newmans maten keken met een verlekkerde blik naar Susie, alsof ze zelf misschien ook nog een kansje bij haar maakten. Susie staarde strak naar haar glas.

Een paar tellen lang kon Billy niet geloven dat hij het goed had verstaan. Toen pakte hij zijn wijnglas, dat nog voor de helft vol was, en schoof het van zich af, naar het midden van de tafel.

'Pas een beetje op je woorden,' zei hij.

'O jee' – Newman richtte het woord tot de twee mannen, maar hij hield zijn blik op Billy gericht – 'straks hebben we het zoveelste incident van politiegeweld.'

Een zelfingenomen grijns op zijn gezicht. En op dat van zijn zakenpartners. Een van hen nam heel langzaam een flinke slok wijn en keek Billy aan over de rand van zijn glas.

Billy pakte Susies hand. 'Kom. Het is al laat.'

Buiten bleef hij trillend op de stoep staan. Een ijzige wind, de straten een en al rood en grijs. Manchester.

'Het spijt me, Billy,' zei Susie.

Hij keek haar aan met iets van wanhoop in zijn ogen. 'Hoe kun je dat gewoon over je kant laten gaan?'

Ze keek met een glimlach naar de grond. 'Dat stelde niets voor. Je zou eens moeten horen wat...'

'Nee, niet zeggen. Toe. Ik wil het niet weten.'

Later, in de trein, zei hij: 'Het is toch niet waar, hè?'

Susie staarde uit het raam. 'Nee,' zei ze. Maar er had geen echte overtuiging in haar stem geklonken, alsof ze er niet helemaal zeker van was, of omdat het haar niets kon schelen.

'Susie?' Hij boog dichter naar haar toe.

Toen ze haar gezicht naar hem keerde, zag ze er treurig uit, haar huid strak, alle kleur eruit weggetrokken. 'Nee, Billy,' zei ze. 'Het is niet waar.' Ze hield nog heel even zijn blik vast, en toen was er eindelijk weer iets van humor te bespeuren. 'Al ben ik ook geen maagd meer...'

Er klonk een tik in de radiator van het mortuarium, gevolgd door een gorgelend geluid. Billy legde zijn hand even op de radiator, maar die was niet warmer dan eerst. Hij ging verzitten. Na die pijnlijke avond in Manchester had hij niets meer met Susies vader te maken willen hebben. De man was er alleen maar op uit dat wat er tussen hen was naar beneden te halen. De weinige keren dat Newman belde, met het voorstel om samen wat te gaan eten of drinken – hij woonde weliswaar in Zuid-Frankrijk, maar hij was om de haverklap in Engeland, voor zaken, naar het scheen – zei Billy altijd dat hij moest werken. 'Maar ga jij gerust,' zei hij dan tegen Susie. 'Ga gerust.' Toen ze een baan kreeg aangeboden in Suffolk en vroeg of Billy eventueel bereid was uit het noordwesten weg te gaan, zei hij tot haar verbazing ja. Hij stond er zelf ook van te kijken – het was nooit bij hem opgekomen ergens anders te gaan wonen – maar wie weet hoopte hij diep in zijn hart dat ze zich aan Newmans greep zouden kunnen ontworstelen door naar de andere kant van het land te verhuizen. Hij maakte zich wel zorgen over zijn moeder, die dan helemaal alleen zou zijn – zijn oudere broer, Charlie, was het jaar daarvoor naar Amerika geëmigreerd – maar die wuifde zijn bezwaren weg met de woorden dat er toch niet voor niets auto's en zo waren, en dat hij haar zo nu en dan kon komen opzoeken. Zodra Susie de baan had genomen, vroeg Billy overplaatsing aan naar het politiekorps van Suffolk – gelukkig hadden ze net een vacature voor een agent met zijn ervaring – en in het voorjaar van 1990 hadden hij en Susie een leuk, modern appartement in het centrum van Ipswich gehuurd.

In het begin miste hij de bedrijvigheid van Widnes, het veen en de stank. De rijtjeshuizen van rode baksteen en de hoge, rommelige hopen schroot. De bloederige gevechten die zonder aanwijsbare reden elke vijf minuten uitbraken. Soms zag je tanden in de goot liggen, of een pluk haar. Als Widnes in Naughton Park speelde, tegen aartsrivaal Warrington, werden de bussen die de toeschouwers aanvoerden bekogeld met stenen en flessen, en moest de politie honden inzetten om de twee groepen supporters uit elkaar te houden. En dan de wedstrijd zelf, met de helft van de spelers aan de amfetaminen en met zulke harde tackles dat Billy zijn eigen botten voelde kraken terwijl hij alleen maar toeschouwer was… Na afloop ging hij met de andere agenten ergens een pasteitje eten, of een hamburger met witte bonen. Je kreeg pijn in je maag als je alleen al naar die pasteitjes kéék, maar toch nam je er twee, en je spoelde het geheel weg met thee die zo lang had staan trekken dat hij vlekken op het meubilair maakte. Later zouden er problemen ontstaan bij een van de nachtclubs, bij The Landmark of bij Big Jim's, waar zij dan met een heel stel naartoe gingen om de boel te sussen. De vrouwen waren nog feller dan de mannen, zeker als ze wat op hadden. 'Laat je niet tegen de grond werken,' had een brigadier hem al vroeg gewaarschuwd. 'Dan kom je niet meer overeind.' Er was een nacht geweest dat alle drie de kroegen op hetzelfde moment leegliepen, waarna er een ongekende vechtpartij uitbrak voor de fish-and-chipszaak op Victoria Road. Billy had geprobeerd een man met een zwart overhemd in te rekenen, die ongeveer half zo groot was als hij. De man bleek een soort expert in de oosterse vechtkunst te zijn, en na afloop was de ene kant van Billy's gezicht dik als een meloen en was zijn linkerarm op twee plaatsen gebroken. Maar zoals de agenten elkaar steunden – Neil en Terry en Kots Molloy en Vuilak en Pa, zelfs Livermore de Lichtgewicht – zoals ze voor elkaar opkwamen, dat was echt heel bijzonder... In vergelijking daarmee was het in Ipswich maar saai, een dooie boel. Maar Susie kon desgevraagd precies vertellen in welk opzicht hun leven nu beter was dan eerst. Ze leek gelukkiger, en dat was wat Billy het liefste wilde: haar gelukkig maken.

Maar nog voor het jaar ten einde was, kreeg Susie het gevoel dat er iets ontbrak. Ze had geen heimwee naar het noorden; het was meer een bepaalde rusteloosheid, of een zekere leegte, het gevoel dat ze de ruimte om zich heen niet helemaal vulde. Hetzelfde gold voor de ruimte binnen in haar: begin 1991 had ze een miskraam gehad en ze was bang dat ze geen kinderen zou kunnen krijgen. Ze liet steeds vaker woorden vallen als 'zekerheid' en 'de toekomst'; ze was bang 'de boot te missen', zoals zij het noemde. Die dingen waren belangrijk voor haar, en hij zag het als zijn taak om daaraan tegemoet te komen. Na maanden zoeken vonden ze een huis, een paar kilometer buiten de stad. Het was een klein huis, halfvrijstaand, het laatste van een rijtje van acht, en van de andere kant van de weg kwam het geluid van het spoor, maar het zou hun eerste echte huis zijn. Billy wachtte totdat ze alles op orde hadden – ze hadden zowel binnen als buiten moeten schilderen, en het had weken gekost om de tuin aan kant te krijgen – en toen had hij, op een bewolkte, lome middag eind juli, Susies hand gepakt en haar mee het korenveld in getrokken. 'Waar gaan we naartoe?' Hij wilde het niet zeggen. Pas in het midden van het korenveld bleef hij staan. Het graan reikte tot hun middel en het leek te fluisteren, hoewel er geen wind stond. Hij nam Susies hand tussen zijn handen, knielde voor haar en vroeg haar ten huwelijk. Ze keek van hem weg, naar de lucht, en er verscheen een dromerige glimlach op haar gezicht, alsof hij haar deed denken aan iets van heel lang geleden, iets uit haar jeugd. Toen ze 'Ja, heel graag' zei, zat hij nog altijd op zijn knieën, en niemand op de hele wereld kon hem zien, alleen zij. Wie hun kant op keek, zou denken dat ze in zichzelf praatte.

Ze nodigden Susies vader niet uit voor de bruiloft. Billy wilde het niet hebben. 'Hij zou alles verpesten,' zei Billy, om er niet zonder gevoel voor dramatiek aan toe te voegen: 'Het is hij of ik,' waar Susie om moest lachen. 'Míjn vader komt ook niet,' zei Billy tegen haar. Hij wist niet waar zijn vader woonde, wist zelfs niet of hij nog in leven was. 'Laten we in plaats daarvan Harry Parsons uitnodigen,' zei hij. De bruiloft vond plaats in Stockport, en Susies stiefvader, de autohandelaar, betaalde alles. Ze waren nog geen jaar getrouwd toen Susie weer zwanger werd, en dit keer had ze geen miskraam.

De telefoon in het kantoortje van de lijkschouwer begon te rinkelen, en het geluid deed Billy overeind schieten op zijn stoel. Hij liep het kleine kamertje in en nam op.

'Agent Tyler,' zei hij.

De vrouw aan de andere kant van de lijn zei dat ze Marjorie Church heette en dat ze aan het hoofd stond van de

mortuariummedewerkers. 'We hebben een stoffelijk overschot dat naar beneden moet,' zei ze.

Vijf minuten later hoorde Billy iemand kloppen, en toen
hij de deuren van het mortuarium opendeed stond er een
kleine, stevige vrouw met een blauwe blouse en een donkere broek voor zijn neus.

'Marjorie?' zei hij.

'Ja.'

Achter haar stonden twee mannen met een lijkbaar. Een
van de mortuariummedewerkers was van middelbare leeftijd en kaal, al had hij aan beide kanten van zijn hoofd een
clownesk uitstekende pluk haar; de andere man was jonger,
ergens in de twintig.

Billy deed een stap opzij om hen langs te laten, waarna
hij de deuren weer met zorg op slot deed. Hij moest hun
namen noteren in het journaal, zei hij.

De jongste mortuariummedewerker liet duidelijk hoorbaar zijn adem ontsnappen. 'Moet dat echt? We zijn zo
weer weg.'

'Voorschriften,' zei Billy. 'Het geldt voor iedereen, ook
voor mij.'

'Jij geniet echt van je werk, hè?'

Hoe vaak Billy dat al niet had gehoord.

Hij keek de mortuariummedewerker aan. 'Als je ergens
mee zit, moet je bij de brigadier zijn.'

'Er zijn hier nog meer sterfgevallen,' zei de man. 'Zij is
heus niet de enige.'

'Hij heet Peter Baines,' zei de mortuariummedewerker
met het clownshaar. 'Ik ben Colin Wilson.'

De jongere man keek hem kwaad aan.

'Bedankt, Colin.' Marjorie wierp een blik op Billy, trok
haar wenkbrauwen op en liep toen naar de wand met koelcellen, waar ze een van de deuren opentrok.

Met zijn rechtervoet pompte Wilson de lijkbaar omhoog,
totdat hij op gelijke hoogte was met een leeg compartiment,

45

waarna Baines hem hielp om het lichaam op een roestvrij-stalen plaat te schuiven. Het lichaam was afgedekt met een wittig lijkkleed, maar het hoofd was onbedekt en Billy ving een glimp op van de kruin van een oudere man, de schedel vlekkerig en bleek.

Marjorie deed de deur van de koelcel dicht. 'Deze hoeft niet op slot,' zei ze.

Billy glimlachte flauwtjes. Hij bleef staan kijken terwijl zij een zwarte markeerstift uit haar zak haalde en de naam van de overleden man op de deur van de koelcel zette, waarna hij weer naar het journaal liep en een aantekening maakte van wat er zojuist was voorgevallen.

Een paar tellen later rolde Wilson de baar weer weg door de gang, met Baines in zijn kielzog, nog altijd mopperend. Marjorie wilde achter hen aan gaan. Maar bij de deurope-ning bedacht ze zich en draaide zich om.

'Het komt door die vrouw,' zei ze. 'Ze maakt mensen van streek.'

'Dat begrijp ik,' zei Billy.

'Het zal goed zijn als ze weg is. Als alles weer bij het oude is.'

Billy knikte.

Ineens klaarde haar gezicht op, alsof dat wat pijnlijk of moeilijk was geweest, nu uit de weg was geruimd. 'Kan ik iets voor je doen?' zei ze. 'Zal ik een kopje thee halen?'

'Heel aardig, Marjorie,' zei hij. 'Maar dat hoeft echt niet.'

9

Toen Billy weer alleen was, zag hij onder tafel iets op de grond liggen. Hij bukte en raapte een metalen nagelvijl op met een handvat van wit, paarlemoerachtig plastic. Het leek hem stug dat Marjorie een vijl zou hebben meegenomen naar het mortuarium – bovendien vond hij het glanzende handvat niet bij haar passen – dus moest hij haast wel van de jonge agente zijn geweest die hem was voorgegaan. Langzaam draaide hij de vijl rond tussen zijn vingers. Als hij de agente zou hebben gevraagd hoe ze over de vrouw in de koelcel dacht, wat zou ze dan hebben geantwoord? Hoe zou zij ertegenaan kijken; iemand die duidelijk ergens begin jaren zeventig was geboren? Zou ze moeite hebben gedaan om te begrijpen hoe een vrouw die ooit een betrouwbare oppas was geweest, zich kon hebben ingelaten met het martelen en vermoorden van kinderen? Of zou ze domweg hebben herhaald wat de roddelpers haar had verteld, en wat de meeste mensen in het land leken te geloven, namelijk dat de vrouw een onmens was, een duivelin, een monster?

In het najaar van 1999 had Billy enige tijd doorgebracht in een krantenarchief om zich te verdiepen in de moorden, en één verhaal was hem met name bijgebleven. Als meisje van vijftien was de vrouw bevriend geweest met een twee jaar jongere jongen. Hij was nogal tenger, naar het scheen, en zij voelde het als haar verantwoordelijkheid om hem te beschermen. Op een dag vroeg hij of ze zin had om mee te gaan zwemmen. Ze zei dat ze niet kon. Die middag ging hij in zijn eentje naar het stuwmeer in de buurt en verdronk. Ze was wekenlang ontroostbaar. Ze droeg alleen nog maar zwart. Het was bekend dat de jongen geen al te beste zwemmer was, maar toch was ze niet met hem meegegaan. Het was haar schuld dat hij dood was. Ze kon het zichzelf niet vergeven. Volgens sommige mensen zocht ze op dat moment voor het eerst haar heil bij de katholieke kerk. Er zijn momenten in je leven waarop je iets wordt afgenomen, en als je het eenmaal kwijt bent krijg je het nooit meer terug. Je bent niet langer wie je vroeger was. Je bent een ander mens.

Billy zou niet durven beweren dat hij er verstand van had – wat wist hij er nou van, afgezien van wat zijn ervaring hem had geleerd? – maar onwillekeurig vroeg hij zich af in hoeverre het doorslaggevend was geweest dat die jongen was verdronken, een keerpunt. Stel dat ze diep in haar hart het gevoel had dat ze iemand had vermoord, en dan geen onbekende, maar iemand die haar dierbaar was, iemand – en dit detail deed de rillingen over zijn rug lopen – met dezelfde initialen. Als dat zo was, als zij het zo voelde, had de psychopaat uit Glasgow dan intuïtief die peilloze diepte in haar binnenste aangevoeld, die bodemloze put, de overtuiging dat ze niets meer te verliezen had? Zou dat hem hebben aangetrokken? Ze had het al een keer eerder gedaan. Ze zou het nog een keer kunnen doen. Wat zou het voor verschil maken? Ze droeg toch al schuld. En aangezien ze meer ervaring had dan hij, zou ze hem misschien zelfs bij de hand kunnen nemen, hem de weg kunnen wijzen… Het maakte het niet minder erg, of begrijpelijk. Maar misschien zat het wel zo in elkaar. En dan dat griezelige toeval met die initialen… Toen die jongen in dat stuwmeer stierf, was er toen ook een deel van haar gestorven?

10

Het beeld van Baines, de jonge mortuariummedewerker, bleef op zijn netvlies hangen – het haar vol gel, de afhangende schouders, de nauwelijks verholen minachting. *Jij geniet echt van je werk, hè?* Er waren altijd mensen die het niet konden laten een steek onder water te geven, en hoewel Billy eraan gewend was – dat kon ook moeilijk anders, na drieëntwintig jaar – kon hij de laatste tijd duidelijk minder hebben dan in welke andere periode van zijn carrière dan ook. Maar hij was zich er terdege van bewust hoe het zijn vriend, Neil Batty, was vergaan. Een paar jaar eerder had Neil een verdachte dusdanig toegetakeld dat hij in het ziekenhuis was beland, en ondanks zijn voorbeeldige staat van dienst was Neil uit het politieapparaat gezet. Ondanks alles had Billy met hem te doen. Er waren momenten geweest dat het bij hem ook niet veel had gescheeld: een vrijdagavond halverwege de jaren negentig, bijvoorbeeld.

Toen hij thuiskwam uit zijn werk had hij een onbekende auto voor zijn huis zien staan. Het was zo'n auto die Tony, Sues stiefvader, op het terrein voor zijn showroom zou zetten – lang, gestroomlijnd, onnodig snel. Maar toen Billy zijn eigen auto erachter parkeerde, zag hij dat er iemand achter het stuur zat – hij kon de contouren zien van een pet, die boven de hoofdsteun uitstak – en omdat hij maar één iemand kon bedenken die een chauffeur zou hebben, was hij bijna weer weggereden. Maar op datzelfde moment dook Newman op, om de hoek van het huis, en liep op zijn gemak over de stoep. Hij droeg een donkerblauw pak met lichtbruine schoenen en hij had zijn handen in zijn zakken. Hij had een gezond kleurtje. In de zeven jaar die waren verstreken sinds hun eerste en enige ontmoeting, leek Newman geen dag ouder te zijn geworden.

Billy deed langzaam zijn portier open en stapte uit.

'Nog altijd agent, zie ik,' zei Newman.

Billy deed zijn auto op slot en ging rechtop staan.

Newman stond op de smalle reep gras naast de stoep, zijn handen nog altijd in zijn zakken. 'Zijn we gezakt voor het brigadierexamen?'

'Daar was ik al voor gezakt toen ik jou nog niet eens kende,' zei Billy.

Newman schudde het hoofd.

Billy wierp een blik op het huis. Het was al over tienen, maar er brandde geen licht. 'Niemand thuis,' zei hij, half tegen zichzelf.

'Nee.' Newmans gelaatsuitdrukking was verwachtingsvol, plagerig, zelfs met een sprankje humor, alsof Billy op het punt stond de clou van een mop te vertellen.

'Nou ja, kom dan maar mee naar binnen,' zei Billy uiteindelijk.

Newman zei iets tegen zijn chauffeur en liep toen achter Billy aan over de korte oprit. Bij de voordeur bleef Billy even staan, terwijl hij in zijn zak naar zijn sleutels zocht.

In de hal bleef hij even staan luisteren. Als hij uit zijn werk kwam trof hij meestal een geweldige puinhoop aan: het was vrijwel nooit rustig of opgeruimd. Hij vroeg zich af of Newman dat aanvoelde. Hij was zich heel erg bewust van de man die achter hem stond, alert, zwijgend, spottend. Als een huurmoordenaar.

'Sue?' Hij had een klein stemmetje, klaaglijk, en hij zou willen dat hij zijn mond had gehouden.

Er kwam geen antwoord.

Hij was kwaad op haar dat ze niet thuis was om haar vader op te vangen – maar misschien wist ze helemaal niet dat hij zou komen. Waarschijnlijk was het Newmans gewoonte om mensen te overvallen.

Hij ging Newman voor naar de woonkamer. Newman pakte een lijstje met een foto van Emma toen ze één was, en zette het vrijwel meteen weer terug.

'Je kleindochter,' zei Billy.

Newman keek hem onverstoorbaar aan, maar zei niets. Billy zag Newmans blik afdwalen naar de trouwfoto's op het dressoir. Daar stond Billy, met zijn hoge hoed en een brede lach – *Ik kan het nauwelijks geloven* – en daar stond Sue, in roomkleurig satijn, met een bos witte en gele bloemen, die ze op heuphoogte vasthield. Ze had de opgetogen, triomfantelijke blik in haar ogen van iemand die zijn gelijk bewezen ziet. *Ik heb altijd geweten dat het een keer zou gebeuren, en nu is het dan zover.* Billy vroeg zich af hoe Newman het vond dat hij niet was uitgenodigd.

Newman draaide zich om en ging op de bank zitten, met zijn ene arm gestrekt op de rugleuning. 'Waar is Sue?'

Zoals de meeste geslaagde mensen gaf hij je het gevoel dat je je leven vergooide, dat je niet scherp genoeg was, niet doelgericht genoeg. Hij verdeed geen tijd met dingen die hem niet interesseerden.

'Geen idee,' zei Billy. 'Wil je op haar wachten?'

'Als dat goed is.'

'Wil je iets drinken?'

'Wat heb je?'

'Thee, koffie. Bier.' Billy liep in de richting van de keuken. 'Ik neem een biertje.'

'Doe mij ook maar een biertje.'

Billy pakte twee blikjes Heineken uit de koelkast, liep terug naar de woonkamer en gaf er eentje aan Newman.

'Heb je een glas?' zei Newman.

Billy aarzelde even, liep toen weer naar de keuken. Het kastje waar de glazen stonden was leeg – ze stonden natuurlijk in de vaatwasser, die Sue altijd pas vlak voor het naar bed gaan aanzette – dus pakte hij een plastic beker met Pooh en Teigetje erop. Een beker van Emma. Hij liep ermee naar de woonkamer en gaf hem aan Newman. Newman keek naar de beker en Billy zag gewoon dat hij besloot om er maar niets van te zeggen. Billy trok zijn blikje open en plofte in de leunstoel bij de open haard. Het was een lange dag geweest: een vrouw die door haar man in elkaar was geslagen, een gestolen motorfiets, twee dronken bouwvakkers die in de kroeg met elkaar op de vuist waren gegaan...

'Ik dacht wel dat jullie huis er zo zou uitzien,' zei Newman na een poosje.

'Niet wat je gewend bent, zeker?'

Newman liet een akelig lachje horen.

Verlies je zelfbeheersing en je bent verloren, dacht Billy. Dat was een les die hij in de loop der jaren had geleerd. Nog een les: zeg nooit meer dan nodig. Hij zette het blikje aan zijn lippen en nam een slok.

'Nou, als ik heel eerlijk ben,' zei Newman, 'had ik eigenlijk verwacht dat het nog erger zou zijn. Deprimerender, weet je wel...'

Billy meende door het gesloten raam heen het gerammel van een fiets te horen. Dat moest Harry Parsons zijn, op weg naar huis van zijn volkstuintje. Harry was hersteld van zijn val, niet lang nadat Billy en Sue in het huis waren komen wonen, en hij ging vrijwel elke dag naar zijn tuintje, weer of geen weer. De vorige keer dat ze elkaar hadden gesproken, had Harry hem verteld dat hij met de gedachte speelde om ridderspoor te planten. Een prachtige plant, had Harry gezegd. Schitterende kleur. Geen blauw, maar ook geen paars. Iets ertussenin.

'Ik twijfel er niet aan dat je je best doet,' zei Newman.

'Maar ze verwacht gewoon meer van het leven. Meer dan jij haar kunt bieden, in ieder geval.'

'Heeft ze dat tegen je gezegd?'

'Dat hoeft ze niet te zeggen. Ik ben haar vader.'

'Je hebt haar in de steek gelaten toen ze dertien was.'

'Ik heb haar moeder in de steek gelaten.'

Billy haalde zijn schouders op. 'Komt op hetzelfde neer.'

Newman keek hem vanaf de bank aan.

'Weet je, toen ik Sue net kende had ze het nooit over je,' zei Billy. 'Ik ging ervan uit dat haar vader dood was. Hij is vast overleden toen ze nog heel jong was, dacht ik – of misschien al voor haar geboorte…'

'Krijgen jullie nu ook al psychologie? Leren ze jullie dat tijdens die trainingen?' Newman keek strak naar zijn bier. Hij had nog niet één slok genomen.

Op dat moment voelde Billy een merkwaardige siddering door zijn lijf trekken, een soort gefladder of geknisper, alsof zijn hele lichaam vol zat met piepkleine mensjes die in hun handen klapten. Hij realiseerde zich ineens dat Newman iemand was die hij zou kunnen vermoorden, zonder enige scrupules. Hij zou de onyx klok kunnen gebruiken die ze voor hun trouwen van Sues moeder hadden gekregen. Hij zag Newman al op het vloerkleed liggen, met zijn ene arm onder zijn lichaam, zijn andere arm uitgestrekt in de richting van de deur. Doodgeslagen met een geschenk van zijn ex-vrouw. Er zat een mooie symmetrie in.

'Ik begrijp niet wat er zo grappig is,' zei Newman.

Dit zou een van de zeer weinige keren zijn dat Billy de rollen wist om te draaien met Sues vader, en dat gevoel wilde hij vasthouden. Geen scrupules, ging het door hem heen, en geen mededogen.

Hij stond op, liep naar de schoorsteenmantel en verzette de klok een stukje, niet omdat hij niet goed stond, maar omdat hij wilde voelen hoe zwaar hij was, hoe massief. O, hier zou het prima mee gaan, zei hij tegen zichzelf. Dit was perfect.

Al zou het bepaald niet de perfecte moord zijn.

Terwijl hij de klok weer terugzette en zich omkeerde, ving hij een glimp op van zichzelf in de spiegel die tegenover de open haard hing. Hij bleef een paar tellen doodstil staan, getroffen door een gedachte die nieuw voor hem was. In Ipswich woonde een man – bijna iedereen kende hem – die zijn hele gezicht had laten tatoeëren in een poging zichzelf ervan te weerhouden misdaden te begaan. Billy zag hem weleens lopen, op Westgate Street of Norwich Road, en zijn ogen leken hem aan te staren vanuit een wildernis van Keltische krullen en zwierige lijnen. Goed, de man was gestoord, maar er was wel iets te zeggen voor die maatregel. Als hij ooit de wet zou overtreden, zou het geen enkele moeite kosten om vast te stellen wie de dader was: 'Het was die vent met die tatoeages. Hij heeft het gedaan.' Nu hij zichzelf zo in de spiegel zag, bedacht Billy dat hij misschien om dezelfde reden bij de politie was gegaan, om te voorkomen dat hij in de fout zou gaan. Niet om anderen te beschermen, dus, maar om zichzelf te beschermen. Zijn uniform was het minder gestoorde equivalent van het getatoeëerde gezicht. Maar het had niet gewerkt, hè? Zelfs met zijn uniform aan had hij dingen gedaan die hij beter niet had kunnen doen; áls het uniform al iets had gedaan, had het alleen maar dingen vergemakkelijkt. Hij moest aan Venetia's vader denken, en de herinnering was zo overweldigend dat hij de stinkende adem van de man, de geur van vochtig hooi, in de kamer meende te ruiken.

'Weet je, een paar jaar terug...' Billy slikte zijn woorden in. Dit was iets waar hij maar beter nooit over kon praten, en al helemaal niet met Newman in de buurt.

'Wat was er een paar jaar terug?' zei Newman zachtjes.

Billy schudde het hoofd. 'Nog een biertje?'

Newman keek naar zijn plastic beker. 'Ik heb nog.'

Toen Billy met zijn tweede biertje uit de keuken kwam, ging hij bij het raam staan. Hij zag dat Newmans chauffeur een krant opvouwde en op het dashboard legde. Hij vroeg zich af hoe de chauffeur tegen zijn werkgever aankeek. Hij stelde zich voor dat hij naar buiten liep en tegen de man zei dat Newman dood was. Ik heb hem vermoord. Nu net. Met een klok. Waarop de chauffeur zou knikken, glimlachen, hem misschien zelfs op de schouder zou kloppen.

'Niet dat je dom bent of zo,' zei Newman.

In het westen vertoonde de lucht paarsige en goudkleurige strepen. Zomeravonden – het licht dat langzaam wegstierf...

'Je bent gewoon niet gedreven genoeg.'

Billy zag verderop in de straat een auto aan komen rijden.

'Je gaat de dingen uit de weg,' zei Newman, 'liever dan de confrontatie aan te gaan.'

Toen de auto ter hoogte van hun huis was, zag Billy dat het de auto was van een van Sues vriendinnen.

'Je bent bang,' zei Newman.

Boven het dak van de auto zag hij een rij bomen, op één lijn met de horizon. Billy wist dat het populieren waren, en dat ze op het terrein achter het spoor stonden, maar in het langzaam wegstervende licht leek het net een oude vloek, geschreven in een taal die hij niet kon ontcijferen. Ze hadden dezelfde uitstraling als Newmans woorden: hatelijk, verraderlijk – zwart als een gevaarlijk soort magie.

Het portier ging open en Sue stapte uit, met Emma in haar armen. Emma's benen hingen slap naar beneden, wat wilde zeggen dat ze waarschijnlijk sliep. Sue wierp een blik op de auto van haar vader, draaide zich toen weer om zodat ze haar vriendin kon nakijken en maakte een hand vrij om te zwaaien. Ze had Billy niet achter het raam zien staan, en op de een of andere manier vond hij dat ze hem wel had moeten zien. Dat gebrek aan oplettendheid, het feit dat ze genoeg leek te hebben aan zichzelf, was veelzeggend – het zei alles over hun relatie.

'Zo is het toch, Sjofele?' klonk Newmans stem. 'Of zie ik het verkeerd?'

11

Billy stond abrupt op en liep naar de achterkant van het mortuarium. Hij had behoefte aan frisse lucht, een verandering van omgeving, maar het zou nog uren duren voordat hij pauze had. Newmans stem had heel vriendelijk en bedachtzaam geklonken, alsof hij een waardevol advies gaf, elke zin zorgvuldig afgewogen en zo geformuleerd dat hij in Billy's hoofd zou blijven hangen. Billy wreef met zijn handen over zijn gezicht. Was hij de dingen uit de weg gegaan? Hij dacht van niet. Sue wilde zekerheid en hij had zijn uiterste best gedaan om haar die te verschaffen. Hij had onvermoeibaar gewerkt om een bestaan op te bouwen dat de moeite waard leek, en nu, na veertien jaar samen, hadden ze zo ongeveer alles wat ze hoorden te hebben – een kind, een auto, een baan, een pensioen – al voelde het allesbehalve zeker, en ook alsof het niet helemaal echt was.

Hij ging al een paar maanden niet meer rechtstreeks uit zijn werk naar huis. De eerste keer was het per ongeluk gegaan. Hij kende de rotonde op zijn duimpje – hij nam hem vrijwel iedere dag – dus er was geen enkele reden om de eerste afslag te nemen in plaats van de tweede, en toen hij eenmaal in de fout was gegaan had hij nog makkelijk in de berm kunnen keren. Maar dat deed hij niet. Hij reed door. Het had onmiskenbaar iets onbekommerds om gewoon maar door te rijden, alsof hij zichzelf van een afstandje gadesloeg, alsof het niet alleen een beslissing was die buiten hem om was gegaan, maar tevens een waar hij zich niet tegen kon verzetten en die hij niet kon terugdraaien. Hij vroeg zich af of zijn vader, Glenn Tyler, zich net zo had gevoeld toen hij in 1956 zijn zwangere vrouw in de steek had gelaten. Dat onbekommerde, dat gevoel van vrijheid. Alles achter je laten – voorgoed, in het geval van zijn vader.

Vanaf die dag reed Billy elke keer naar diezelfde rotonde, zelfs toen zijn overplaatsing naar Stowmarket was goedgekeurd, en dan nam hij de weg die met een bocht onder de Orwell-brug door liep, langs de rivier. Hij zette zijn auto altijd op hetzelfde parkeerplaatsje. Als het regende luisterde hij naar de radio, of las hij de regionale krant. Zo nu en dan zette hij de ruitenwissers aan en tuurde door de voorruit, maar er was vrijwel niets te zien, alleen de donkere bocht van de weg voor hem, en het gras van de berm aan zijn linkerhand, met daarachter het doffe, grauwe water van de rivier. Maar als het mooi weer was liep hij over het slik, de blik naar beneden gericht, alsof hij de grond afspeurde naar iets wat hij verloren had. Hij was met zijn volle aandacht bij dat wat vlak voor hem lag – zeewier, spijkers, botten, veren, schelpen. De rest van zijn leven wist hij, in ieder geval heel even, op afstand te houden. Hij zag allerlei mensen. Voornamelijk eenzame types. Zo had je de man die een witte emmer bij zich had, en een lange stok met een lepel die aan het uiteinde was bevestigd. Hij was ingehuurd door een nabijgelegen boer en had zich tot taak gesteld alle ratten te verdelgen die zich aan de rivieroever voortplantten. En dan had je de man die regenwormen en scheermessen opgroef, om als aas te gebruiken. Hij zei maar weinig, zoals de meeste vissers. En dan had je nog de vrouw met de krulletjes, die de zwanen voerde – crackers, meestal, of oude kadetjes. Een andere vrouw, die iets ouder was, keek uit over het water, met een hand op haar sleutelbeen, alsof ze wachtte op een boot waarmee haar geliefde zou arriveren. Ze wisselden een paar woorden of ze knikten elkaar even toe, maar meer ook niet. Niemand kwam naar de riviermond om nieuwe vrienden te maken. Soms las hij de tekst op het informatiebord dat in de met gras begroeide berm was geplaatst. Hij leerde over de verschillende vogels die het gebied aandeden – de grutto, de tureluur, de bonte strandloper. Ze brachten de zomer door in Noorwegen of Groenland of Rusland, en dan, als de temperatuur begon te dalen, vlogen ze naar het zuiden. Wat een namen; het leken wel personages uit mythen of legenden. De onverschrokken Strandloper, helemaal bebloed. Tureluur de clown, de hofnar… En achter dat bord was er altijd het uitzicht. Aan de andere oever lagen twee vrachtschepen afgemeerd, de romp roodbruin verroest en omgeven door water. Er waren ook zeiljachten, die stroomopwaarts laveerden, de zeilen gebold in de wind. Achter hen lag het strandje van Nacton, waar geregeld mensen kwamen om te vrijen of een stickie te roken, en wat verderop aan zijn linkerhand de brug zelf, de reusachtige betonnen boog die zo heus was dat hij er vervaarlijk uitzag, om niet te zeggen gevaarlijk. Vanaf de plek waar hij stond was alleen de rijbaan in westelijke richting zichtbaar, met de auto's en vrachtwagens die onophoudelijk en gestaag van rechts naar links schoven, als de schijven van een schiettent op de kermis. Maar nog veel belangrijker dan dat alles was de plotselinge overdaad aan licht en ruimte. Die was krachtig genoeg om hem te verzwelgen, had hij het gevoel. Als hij wilde zou hij er volledig in kunnen verdwijnen, en dat idee bood hem troost, maakte het hem mogelijk om na enige tijd zijn auto te keren en naar huis te rijden.

Billy ging weer zitten en boog naar voren, de punt van zijn ellebogen op zijn knieën. Hij drukte zijn handpalmen tegen zijn voorhoofd, met zijn vingertoppen in zijn haar, en keek naar het metalen rooster dat het afvoerputje afdekte. Hij voelde zijn hart kloppen aan de binnenkant van zijn rechterpols. Jaren terug, toen hij zestien of zeventien was, had hij zich allerlei verschillende voorstellingen gemaakt van de toekomst, maar die waren nooit zo alledaags geweest, of zo gecompliceerd. Hij had hier en daar mensen leren kennen, mensen die bepaalde dingen gedaan konden krijgen. Op de een of andere manier was hij er nooit echt iets mee opgeschoten. Het leven kon ineens met grote vaart een andere kant uit schieten en jou verdwaasd dobberend in zijn kielzog achterlaten. Neem nou zijn vriend Raymond Percival, die had geprobeerd hem over te halen naar het zuiden te verhuizen, naar Londen. *Gaan we lekker kraken. Nemen we een uitkering. Lekker feesten, achter de meiden aan…* Raymond die altijd zei dat hij wapenhandelaar wilde worden – wat was er van Raymond geworden? En hoe zat het met Venetia? Hij had haar al na twee seconden ten huwelijk willen vragen, maar trouwen was wel het laatste wat haar bezighield. Venetia, met haar dat over haar schouders golfde, als donkere stroop die uit een pot vloeide…

Hij had Raymond voor het laatst gezien in Cheshire. Dat was in oktober 1993 geweest, toen hij naar het noordwesten was gereden om zijn moeder op te zoeken, die net achtenzestig was geworden. Sue was drie maanden zwanger van Emma, en Billy's vader, Glenn Tyler, was een paar weken daarvoor overleden, in Duitsland. Het was een merkwaardige tijd, vol gebeurtenissen die heel ingrijpend waren, maar tegelijkertijd weggestopt, veraf. Hij ging gewoon door met zijn leven, zonder er al te lang bij stil te staan, en hij probeerde zo efficiënt mogelijk zijn dagelijkse bezigheden te doen. Die zaterdagavond nam hij zijn moeder mee naar een pub op het platteland, waar het eten goed scheen te zijn, en toen hij voor de tweede keer naar de bar liep om wat te drinken te halen, hoorde hij iemand zijn naam roepen. Toen hij achteromkeek zag hij tot zijn verbazing Raymond Percival met een jonge vrouw aan een tafeltje zitten, met een kaars tussen hen in.

'Billy Tyler,' zei Raymond, zonder overeind te komen.

Hij droeg een lichtbruin leren jack dat er duur uitzag, en zijn huid was licht gebronsd.

'Raymond! Wat doe jij hier? Ik dacht dat jij in Londen zat.'

'Ach, ja,' zei Raymond. 'Ik kom overal.'

Hij had nog altijd die spottende glimlach die hij als tiener had gehad. Destijds was die glimlach wel innemend geweest, onontbeerlijk zelfs, en had net zozeer deel uitgemaakt van zijn imago als zijn kapsel of de broek met de wijde pijpen, maar bij een man van tegen de veertig had het iets provocerends. Raymond leek zich dat echter niet bewust – of misschien kon het hem gewoon niets schelen.

'Nou,' zei Billy, 'hoe staat het leven?'

'Kon erger. En bij jou?'

'Goed, hoor.'

'Ik heb hem een keer bijna laten verdrinken,' zei Raymond tegen de vrouw, terwijl hij zijn blik over Billy's gezicht liet glijden. De mond van de vrouw ging heel even open, waarna ze kort lachte en haar champagne pakte.

Heel even zag Billy het water, zwart haast, dat heuvelopwaarts leek te stromen, van hem vandaan.

'Je staat inmiddels zeker aan het hoofd van Scotland Yard?' zei Raymond.

Billy glimlachte flauwtjes. 'Zoiets, ja.'

Raymond wist dus wat hij deed. Hij wist zeker dat Raymond het niet alleen belachelijk vond, maar ook onbegrijpelijk. Na alles wat ze samen hadden meegemaakt zag hij het waarschijnlijk ook als een vorm van verraad. Maar het was jaren geleden, al die dingen…

Raymond stelde hem voor aan de vrouw. Henry, heette ze, zei Raymond. Toen Billy haar aanstaarde, glimlachte ze en zei dat het een afkorting was van Henrietta. Ze gaven elkaar een hand, die van haar licht gebogen bij de pols, en schitterend door de vele ringen. Ze had een zonnebril in haar haar. Het zou Billy niet verbazen als ze model was.

Hij wendde zich weer tot Raymond, en zijn blik ging even naar beneden, naar Raymonds jack. 'Zo te zien heb je het goed voor elkaar,' zei hij. 'Geen illegale handeltjes, hoop ik maar.'

Raymond lachte. 'Wil je erbij komen, Billy? Zullen we een stoel bijschuiven?'

'Dat zal helaas niet gaan. Ik ben met iemand.'

Raymond keek langs hem heen. 'Wie is de gelukkige?'

'Mijn moeder,' zei Billy.

Ze lachten allebei, maar hun ogen lachten niet mee.

'Nou ja, hoe dan ook,' zei Raymond, nu wat opgewekter, 'leuk om je weer eens te zien.' Het was alsof ze elkaar geregeld tegen het lijf liepen. Terwijl de laatste keer alweer twintig jaar terug was. Of misschien nog wel langer.

'Het beste, Raymond,' zei Billy, en hij richtte zich toen tot Henrietta. 'Leuk je te hebben ontmoet.'

Hij liep naar de bar. Terwijl hij wat bestelde, hoorde hij Raymond en de vrouw lachen. Op de terugweg kwam hij weer langs hun tafeltje en hij knikte even, maar bleef niet staan – in plaats daarvan richtte hij al zijn aandacht op de twee glazen die hij in zijn handen had, alsof hij bang was om te morsen.

Enige tijd later keek hij door het raam en zag Raymond naast een lage sportauto staan. De vrouw stond bij hem. Hoewel het al donker was, had ze haar zonnebril opgezet. Uit gewoonte prentte hij Raymonds nummerbord in zijn geheugen. BOY 1DA. Als Raymond wilde, kon hij vanavond met die prachtige vrouw naast zich naar Londen rijden. Of naar Parijs. Hij kon doen wat hij wilde.

'Vrienden van je?' vroeg Billy's moeder.

'Dat is Raymond,' zei Billy. 'Raymond Percival.'

'Jullie hebben toch samen op school gezeten?'

Billy knikte. 'Ik ben ook met hem op vakantie geweest. We hebben door Europa gereisd.'

'Ja, dat weet ik nog.' Zijn moeders blik bleef even op

Raymond rusten toen hij in de auto stapte. 'Knappe jongen.'

Billy grinnikte zachtjes.

'Een beetje dezelfde uitstraling als je vader,' zei ze.

'Meen je dat nou?'

'Hij had sexappeal.' Ze nam een slok wijn, zette het glas toen weer op tafel en draaide het van tijd tot tijd rond. 'Stel je voor, verliefd worden op een muzikant...'

Ze keken allebei uit het raam, terwijl de sportauto luidruchtig de straat uitreed.

'Was hij wel eens agressief?'

'Hij was wel eens dronken. Dan was ik wel bang voor hem.' Ze wierp een steelse blik op hem. 'Hij heeft me nooit geslagen, als je dat bedoelt.'

Billy keek strak naar het tafelblad. Zijn vader had gedronken op de avond van zijn dood, naar later bleek. Hij was onder de tram gekomen. In Hamburg. Als Billy aan de dood dacht, zag hij alleen een saxofoon op de straatkeien, de klankbeker rood gekleurd door de neonverlichting van een stripteasetent, de buis verbogen. Zijn vader, de muzikant... Had hij die avond ergens opgetreden? Waar had hij gewoond, en met wie? Wat was er met de saxofoon gebeurd? De vragen dienden zich heel kalm aan, haast loom, alsof ze wisten dat de antwoorden waarschijnlijk nooit zouden komen. Het had meer te maken met een zekere nostalgie dan met daadwerkelijke nieuwsgierigheid. Hij had zijn vader maar twee keer in zijn hele leven gezien.

'Waarom vraag je dat?' vroeg zijn moeder, en hij voelde dat ze naar hem keek.

'Zomaar,' zei hij, terwijl hij nog altijd naar het tafelblad staarde.

'Je zit toch niet in de problemen, hè, Billy?'

'Nee.' En dat was ook niet zo. Al had hij het gevoel van wel.

12

Hij kon zich niet herinneren wanneer hij Raymond Percival voor het eerst had gezien. Er had geen fanfaremuziek geklonken, er waren geen lichtflitsen te zien geweest, hij had niet het gevoel gehad dat er een dolk in zijn hart stak – niets om hem duidelijk te maken hoezeer hij in de ban zou raken van Raymond. Hij meende dat ze bij elkaar in de klas hadden gezeten, maar als Billy zich Raymond voor de geest haalde, zag hij geen klaslokaal voor zich. Hij zag ook geen schooluniform. Op de een of andere manier zag hij Raymond altijd voor zich in de kleren die hij na school droeg, of in het weekend. Het was eind jaren zestig, en Raymond droeg T-shirts met lange mouwen die trokken bij de oksels, met op de voorkant meestal een platenhoes of een popgroep. Hij droeg ook spijkerbroeken met wijde pijpen, waar aan de onderkant vaak een driehoekje stof was ingezet om ze nog wijder te maken. Hij had korter haar dan wie ook, een kapsel dat pas ruim twintig jaar later in de mode zou komen, ergens begin jaren negentig. Zijn tijd ver vooruit. Zo was Raymond gewoon.

Het eerste gesprek dat Billy zich kon herinneren ging over vaders. Als kind had Billy nooit willen erkennen dat zijn vader hen in de steek had gelaten – hij had een alternatieve werkelijkheid opgetrokken rondom de dingen die hij niet begreep, zoals platencontracten en optredens – dus toen Raymond vroeg of zijn vader echt muzikant was, gaf Billy zijn standaardantwoord:

'Hij is jazzmuzikant. Maar ik zie hem niet zo vaak. Hij is altijd weg, op tournee.'

De blik in Raymonds ogen schoot zijn kant op als een dakpan die tijdens een storm door de lucht wordt geslingerd. 'Ik heb gehoord dat hij is vertrokken toen jij nog niet eens was geboren.'

Billy viel terug op de waarheid, misschien omdat hij zo geschokt was. 'Nou en? Heb jij dan wel een vader?'

'Een echte slappeling,' zei Raymond. 'Ik wil nooit zo worden als hij.' Hij schopte een steentje de goot in en zei: 'Maar goed, hij is dood.'

'Eigenlijk denk ik dat mijn vader ook dood is.' Billy had geen enkele reden om dat te zeggen. Het floepte er gewoon uit.

'Vind je dat erg?' vroeg Raymond.

Billy schudde zijn hoofd. 'Nee.'

Raymond leek tevreden met Billy's antwoord. Dat het er zo vlot uitkwam. Dat het zo openhartig was.

Raymonds vader was gestorven aan kanker, maar Raymond wilde er niet over praten, hij wilde alleen kwijt dat hij die klotefabriek van ICI wilde opblazen. Zijn vader had dertig jaar bij ICI gewerkt. Zijn oom werkte er nog steeds, en die had nu ook kanker. Op een avond nam Raymond Billy mee naar een weiland vanwaar ze de chemische fabriek konden zien. Er stonden een paar paarden in de wei, die met grote gelige tanden aan het gras trokken; ze staken vreemd af tegen de achtergrond van verlichte leidingen en vloeistoftanks, ze zagen er primitief uit, op een merkwaardige manier ouderwets. Ineens bleef Raymond midden in het weiland staan, met de Castner Kellner chemische fabriek en de Rocksavage elektriciteitscentrale glinsterend in de diepte, en het water van de Mersey in de verte, spreidde zijn armen en bootste het geluid van een luide knal na.

De paarden stoven met rollende ogen uiteen, hun hoeven dreunend op het hobbelige veen. Billy werd er bijna door eentje omver gelopen. Hij begon te sputteren, maar Raymond zat ineengedoken met zijn handen op zijn hoofd, en Billy begreep dat het puin van de opgeblazen centrales naar beneden kwam. Als je zei dat ICI voor werkgelegenheid in de regio zorgde, zei Raymond dat ICI ook voor vervuiling zorgde. Als je over de gezelligheidsverenigingen en de sportaccommodatie begon, lachte Raymond bitter. 'Allemaal uit schuldgevoel,' zei hij dan. Hij was niet op andere gedachten te brengen. Raymond sliep altijd met het raam dicht vanwege de giftige gassen die 's nachts werden uitgestoten. Hij moest niets hebben van lokale producten. Hij dronk alleen water uit flessen, die hij jatte in de supermarkt, en hij wilde alleen groente en fruit eten als het afkomstig was uit verafgelegen landen, zoals Israël of Costa Rica.

Eén middag uit die periode stond Billy nog helder voor de geest. Hij moest een jaar of veertien zijn geweest. Ze hadden net een paar hete, broeierige dagen achter de rug in een zomer die verder weinig voorstelde, en toen Raymond naar Billy's huis kwam had hij geen overhemd aan, alleen een frambooskleurige broek met wijde pijpen, die aan de achterkant helemaal gerafeld waren omdat ze over de grond sleepten. Raymonds honden renden wat heen en weer in Billy's kleine voortuin, waarbij ze dreigend naar elkaar gromden. De ene heette Cabal, naar de hond van koning Arthur. De andere heette John. John de hond. Dat vond Raymond grappig. Toen Billy de voordeur opendeed zag hij Raymond op de stoep staan, met in zijn hand een plastic zak die hij heen en weer zwaaide. De inhoud rinkelde. Op dat moment wist Billy dat ze samen dronken zouden worden. Raymond had vast iemand zo gek gekregen om drank voor hem te kopen, of misschien had hij weer wat gejat. Als je iets pikte zonder gesnapt te worden, was je onschuldig, luidde zijn theorie. Je was pas schuldig als je werd gesnapt, en Raymond was nog nooit gesnapt: wie in zijn ogen keek, zag een en al onschuld.

'Ik ben even weg,' riep Billy naar de duisternis van het huis achter hem. Hij hoorde de stem van zijn moeder, maar Raymond had zich al omgedraaid, dus schreeuwde hij alleen nog 'Tot zo,' en sloeg de voordeur dicht. Toen hij op de stoep stond en naar boven keek zag hij een gebogen hoofd achter het raam op de eerste verdieping. Zijn broer Charlie, die zat te lezen. Charlie kon elk moment de uitslag krijgen van zijn vwo-examen, en de verwachtingen waren hooggespannen.

Die middag deden Raymond en Billy wat ze meestal deden. De meeste mensen zouden de weg nemen om naar het park te gaan, een afstand van nog geen anderhalve kilometer, maar Raymond en Billy sneden af door het open land, langs de pekeltank. Billy was gefascineerd door de waarschuwingsbordjes – VERDRINKINGSGEVAAR. BIJTENDE VLOEISTOF – en ook de geheimzinnige, rechthoekige bakstenen huisjes oefenden een sterke aantrekkingskracht op hem uit. Raymond had zo zijn eigen redenen. De pekeltank was eigendom van het bedrijf dat hij verantwoordelijk hield voor de dood van zijn vader, en zodra ze in de buurt kwamen van de hekken met het hangslot begon hij binnensmonds te vloeken en dreigementen te uiten. Hij leek dit wel een prettige route naar het park te vinden. Het voedde zijn haat.

Op een bepaalde plek werd het pad smaller en moesten ze achter elkaar lopen. Raymond ging op kop, en de honden renden voor hem uit. Een hoge heg nam het zonlicht weg; het was ineens een stuk kouder. Terwijl hij achter Raymond aan liep, viel het hem op hoe bleek zijn rug was, eerder de kleur van de binnenkant ergens van dan de buitenkant, alsof de schil was afgepeld en je de vrucht zag, het beste deel, het deel dat je kon eten. Hij voelde dat hij begon te blozen en hij zorgde dat hij nog wat verder achterop raakte

66

door naar een sigarettenpakje te kijken dat iemand had weg-gegooid.

Later lagen ze naast elkaar in het warme gras. Ze begonnen met gerstewijn. De vloeistof in de kleine bruine flesjes had een volle smaak; je proefde gewoon hoe sterk het was. Als je er drie op had, zag je dubbel. Ze dronken er ieder twee en stapten toen over op wodka.

'Heb je zin om wat te doen?' zei Raymond.

Billy keek naar een lucht die zo egaal blauw was, zo volkomen wolkeloos dat hij er duizelig van werd, en toen hij de woorden 'wat doen' hoorde, maakte zijn hart een sprongetje.

'Ja, hoor,' zei hij. 'Best.'

En toen Raymond niet reageerde, vroeg hij: 'Wat dan?'

'Kom.' Raymond kwam overeind. Hij stak twee vingers in zijn mond, floot de honden en begon te lopen.

'Waar gaan we heen?' vroeg Billy.

Raymond gaf geen antwoord.

Ze liepen in een boog terug naar de pekeltank en kropen onder een afrastering door, waarna ze uitkwamen op het voetpad dat naar Raymonds huis leidde. Daar zagen ze Amanda, zijn zus, op haar buik in de voortuin liggen, met een stripboek. Ze droeg een geelgroene bikini en een zonnebril met een roze plastic montuur. Ze was pas elf, maar ze had al borsten.

'Je verbrandt,' zei Raymond in het voorbijgaan.

Zonder van de bladzijde op te kijken maakte Amanda met haar vingers een v-teken.

Billy grinnikte, maar dat ontging haar. Ze waren ook allemaal hetzelfde, dacht hij, die Percivals…

Zodra ze de honden hadden opgesloten in de achtertuin pakten ze twee fietsen uit de schuur en reden de heuvel af naar Weston Point. Bij de spoorwegovergang moesten ze wachten op een trein die voorbijsukkelde. Billy telde achttien wagons, stuk voor stuk vol chemicaliën. De slagbomen gingen omhoog en de twee jongens reden verder. De straten in het dorp waren verlaten. Het leek alsof de winkels allemaal dicht waren, wat niet zo was. Je voelde de hitte opstijgen uit het asfalt, in geheimzinnige golven.

Ze verstopten hun fiets in de spleet tussen een muur van betonplaten en een oude, vrijstaande garage, waarna ze over een muur klommen en zich lieten zakken in een oerwoud van slingerplanten, lavendel en brandnetels. Billy was wel vaker in iemands tuin geklommen, samen met Trevor Lydgate, maar dit voelde anders. Raymond had iets bezetens, iets meedogenloos. Billy keek naar het huis, met de donkere ramen en de verwaarloosde tuin, en hij vroeg zich af wat Raymond van plan was. Ineengedoken slopen ze naar de andere kant van de tuin, en bij het huis aangekomen maakten ze zich zo klein mogelijk, handpalmen en schouderbladen tegen de zondoorstoofde bakstenen gedrukt. Het leek net alsof ze waren gevangen in een onzichtbaar krachtenveld, dacht Billy. Zoals mensen in een sciencefictionfilm. Toen hij zijn hoofd draaide ving hij Raymonds blik op en ze begonnen allebei te lachen. En toen ze eenmaal waren begonnen, konden ze er niet meer mee ophouden. Ze klapten dubbel, happend naar adem, en probeerden zich zo stil mogelijk te houden. *Stel dat er iemand aankomt*, schoot het steeds door Billy's hoofd, maar die gedachte maakte het alleen nog maar erger. Uiteindelijk haalde Raymond de wodka tevoorschijn. Hij nam een flinke slok en hield Billy de fles voor. Billy nam ook wat. De vloeistof was warm en een beetje vettig en hij rilde toen die door zijn keel gleed.

Niet ver van de achterdeur zagen ze een openstaand bovenlicht. Te oordelen naar het matglas was het een wc-raampje. Raymond trok zich op aan het kozijn en wurmde zijn hoofd en bovenlijf naar binnen, waarna zijn benen nog een paar seconden grappig spartelden voordat ze ook verdwenen. *Ik hoop maar dat er niet net iemand zit te poepen,* dacht Billy, en hij moest heel hard in zijn arm knijpen om niet weer de slappe lach te krijgen. Hij keek snel om zich heen of niemand hem zag en kroop toen achter Raymond aan door de smalle opening. Hij was iets steviger gebouwd dan Raymond, waardoor het wat lastiger ging; een van zijn broekzakken bleef achter het haakje van het raam hangen en scheurde uit. Hij wist zich met twee handen van het gesloten toiletdeksel op de grond te laten zakken, waar hij stuntelig aan Raymonds voeten belandde. Hij stond op. De ruimte was maar net groot genoeg voor hen beiden. Raymonds adem stonk naar drank.

'Wat doen we hier?' zei hij.

Raymond schudde zijn hoofd, deed toen de deur open. Ze stapten een lange, smalle gang in, met bruine wanden en gebarsten linoleum op de vloer. Er stond een kapstok vol muffe regenjassen, en een metalen Hoover-stofzuiger met een kapotte stofzak. Ergens vlakbij klonk het hoge eekhoornstemmetje van een tekenfilmfiguurtje.

'"Sexton's kent het geheim van het goede leven",' zei Raymond.

Billy keek hem aan.

'Dat zag ik een keer op de gevel van een meubelzaak staan,' zei Raymond, 'in Widnes.'

In zijn latere leven als agent zou Billy nog vele keren langs die gevel lopen of rijden, en dan moest hij altijd aan Raymond denken. Het was alsof Raymond een gedenkteken voor zichzelf had opgericht door op zijn veertiende die woorden uit te spreken.

Ze slopen door de gang, Raymond voorop. Aan hun rechterhand was een woonkamer die toegang bood tot de achtertuin. Raymond stond nog niet in de kamer of hij pakte een zilveren kroes uit de boekenkast en propte die in zijn broekzak. Billy liep naar het raam. Op tafel lag een zwartleren handtas, half geopend, waarin duidelijk zichtbaar twee briefjes van vijf pond zaten. En nog wat kleingeld.

Billy stak Raymond de handtas toe om hem de inhoud te tonen, maar Raymond stond net een banaan te pellen. Op het moment dat Raymond naar hem toe liep en de tas van hem aannam, zwaaide de deur achter hem naar buiten open en schuifelde er een oude man in beeld. Het was nauwelijks te geloven, maar de oude man leek niet te merken dat er iemand was. Van opzij gezien was de bovenste helft van zijn rug gekromd, als het schild van een schildpad; als hij op een muur af zou lopen zou zijn voorhoofd er als eerste tegenaan komen. Billy en Raymond verroerden zich niet. Als ze doodstil bleven staan, zou de oude man hen misschien helemaal niet opmerken. Het was hoe dan ook te laat om nog weg te duiken.

Met zijn armen slap langs zijn lichaam stond de oude man ineengedoken voor een dressoir. Zijn hoofd wiebelde een beetje, alsof het aan een veer was bevestigd, en hij mompelde zachtjes. Billy kon er geen woord van verstaan. Na wat een eeuwigheid leek draaide de man zich om en zag hen staan. Hij zette grote ogen op achter zijn brillenglazen; zijn mond viel open.

'Tijd om te gaan,' zei Raymond.

Maar om de een of andere reden konden ze geen stap verzetten. Het was alsof hun een verhaaltje werd verteld en ze benieuwd waren hoe het zou aflopen.

De oude man kwam wankelend hun kant op. Hij schreeuwde, maar het klonk als nasaal gebrabbel. Zijn beide oren zaten vol haren. Het was afschuwelijk. Op datzelfde moment klonk er een afschuwelijk gekrijs, hard maar huiveringwekkend troosteloos, en het duurde even voor het tot Billy doordrong dat het de sirene van een van de chemische fabrieken was. Die ging af als er een oefening werd gehouden, of aan het einde van een dienst, maar soms betekende het dat er een ongeluk was gebeurd. Als er een lek was moest je zo hard je kon tegen de wind in rennen. Dat had Raymond hem verteld, en hij had het weer van zijn vader. Billy vroeg zich af welke kant je op moest rennen als het windstil was.

Het geluid leek een soort startschot voor de oude man. Hij griste een wandelstok van de rugleuning van een stoel en begon wild om zich heen te meppen. *Woesj – woesj – woesj.* Zijn uitvallen leken niet duidelijk ergens tegen gericht – of het moest tegen de lucht zelf zijn – maar misschien wilde hij gewoon laten zien hoe kwaad hij was dat er mensen zijn huis binnen waren gedrongen. Hoe dan ook, hij richtte een ware ravage aan in de kamer. Eerst vloog er een opzichtige tafellamp door de lucht, vervolgens een plank vol snuisterijen. Van een steigerend porseleinen paardje brak het hoofd af. Een schelpvormige asbak viel aan barrels. Billy zag, haast in trance, hoe de zwarte, rubberen dop van de wandelstok met een boog door de plafondlamp schoot. De kap spatte uit elkaar en het regende splinters matglas op het tapijt.

Raymond was inmiddels de kamer uit gegliipt. Billy volgde hem, terwijl hij probeerde uit de grillige banen van de wandelstok te blijven. Door een half openstaande deur zag hij een oude vrouw met dikke brillenglazen en heel weinig haar. Ze zat naar een tekenfilm te kijken, *Wacky Races.* Toen ze Billy in de deuropening zag staan wuifde ze even, niet met haar hele hand, alleen met haar vingers.

Raymond en Billy fietsten terug over de spoorwegovergang en vervolgens tegen de helling op, en ze bleven pas staan toen ze bij het park waren. Terwijl Billy met een voet op de grond stond en met de andere nog op het pedaal, proefde hij bloed en had hij pijn in zijn rechterzij, maar het was goed om weer buiten te zijn. Het was bedompt geweest in het huis, en de weinige lucht die er was had wee geroken, als uitgedroogde cake.

Toen ze weer op adem waren gekomen wilde Raymond Billy een van de briefjes van vijf geven.

Billy schudde zijn hoofd. 'Hou maar.'

'Zeker weten?' zei Raymond.

Billy wierp een blik over zijn schouder. 'Ze waren gek.'

'Ze waren gewoon oud,' zei Raymond.

Toen Billy die avond zijn tanden stond te poetsen viel er een driehoekig stukje matglas uit zijn haar in de wasbak. Hij bewaarde het nog een hele tijd in een lucifersdoosje, niet omdat het zo kostbaar was, maar als herinnering. Al kon hij niet zeggen waaraan precies.

De paar weken daarna zag hij Raymond niet, en toen de school weer begon gingen ze elkaar uit de weg. Dat jaar trok Raymond veel op met een oudere jongen, Derek Forbes. Billy ging op judo.

Hij droomde wel van Raymond. Voortdurend.

13

Toen hij het mortuarium binnen was gekomen, had Billy
het idee gehad dat het een goed onderhouden, efficiënt in-
gerichte ruimte was, maar hoe langer hij er zat, hoe meer
hem allerlei beschadigingen en tekenen van verwaarlozing
opvielen. De houten deurposten van de vaalgroene deuren
waren veelvuldig gekrast, voornamelijk op ongeveer een
meter van de vloer. De deuren zelf waren ook beschadigd:
overal zaten deukjes, in clusters, met allemaal zo'n beetje
dezelfde diameter. Op de deuren van de koelcellen zaten
net zulke plekken, op dezelfde hoogte. Hij meende te weten
hoe dat kwam, en toen hij de lijkbaar aan de andere kant
van de ruimte eens goed bekeek, werd hij bevestigd in zijn
vermoeden. De randen en de scherpe hoeken kwamen precies overeen met de meeste beschadigingen en deukjes. De
mortuariummedewerkers waren blijkbaar niet erg voorzichtig als ze met lichamen heen en weer reden. Het werk
werd natuurlijk niet goed betaald, maar dat was slechts een
deel van het verhaal. Als je in een ziekenhuis werkte, moest
je voorkomen dat alle ziekte en ellende om je heen vat op je
kreeg. Je moest je toevlucht nemen tot het andere uiterste
en op zijn minst onverschilligheid veinzen, wat op een bui-
tenstaander al snel kon overkomen als ongevoeligheid, of
zelfs harteloosheid. Bij de politie werd een soortgelijke strategie toegepast. Billy liep naar de ingang en liet zijn hand

even over een buts in een van de deuren glijden. Uiteindelijk hadden de stuurse jonge mortuariummedewerker en hij misschien toch iets gemeen. Al had hij nog steeds zin om hem een optater te verkopen.

Hij liep naar links, langs planken vol keurig opgevouwen lijkkleden. In de ruimte tussen het centrale blok met koelcellen en een koelcel waar STOFFELIJKE OVERSCHOTTEN POLITIE op stond, zag hij een zwabber, een emmer, twee rollen lichtblauwe papieren doekjes en een geelplastic driehoek waar NATTE VLOER op stond. Er lagen ook een paar lege kartonnen dozen, en op een daarvan stond TERUGBRENGEN NAAR MORTUARIUM. Hier ook tekenen van onverschilligheid of haast. De voorwerpen lagen schots en scheef, boven op elkaar, en Billy dacht heel even dat zijn buren, de Gibsons, er de hand in hadden gehad. Het plaatsje achter hun huis lag altijd vol speelgoed, het merendeel kapot. In de tuin lag een schommel op zijn kant, overgroeid met gras; de zandbak stond voor de helft vol regenwater en was groen uitgeslagen van de schimmel. De Gibsons: het waren geen echte criminelen, maar ze waren niet in staat hun eigen rotzooi op te ruimen, en ze toonden nergens respect voor – en dan gingen ze moeilijk doen over een windorgel…

Billy liep om een zuil heen en stond ineens voor de koelcel waarin het lichaam van de vrouw werd bewaard. Misschien was dat onbewust al de hele tijd zijn bedoeling geweest. En nu hij er eenmaal stond wist hij niet waaróm hij er stond, of wat hij er wilde doen. Na enige tijd stak hij zijn hand uit en voelde aan de klink, zoals de rechercheur een paar uur eerder ook had gedaan. De deur was nog steeds op slot, natuurlijk. Hoe kon het ook anders? Toch voelde hij iets van teleurstelling opvlammen. *Ze zag er oud uit. Ouder dan zestig.* Had hij een morbide, voyeuristisch trekje, of worstelde hij met zijn eigen gevoel van vervreemding? Sinds het moment dat hij moederziel alleen in het mortuarium was achtergebleven, had hij het gevoel dat hij waakte over een geest, een gedachtespinsel. Hij geloofde niet echt dat ze er lag. Misschien zocht hij een manier om greep te krijgen op de gebeurtenissen, het tastbaar te maken. Maar was dat niet precies wat de journalisten buiten beweerden? Hij bedacht dat zijn verlangen om in de koelcel te kijken uiteindelijk niet bestand zou blijken tegen een al te grondige inspectie. *Doe gewoon je werk*, hield hij zichzelf voor. *Doe gewoon je werk*. Met het hoofd van de moordenares achter die metaalplaat, op slechts een paar centimeter van zijn knokkels… Hij bleef een seconde of wat roerloos staan en deed toen een paar passen naar achteren, met aan de binnenkant van zijn vingers de ijzige afdruk van de deurklink.

14

Billy liep langs de smalle deur die toegang bood tot het toilet en de doucheruimte. Aan de muur hingen een controlepaneel van de koeling en een verbanddoos, waar FIRST AID op stond. Iemand had er een s achter gezet. Ook in een mortuarium was niets heilig. De enige concessie aan emoties was de stilteruimte. Vanuit het mortuarium was hij direct toegankelijk via de kale houten deuren achter zijn stoel, maar je kon er ook komen via de gang aan de buitenkant, zodat bezoekers de onprettige aanblik, de nietsontziende banaliteit van de dood bespaard bleef. Hij duwde de deuren open en wierp een blik naar binnen. Naast de baar waar de overledene zou worden opgebaard hing een eenvoudige icoon. Er vlak naast stond een oranje bank met armleuningen van blank hout. De muren waren ook oranje, maar dan een paar tinten lichter. Ondanks alle warme kleuren was de stilteruimte even functioneel als de rest van het mortuarium. Men kwam hier om de laatste eer te bewijzen of soms, wat nog moeilijker was, om een familielid te identificeren. In deze ruimte werden de ergste nachtmerries bewaarheid, en de lucht was verschaald, bedompt, wezenloos van de shock. Voor velen was dit de plek waar het lijden een aanvang nam.

Toen hij de deuren sloot, viel Billy's oog op de klok. Drie over half tien. Zo laat pas? Hij ging weer op zijn stoel zitten. Zijn linkerarm deed pijn op de plek waar die gemene dwerg hem had gebroken met die karatetrap, begin jaren tachtig; als de ijzige atmosfeer van het mortuarium ergens vat op zijn lijf zou krijgen, was het daar. Hij draaide de dop van zijn thermosfles en schonk een kop koffie in, met veel suiker en melk. Hij nam een slok en slaakte een zucht van voldoening. Ah, lekker. Nu dan maar die papierwinkel. Hij pakte zijn notitieboekje en bladerde erin totdat hij zijn aantekeningen had gevonden over de inbraak in het buurthuis, het weekend voor afgelopen weekend. De daders waren twee veertienjarigen, Darren Clark en Scott Wakefield. Ze hadden niets gestolen, maar ze hadden aardig wat schade aangericht, ruiten ingeslagen, graffiti op de muren gespoten en tegen een piano geplast. Aangezien het de eerste keer was dat ze in de fout gingen, achtte hij de kans gering dat ze moesten voorkomen. In plaats daarvan zouden ze waarschijnlijk streng worden toegesproken door een inspecteur, in het bijzijn van hun ouders. Evengoed moesten er zeker drie formulieren worden ingevuld. Hij schoof zijn stoel wat dichter naar de tafel en begon aan zijn rapport

We deden het gewoon voor de lol, eigenlijk, had Darren op een bepaald moment gezegd. *Gewoon, om wat te doen. We bedoelden er niets mee.* Toen Billy nog maar net in Widnes werkte, in 1979, had hij misschien nog de illusie gehad dat hij een jongen als Darren weer op het rechte pad zou kunnen krijgen, maar zijn jarenlange ervaring had hem geleerd dat hij eigenlijk maar weinig kon uitrichten. In alle jaren dat hij politieagent was, waren er maar één of twee tieners geweest van wie hij met zekerheid kon zeggen dat hij hun leven een positieve wending had gegeven. Geen geweldige oogst, voor drieëntwintig jaar werk.

Hoe vaak zou Darren Clark zich in zijn verdere leven nog in de nesten werken en vervolgens doen alsof het allemaal niet zoveel om het lijf had? Billy's pen bleef boven het papier zweven terwijl hij in de verte staarde en moest denken aan die middag dat hij samen met Raymond het huis van dat oude echtpaar was binnengedrongen. Hij moest toen ongeveer zo oud zijn geweest als Darren, hooguit een paar maanden ouder of jonger. Had hij er destijds net zo over gedacht – was het gewoon een lolletje geweest? Op voorhand wel, misschien, maar toen het achter de rug was niet meer. Nee, hij had er een bittere nasmaak aan overgehouden. Het was aanvankelijk allemaal zo spannend geweest – het warme weer, de wandeling naar het park, de wodka – maar naderhand was het iets waar hij liever geen deel aan had gehad, wat hij het liefst zou vergeten.

Plotseling werd er langdurig op de bel gedrukt. Billy wierp een blik op de klok – kwart voor tien – liep toen naar de deur en haalde de sloten eraf. In de gang stond de agent die de wacht had gehouden bij de hoofdingang.

'Je vrouw is er,' zei hij.

Billy keek hem strak aan. 'Wat?'

'Je vrouw. Sue. Ze staat bij de receptie.'

'Is er iets met haar?' zei Billy.

'Geen idee. Ze vroeg alleen of ze jou kon spreken.' De man deed een stap naar binnen en bleef staan bij de roestvrijstalen wasbak in de hoek. Hij wreef in zijn handen. 'Koud, hier.'

'Kun je het even van me overnemen?' zei Billy.

'Geen probleem.'

Billy schreef op dat hij wegging, zette de tijd erbij en keek toe terwijl de agent zijn eigen komst noteerde. Fowler, heette de man.

'Hooguit een paar minuten,' zei Billy. 'Tenminste, als ik niet verdwaal.'

'Al die rottige gangen ook,' zei Fowler.

15

Na acht uur 's avonds was de hoofdingang gesloten, en de enige toegang tot het ziekenhuis was via Spoedeisende Hulp. Terwijl Billy de bordjes volgde en steeds sneller ging lopen, dacht hij weer aan die middag in Weston Point. Ze waren terug gefietst over de top van de heuvel, en er had een dikke, gelige mist boven de Mersey gehangen. De rivier had een zweterige glans en hij had meer weg van een huid dan van water. Billy hoopte dat Amanda nog in de tuin zou liggen zonnebaden, maar eenmaal bij Raymonds huis bleek ze al naar binnen te zijn. Op weg naar zijn eigen huis kauwde Billy wat gras om de dranklucht te maskeren en mevrouw Parks, hun buurvrouw, zag het hem doen. De inbraak had hem niet lekker gezeten. Maar hij had in ieder geval niets van het geld willen hebben.

Toen Billy bij de SEH kwam zag hij Sue op een stoel zitten, met een *News of the World* dichtgeslagen op haar schoot. Hij liep al stilletjes te mopperen. Wat was er nu weer aan de hand? Wat was er zo dringend dat het niet kon wachten tot morgenochtend?

Zodra ze hem zag stond ze op en de krant viel met een klap op de grond.

'Wat kom je doen, Sue?' zei hij. 'Is er iets?'

Hij zag hoe ze de krant opraapte en hem op een klein formica tafeltje legde. Toen hij van haar wegkeek, ving hij de blik op van de agent die de wacht hield bij de ingang. De man straalde een mild mededogen uit.

Billy draaide zich weer naar Sue. 'Hoe ben je hier gekomen?' zei hij. 'Waar is Emma?' Hij liep langs Sue en tuurde door de glazen deur naar buiten, alsof zijn dochter daar ergens was, in het donker. Ze kon niet alleen gelaten worden, zelfs niet heel even. Ze ging altijd aan de wandel. Ze had geen besef van wat ze deed.

'Ze slaapt,' zei Sue. 'Jan is gekomen.'

Janet Crook woonde twee huizen verderop, naast de Gibsons. Haar man had haar drie jaar terug verlaten. Er gingen geruchten over een jongere vrouw.

'Ik heb Jans auto geleend,' zei Sue.

Billy was zich ervan bewust dat zowel de agent als de twee vrijwilligsters achter de balie hun gesprek probeerden af te luisteren, hoewel ze hun best deden om te doen alsof dat helemaal niet het geval was.

'Laten we naar buiten gaan,' zei hij.

Met een arm om Sues schouder duwde hij haar door de schuifdeuren. Ze werden meteen omringd door verslaggevers, met een wezenloze, vasthoudende blik in de ogen, en Billy moest moeite doen om de instructies van Phil Shaw in gedachten te houden: in de omgang met de pers moest hij zich zo geduldig en vriendelijk mogelijk opstellen.

'Zou u ons even alleen willen laten?' zei Billy. 'Dit is een privékwestie.' Het kwam er botter uit dan bedoeld, maar zijn ergernis had razendsnel de overhand gekregen en hij voelde dat die zich bijna op willekeurig wie zou kunnen richten.

Hij liep met Sue naar links, voorbij de gesloten hoofdingang en toen de helling af naar beneden, naar het gebouw waar de verpleegsters woonden. Tussen de bomen stond een picknicktafel waar ze aan gingen zitten, naast elkaar, de rug naar de tafel, als twee mensen in een bus.

Hoewel de maan niet te zien was, glinsterden de boomstammen. Zilverberk. Hij keek naar boven, door een wir-war van kale takken. Door de gelige lampen van de par-keerplaats leken de stukken hemel die nog zichtbaar waren, blauw.

'Hou je van me, Billy?'

Billy zuchtte. 'Ben je daarvoor helemaal hier naartoe ge-reden?'

Hij boog naar voren en keek, met zijn ellebogen op zijn knieën gesteund, recht voor zich uit. Hij wist niet of hij dit kon opbrengen. 'Doe me een lol, Sue. Ik ben aan het werk.'

'Ik was ongerust,' zei ze. 'Ik weet het niet. Ik was gewoon ongerust.' Er verschenen rimpels in haar voorhoofd. 'Komt het goed met ons, denk je?'

Zijn stem werd iets zachter. 'Natuurlijk komt het goed.'

'Ik weet het niet. Het lijkt soms gewoon zo moeilijk.'

'Ik weet het,' zei hij. 'Dat is zo, ik weet het.'

'Misschien kunnen we er even tussenuit.'

'Op vakantie, bedoel je?'

'We zouden de boot naar Nederland kunnen nemen. We zouden tochtjes kunnen maken, net als vroeger – langs al-lerlei steden...'

Hij keek weer op en staarde naar de zilverberken, waar-van de schors in sierlijke krullen losliet zodat de donkere bast eronder zichtbaar werd. *We zouden tochtjes kunnen maken.* Met Emma, zeker? Eind november? Sue kreeg steeds vreemdere verlangens. Het was bijna alsof hij, door niet met haar naar India of Thailand te zijn gegaan toen ze jong was, door haar tot een ander leven te hebben verleid, een meer burgerlijk bestaan, een schuld had opgebouwd. Aan de eisen die ze nu aan hem stelde viel alleen nog maar moeilijker te voldoen – maar was hij het niet op zijn minst aan haar verplicht om het te proberen?

'Ik ben morgenochtend weer thuis,' zei hij. 'Dan hebben we het er wel over.'

Sue stak een hand in haar zak. 'Bijna vergeten.' Ze haalde

een zwarte steen tevoorschijn, aan een dun leren koordje, en gaf die aan hem. Hij liet hem in zijn handpalm rusten. De steen had een doffe, donkere glans, maar op de een of andere manier was hij moeilijk te zien. Alsof hij opging in de nacht. 'Zwart agaat,' zei ze. 'Dat biedt je bescherming.'

'Wat moet ik ermee doen?'

'Je moet hem bij je dragen. Je kunt hem om je nek doen, onder je uniform.' Ze lachte naar hem. 'Niemand zal het zien.'

'Goed.' Hij stak zijn hoofd door het koordje.

'Hij laat geen kwaad toe,' zei Sue, 'maar weert het juist af. Hij laat het kwaad niet te dichtbij komen.'

'Mooi,' zei hij.

Hij wurmde de steen onder zijn kraag door en moest denken aan wat hij ooit had gelezen over de eerste paar jaar die de vrouw in de gevangenis had doorgebracht, in Holloway. Het scheen dat de bewakers er ruzie over hadden gemaakt wie haar eten naar binnen moest brengen. Ze wilden het geen van allen doen. Ze vonden het geen prettig idee om in haar nabijheid te verkeren. Niet dat ze in fysieke zin bang van haar waren; het was een spirituele angst.

'Nog één ding.' Sue haalde een tweede steen uit haar zak. 'Deze moet je ook bij je dragen.'

Hij nam de steen van haar aan. Deze was lichter van kleur, en veel gladder. Prettiger om te zien. 'Wat is dit dan?'

'Celestiet. Een aanvulling op het zwarte agaat. Deze brengt je in contact met het zuiverste deel van jezelf.'

Hij stopte de steen in zijn borstzakje. 'Ik hoop maar dat je er niet nog meer hebt,' zei hij. 'Anders kom ik niet meer van dit bankje af.'

'Nee,' zei ze, bijna vrolijk. 'Dat was het.'

Hij keek op zijn horloge. 'Misschien moest je maar weer teruggaan, anders wordt Jan nog ongerust.' Hij pakte zijn mobiele telefoon. 'Bel haar maar even om te zeggen dat je eraan komt.' Hij toetste het nummer in en gaf haar de telefoon. Op het moment dat zij 'Jan? Met mij,' zei, hield hij op met luisteren.

De wind wakkerde aan; boven hun hoofd bewogen de boomtoppen heen en weer. Hij dacht aan de bewakers, die lootjes schenen te hebben getrokken voor de celdeur van de vrouw. Hij vroeg zich af wat ze daarvoor gebruikt hadden. Lucifers, misschien – of sleutels. Sleutels, ja. Ondertussen werd het blad op de grond gezet, het eten koud... Had de vrouw geweten wat voor effect ze op de mensen in haar omgeving had? Hoe zou het zijn om je zoiets te realiseren?

Zodra Sue klaar was met bellen, liep hij met haar mee naar Janets auto. In de korte tijd dat hij daar had gestaan waren de raampjes beslagen en Billy ging met een paar papieren zakdoekjes aan de slag om te zorgen dat Sue voldoende zicht had. Sinds het ongeluk maakte hij zich telkens zorgen als zij met de auto weg was. Ze was tegen de muur van het speelplaatsje bij Emma's school gereden, en nadat ze zeker vijf meter muur had neergehaald was de auto over de kop geslagen en ondersteboven de weg weer op geschoven. Pas toen hij de volgende dag de auto zag, op de sloop, het dak ernstig beschadigd en bijna tot aan de stuurkolom ingedeukt, drong het tot hem door hoeveel geluk ze had gehad – niet alleen dat ze ongedeerd was gebleven, maar dat ze überhaupt nog in leven was.

'Doe voorzichtig, onderweg,' zei Billy. 'Als het goed is, ben ik om een uurtje of acht thuis.'

Ze keek door het deels opengedraaide raampje naar hem op, haar lippen zwart in het flauwe licht. 'Sorry dat ik je heb lastiggevallen,' zei ze, maar ineens leek haar gezicht op te klaren en wierp ze hem een guitig lachje toe. 'Nou ja, ik weet je tenminste nog af en toe te verrassen.'

'Ik hou van je,' zei hij. 'Rij voorzichtig.'

Hij keek de achterlichten na totdat ze tussen de bomen waren verdwenen, en liep toen terug naar het ziekenhuis. Hij was resoluut geweest. Tegelijkertijd had hij geprobeerd tegen haar te zeggen wat ze wilde horen, en zij was dan ook met een beter gevoel naar huis gegaan. Hij zou haar mee op reis moeten nemen. Haar verjaardag stond voor de deur. Misschien een goede gelegenheid.

Komt het goed met ons?

Er zijn dingen die je niet meer vergeet. Je kunt ze niet ongedaan maken, of doen alsof ze nooit zijn gebeurd. Hoe graag je dat ook zou willen. God, wat zou je dat graag willen. Sommige van die dingen lijken betrekkelijk onschuldig, terwijl ze je toch niet loslaten – zoals Newmans sneer dat hij niet gedreven was – terwijl andere dingen een centrale plaats in je leven innemen en elke vezel, elke gedachte beïnvloeden. Zoals die lenteavond dat hij voor het eerst het handje van zijn pasgeboren dochter had vastgehouden.

Hij keek naar het piepkleine, rode handpalmpje en zag dat er een lijn dwars overheen liep. Hij wist niet precies wat hij zag, maar hij wist genoeg om te vrezen dat er iets niet in orde was. Toen stelde de arts hen op de hoogte.

Traag gleed er een glimlach over Sues gezicht. 'Ach, wat sneu,' mompelde ze. 'Wat sneu.'

Nog voor hij er goed en wel erg in had, was Billy overeind gekomen en had hij zich omgedraaid. *Hoe kun je zo achterlijk zijn?* Hij bedoelde Sue. En heel even was hij bang dat hij het hardop had gezegd. Maar het was al erg genoeg dat hij het alleen maar had gedácht, en hij keek strak naar een hoek van de kamer. Er ging van alles door hem heen. Maar bovenal had hij een wanhopig verlangen om ergens anders te zijn. Een kroeg waar niemand iets tegen hem zou zeggen, of zelfs maar zou merken dat hij er was. Een kroeg waar hij geen stamgast was.

'Billy?' De arts legde een hand op zijn schouder.

Om Billy heen werd alles wazig, hij mompelde 'toilet' en verliet de kamer.

Maar hij liep het toilet straal voorbij en haastte zich naar het trappenhuis. Een trap, toen nog een, benen klapperend als tanden. Een wonder dat hij zich nog staande wist te houden. Hij minderde pas vaart toen hij buiten was, voor het ziekenhuis. Hij stond op de stoep; een ijzige wind joeg door zijn overhemd. 4 april. Hij keek naar de schemerige lucht en zag een vliegtuig, flarden wolken die als wattendekens de landingslichten in werden gezogen. Hij hoorde het onregelmatige brommen van de motoren. 'Laat het niet waar zijn,' fluisterde hij zachtjes. 'O God, laat het niet waar zijn.'

Hij deed alsof het nog alle kanten op kon gaan. Hij deed alsof hij een keuze had. Maar de wereld had al een besluit genomen. *Zo. Dit is jouw leven.* Hij was zevenendertig, bijna achtendertig. Zij was dertig. Ze probeerden al jaren zwanger te worden.

Er kwam een bus langs, de wielen reden door een diepe plas en het groezelige water golfde over zijn broek. Hij stond aan de rand van de brede straat, zag het water van zijn kleren druipen en begon te lachen.

Toen hij terugliep naar de verloskamer, zorgde hij dat er een glimlach om zijn lippen speelde.

'Dat is beter,' zei hij.

Hij boog zich over Sue en gaf haar een kus. Haar voorhoofd was klam, zurig.

De dokter begon over het hartje van de baby. Billy bleef glimlachen. Alsof er foto's van hem werden gemaakt. En dan niet één. De ene foto na de andere.

Tijdens de dagen die volgden – en het waren lange dagen, de langste van zijn leven – was hij ervan overtuigd dat het allemaal zijn schuld was. Er was iets mis met hem. Een gebrek aan helderheid, scherpte. Hij draaide de badkamerdeur op slot en hield zijn gezicht vlak voor de spiegel. Hij bestudeerde zichzelf minuten lang, in de hoop een glimp op te vangen van zichzelf. De zwakte, de laakbaarheid. Het fatale defect. Het moest er altijd zijn geweest, dacht hij. Wellicht hadden anderen het opgemerkt. Als dat het geval was, hadden ze het voor zich gehouden: het was niet iets waar je makkelijk over praatte. Er was de geboorte van een kind voor nodig geweest om het onomstotelijk vast te stellen. Om het aan het licht te brengen.

Maar na een tijdje spreidde de blaam zich uit en zag hij de gemankeerde baby als een vonnis over hun huwelijk. Ze konden onmogelijk voor elkaar zijn voorbestemd. Ze hadden een verschrikkelijke vergissing begaan. Ze waren tegen de natuur in gegaan. Het gevoel van vertrouwdheid dat hij aanvankelijk had gehad bleek toch een kunstgreep te zijn geweest, een val, en hij was er met open ogen ingetrapt, sukkel die hij was. Of misschien werd hij gestraft voor alles wat hij had gedaan of juist had nagelaten... Hij schrok soms 's nachts wakker en gaf dan een onvoorstelbare hitte af. De lakens aan zijn kant van het bed waren doorweekt.

Sue maakte een eind aan de zwartgallige overpeinzingen. Niet dat ze er iets van zei. Het was eerder haar instelling, haar manier van doen: de manier waarop ze berustte. *Wij zijn uitverkoren om voor dit kleine meisje te zorgen*, leek ze hem te willen zeggen, *dus moeten we er het beste van zien te maken*. Dit was een kant van Sue die hij niet eerder had gezien, deze praktische instelling, deze onverschrokkenheid. Ze vervulde hem van bewondering, stemde hem zelfs deemoedig, en hij deed zijn best een voorbeeld aan haar te nemen. Toch waren er nog altijd momenten dat hij wilde dat het allemaal een nare droom zou blijken en dat die voorbij zou zijn zodra hij daaruit ontwaakte. Geen kind – of een ander kind. Een normaal kind, geen kind dat anders was. *O Billy, Billy* zei hij binnensmonds tegen zichzelf in een of andere klamme kerk.

In die periode werd hij ontvankelijker voor zijn omgeving, en alles om hem heen leek op de een of andere manier een reflectie op zijn persoonlijke situatie, niet alleen liedjes op de radio, maar ook krantenkoppen, flarden van gesprekken die hij opving, zelfs namen van renpaarden. Het had op een vreemde manier iets weg van verliefdheid. Hij zag een keer op een wc in een nachtclub iets op de muur staan, alleen een verwijzing: KLAAGLIEDEREN 3:7. Klaagliederen – nou, dat was natuurlijk ook voor hem bedoeld. Het woord op zich was al voldoende, maar hij kon het toch niet laten om thuis de verwijzing na te zoeken. *Hij trekt een muur rond mij op, ik kan er niet uit; zwaar zijn mijn bronzen ketenen.*

Maar hij was vastbesloten om niet weg te gaan. Hij wilde niet hetzelfde doen als zijn vader, al zat het in zijn bloed. Hij had wel heel sterk het verlangen gevoeld, niet in de verloskamer, maar buiten op straat, voor het ziekenhuis. De drang om weg te rennen, en gewoon te blijven rennen. Om te sterven, zelfs. Alle spieren in zijn lijf gespannen, klaar om te vluchten. Maar hij dacht aan de beloften die hij had gedaan.

In voor- en tegenspoed, ging het door hem heen.

Tegenspoed, dacht hij.

Hij had aan het kortste eind getrokken. Hij kreeg de rekening gepresenteerd. Het was een bittere pil. Er waren honderden uitdrukkingen van toepassing op zijn situatie, en ze waren geen van alle erg opwekkend.

Waar hij de meeste moeite mee had waren de mensen die op kraamvisite kwamen. Met hun vertederde en voorbeeldige reactie als ze het kind zagen. Gemaakt vertederd, dan. Gemaakt voorbeeldig. En zoals ze hem aankeken – begripvol, of monter, alsof ze hem een hart onder de riem wilden steken. Hij wist dat het moeilijk voor hen was, maar hij kon er gewoon niet tegen. Hij maakte harde grappen – hoe harder, hoe beter – en zag hun lichaamstaal veranderen. Ze wisten niet of ze moesten lachen of afkeurend moesten kijken. *Voor jullie maakt het allemaal niets uit*, wilde hij schreeuwen, waarbij zijn speeksel in hun gezicht sproeide. *Jullie hoeven er niet mee te leven.*

Wat een opluchting toen Neil Batty kwam. Neil wachtte tot Sue de kamer uit was, richtte zich toen tot Billy en zei: 'Jezus, wat een ellende, man.' Hij had Neil wel om de hals kunnen vliegen. Neil die gelijk met hem bij de politie was gegaan. Neil die het jaar daarvoor zijn getuige was geweest...

Het was inderdaad een grote ellende, en het zou waarschijnlijk alleen nog maar erger worden. Het zou niet vanzelf over gaan, dat was een ding dat zeker was.

Als puntje bij paaltje kwam was dat de enige zekerheid die hij had.

Zo lagen de feiten.

Hij liep de gang in naar het mortuarium en dacht aan de stenen die Sue hem had gegeven. Hij haalde de lichtblauwe steen uit zijn borstzakje. Die zou hem in contact brengen met het zuiverste deel van hemzelf, had Sue gezegd, maar in hoeverre was hij nog zuiver na alles wat hij had meegemaakt?

16

Toen Billy op de bel van het mortuarium drukte deed Fowler open en keek over Billy's schouder de gang in, alsof hij verwachtte dat Billy zijn vrouw had meegenomen.

'Alles in orde?' zei hij.

Billy knikte. 'Ja, alles in orde.'

'Je hebt er wel de tijd voor genomen.'

'Sorry. Het ging niet anders.'

'Zit er maar niet mee,' zei Fowler. 'Ze heeft het me niet erg lastig gemaakt.'

Billy vermoedde dat hij die opmerking van tevoren had bedacht, maar evengoed glimlachte hij werktuiglijk naar Fowler. De meeste mensen vonden het gevoel voor humor van agenten smakeloos, om niet te zeggen ziek, maar goed, de meeste mensen kregen niet voor hun kiezen wat agenten voor hun kiezen kregen. Billy moest denken aan de keer dat Neil mond-op-mondbeademing had toegepast bij een man die door de voorruit van een auto was gevlogen. Dankzij Neil had de man het overleefd, al moest zijn hele gezicht gereconstrueerd worden. Neil kreeg een eervolle vermelding van de hoofdinspecteur, en zijn naam kwam in de plaatselijke krant. Hij maakte er zelf geen ophef van. Sterker nog, hij refereerde er slechts één keer aan, en dat was later diezelfde avond, in de kleedkamer. 'Ik weet maar heel weinig van die vent,' zei Neil, 'maar één ding is zeker: hij had Indiaas gegeten.' Neil wachtte even totdat de lach was weggestorven. 'Kip madras, als je het mij vraagt.' Gevoel voor humor. Zonder gevoel voor humor redde je het niet. Het was een vorm van zelfbescherming.

Billy noteerde in het journaal dat hij het weer overnam en zag dat hij een dik half uur was weggeweest. Fowler had hem er terecht op gewezen. Hij zou tegen Sue zeggen dat ze niet meer zomaar langs moest komen. Het maakte een onprofessionele indruk. Bovendien stond hij voor schut.

'Nou,' zei Fowler, 'dan duik ik die gangen maar weer in.'

'Hartstikke bedankt dat je even voor me wilde waarnemen,' zei Billy. 'Ik waardeer het zeer.'

Fowler keek naar zijn voeten en knikte, toen keek hij weer op en grijnsde naar Billy.

Toen de agent weg was, ging Billy aan tafel zitten. Het was nog altijd twee uur tot zijn eerste pauze, maar hij had geen zin in de papierwinkel. Hij schonk nog wat koffie in. Een half kopje. De lampen aan het plafond maakten een zacht, mechanisch geluid, iets tussen een piep en een brom in, en uit het kantoortje van de patholoog-anatoom kwam een regelmatig maar langgerekt *piep-piep-piep*, wat wilde zeggen dat Fowler de telefoon niet had opgenomen en dat er een bericht was ingesproken. Het geluid werkte Billy niet op de zenuwen, zoals zijn jonge, blonde collega had voorspeld; hij vond het eerder geruststellend, een soort hartslag, een levensteken. Sue zou inmiddels al op de A14 zitten, bedacht hij. Het was vast rustig op de weg. Alleen een paar vrachtwagens die naar het oosten reden om de nachtboot te halen.

Hij pakte zijn mobieltje. Als hij Sue een sms'je stuurde zou hij de positieve noot benadrukken waarmee ze voor de verandering uit elkaar waren gegaan. *Hopelijk veilig thuisgekomen*, schreef hij. *Morgen samen ontbijten? Billyx*. Hij hoopte dat ze zich er eindelijk bij had neergelegd dat hij gewoon zijn werk deed, hoe absurd dat ook klonk. Hij was tenslotte politieagent; hij had niet voor het zeggen wat voor klussen hij toegewezen kreeg. En toen ze naast elkaar aan de picknicktafel zaten had ze toch echt een schuldbewuste indruk gemaakt, alsof ze ook wel begreep dat ze te ver was gegaan. Maar de heftige stemmingswisselingen van de laatste tijd baarden hem zorgen. Na Emma's geboorte was ze zo dapper geweest, zo toegewijd, en hij had kracht geput uit haar voorbeeld. Hij ging ervan uit dat zij alles in goede banen zou weten te leiden. Maar inmiddels twijfelde hij eraan of zij wel zo evenwichtig was...

Afgelopen voorjaar had hij haar een keer midden in nacht in de keuken aangetroffen, toen hij uit zijn werk kwam. Hij kon aan haar ogen zien dat ze had gehuild. Er stond een fles wijn op tafel, al voor de helft leeg. Ze had ook een sigaret gerookt, wat niets voor haar was. Hij had al veel eerder thuis zullen zijn – zijn dienst was om tien uur afgelopen – maar hij was naar de riviermond gereden. Daar had hij in het donker, met de kachel aan, naar jazz zitten luisteren. Hij had aan zijn vader zitten denken. De gebruikelijke onafgemaakte gedachten. Toen hij Sues betraande gezicht zag, voelde hij een zeker schuldgevoel knagen – of in ieder geval iets van berouw – maar hij wist dat hij het de volgende keer weer zou doen. Hij bleef in de deuropening van de keuken staan, zijn afhangende armen een eindje van zijn lichaam, alsof hij in de rivier was gevallen en zijn uniform nat was.

'Ik ben vreselijk,' zei Sue.

'Hoezo?'

Ze keek hem heel even aan en wendde toen haar blik af. 'Ik ben bang dat er met mij iets niet helemaal in orde is.'

Hoewel hij moe was, schoof hij een stoel bij. 'Vertel op.'

Ze schudde het hoofd. 'Dat kan ik niet. Echt niet.'

Hij schonk wat wijn in haar glas en dronk het op. 'Vertel het me nou maar, Sue,' zei hij. 'Het kan nooit erger zijn dan sommige van de dingen die ik heb gedaan.'

Ze keek hem met grote ogen en iets van aarzeling in haar blik aan, maar liet toen haar hoofd weer zakken.

'Vertel me nou maar wat je dwarszit,' zei hij. *Dan kun-nen we daarna naar bed*, luidde de rest van zijn zin, maar die bleef onuitgesproken.

Ze legde twee handen tegen haar gezicht en met de middelvinger van beide handen veegde ze de tranen onder haar ogen weg. 'Weet je nog dat ik vorig jaar naar Whitby ben geweest?'

'Ja. Je had Emma meegenomen.'

'Ik heb haar daar bijna vermoord.' Sue bleef doodstil zitten, met haar handen in haar schoot, en ze durfde hem niet aan te kijken. 'En dan bedoel ik niet per ongeluk.'

Hij keek naar haar gebogen hoofd, de witte streep van haar scheiding.

'Het was niet mijn bedoeling,' ging ze verder. 'Tenminste, ik denk van niet. Het was meer een soort opwelling.' Ze wierp een schichtige blik zijn kant op, door haar haren heen, en liet toen een kort, merkwaardig galmend lachje horen.

Hij wist niet goed wat hij moest zeggen, maar hij begreep dat hij geen al te lange stilte mocht laten vallen, en hij wist dat hij niet mocht oordelen.

'Vertel eens wat er gebeurd is,' zei hij zachtjes.

De rit naar het noorden duurde langer dan ze had verwacht, vertelde Sue, maar Emma werd pas lastig toen ze eenmaal bij het hotel waren.

'Toen was ze natuurlijk moe,' zei Billy.

Sue knikte. 'Je weet hoe ze kan zijn.'

Ze stond op de parkeerplaats en wilde de spullen uitladen, maar Emma liep keer op keer de weg op. Ze sprak Emma heel rustig toe, waarschuwde haar, probeerde haar eerst nog om te kopen, begon toen te schreeuwen. Het mocht allemaal niet baten. Uiteindelijk moest ze Emma half dragend en half trekkend naar hun kamer brengen, terwijl Emma de hele weg naar boven bleef brullen, dat vreselijke brullen van haar, dat bijna niet meer menselijk was, en dat alles in het bijzijn van de andere hotelgasten, die vanuit de lobby toekeken.

'Soms zou je haar het liefst een kaakstoot geven,' zei Sue. 'Haar buiten westen slaan. Zoals in een film.'

'Dat is nog niet zo makkelijk,' zei Billy.

'Tja,' zei Sue. 'Als jij dat zegt, zal het wel.'

Ze waren die avond op hun kamer gebleven en hadden de broodjes en de chocolade opgegeten die ze nog over hadden van onderweg; ze kon het niet opbrengen om naar de eetzaal te gaan, niet met al die starende blikken. De volgende ochtend was het stralend weer. Ze stond in haar pyjama voor het raam en probeerde zich af te sluiten voor het gesnater van de tekenfilmpjes. Het zonlicht viel schuin over de parkeerplaats van het hotel. Ze zouden naar East Cliff lopen, besloot ze. De vervallen abdij bezoeken.

Toen ze over de draaibrug liepen, keek Emma met haar hoofd in haar nek en met openhangende mond naar de zeemeeuwen die krijsend boven de haven cirkelden. Het pad naar East Cliff was steil en lag vol glibberige flagstones, maar ze deden het heel rustig aan, en ze liepen hand in hand. Tegen de tijd dat ze de top hadden bereikt, was er een kille wind van zee opgestoken. Het was een doordeweekse dag, buiten het toeristenseizoen; er was verder geen mens te bekennen.

Toen Emma de abdij zag keek ze Sue aan, haar ogen glinsterend achter de brillenglazen. 'De Klokkenluider,' zei ze.

Billy grinnikte. 'Ze is gek op die film.'

Later, toen ze over het kerkhof liepen, vertelde Sue Emma het verhaal van graaf Dracula. Hier was hij aan land gekomen, vertelde ze, hier in Whitby, tijdens een zware storm. Ze leidde Emma naar de rand van de klif, in de hoop dat ze zouden kunnen zien waar het schip van de vampier was gestrand. Emma keek naar beneden, haar lichaam vanaf het middel voorovergebogen, de handen gebald in haar zij gedrukt – misschien probeerde ze zich voor te stellen hoe

Dracula in een grote, zwarte hond was veranderd en aan land was gesprongen, of misschien was ze gewoon in de ban van het ritmische omkrullen en breken van de golven – en op dat moment, toen ze daar zo naast elkaar stonden, op nog geen dertig centimeter van de rand, schoot het door Sues hoofd: *Ze zou kunnen vallen*, en toen, onmiddellijk erachteraan, *Ik zou haar een duw kunnen geven*. Het was een val van ruim vijftig meter. Ze zou het niet overleven. Uitgesloten. *Als ik haar nu een duw geef*, dacht Sue, *is het allemaal voorbij*. Ze aarzelde een paar tellen, deed toen een stap bij Emma vandaan. Ze stond achter haar, maar nog wel zo dichtbij dat ze zich gedeeltelijk in haar schaduw bevond. *Al onze problemen zouden in één klap zijn opgelost*. Ze stond in de schaduw van haar dochter en de verleiding om haar handen uit te steken was zo sterk dat ze het bloed in haar vingers voelde kloppen.

Een tragisch ongeval. Een drama.

En ze waren helemaal alleen op die onherbergzame klif, dus wie zou ooit het tegendeel kunnen bewijzen?

Ze deed zo abrupt een stap naar achteren dat ze met haar been tegen een grafsteen stootte. 'Emma,' zei ze, 'ik denk dat we maar weer eens moesten gaan.'

'Gaan,' zei Emma. 'Naar beneden.'

'Ja, lieverd. Het is tijd om te gaan lunchen.' Ze pakte Emma's hand en hield hem stevig vast.

'*Fish and chips.*'

Sue glimlachte. 'Als jij daar trek in hebt.'

Nog geen half uur later zaten ze in een restaurant aan het water, met rode wangen van de wind.

Sue keek strak naar Billy's gezicht. 'Het scheelde maar zo weinig.' Ze hield haar duim en wijsvinger een stukje van elkaar. Een heel klein stukje.

'Het ligt niet aan jou,' zei Billy. 'Ik heb hetzelfde gedacht.'

Ze schoof een eindje bij hem vandaan. 'Echt?'

Hij schonk nog een glas wijn in. 'Niet precies hetzelfde,' zei hij. 'Maar soms zou ik willen dat ze nooit was geboren.'

Maar nee, dacht hij zodra hij het had gezegd, dat klopte niet helemaal. Emma kwam nooit in die gedachten voor, niet als mens. Het was allemaal abstracter. Hij zou willen dat hun een ander lot toebedeeld was geweest. Maar Sues blik was al afgedwaald naar de keukenmuur. Ze zag er intens verdrietig uit, en hij wist dat ze met haar gedachten bij haar enige kind was – haar bron van geluk, en haar kruis. De doodenkele keer dat Sue lang weg was, zat Emma bij het raam in de woonkamer en hield de straat in de gaten. *Ik wacht op mammie*, zei ze dan, en zoals altijd deed haar stem denken aan de schreeuw van een gans. *Maar mammie komt pas laat thuis*, zei hij. Ze keek hem boos aan, van achter haar dikke brillenglazen. *Ik sluit je op in de toren.*

'Het is bepaald niet makkelijk,' zei hij. 'Het is niet meer dan menselijk om af en toe zulke dingen te denken.'

Hij wist niet of dat wel echt zo was. Hij zei ook maar wat. Maar in ieder geval trof hen beiden evenveel blaam.

'Waar het om gaat, is dat je het niet hebt gedaan,' zei hij.

'Ik had het kunnen doen,' zei ze. 'Ik had het bijna gedaan.'

Ze wilde niet dat hij de aanvechting die ze had gevoeld zou afdoen als iets eenmaligs, als een dwaling – een uitzondering op de regel. Het was heel ernstig en heel wezenlijk, en voortdurend aanwezig. Dat was wat ze hem probeerde duidelijk te maken. *Het is voortdurend aanwezig.*

'Maar je deed het niet,' zei hij nogmaals, iets zachter. 'Je hebt het niet gedaan.' Hij liet een stilte vallen, nam toen een risico. 'En je zult het ook niet doen.'

Billy begon ineens te rillen toen hij opstond van zijn stoel, en hij wreef over zijn armen. Hij dacht dat hij begreep waarom Sue hem had gesmeekt die nacht niet naar zijn werk te gaan. Ze realiseerde zich hoe broos alles was. Hun leven samen. Hun greep op het bestaan. Misschien voelde ze zich wel verwaarloosd, en niet gesteund. Misschien wantrouwde ze hem zelfs. Niet omdat hij naar de riviermond van de Orwell reed en in zijn eentje in een stilstaande auto zat – hoewel dat op zich misschien al erg genoeg was – maar domweg omdat hij vaak een uur later thuiskwam, zonder dat duidelijk was wat hij had gedaan. Misschien dacht ze wel dat hij een ander had... En dan nu deze klus, die was omgeven met zo veel verdriet en zo veel angst, en zo veel woede – zoiets kon onbewust aan je vreten. Er kon iets bezwijken, er kon iets instorten of exploderen, en dan zouden alle verschrikkingen over hen neerdalen. Ze hield haar hart vast voor hem, voor haarzelf – voor hun gezin. De muur die hun bescherming bood was zo verschrikkelijk dun. Sterker nog, het mocht een wonder heten dat hij het tot dan toe had gehouden.

17

Er zat nog een bodempje koffie in zijn bekertje, en hoewel hij wist dat het al een tijdje koud was, dronk hij het toch op, waarna hij zich onderuit liet zakken op zijn stoel en zich uitrekte, waarbij er een luide, piepende zucht uit zijn keel opsteeg, het soort geluid dat je alleen maakt als je alleen bent. Het had hem veertig minuten gekost om Rebecca's aanvullende proces-verbaal in te vullen – *Bijna(a)m(en)/pseudoniem(en)*... Becky, Becca – en dat had hem alleen maar gesterkt in zijn angstige vermoedens.

Toen Billy die zondagmiddag het huis van de familie Williams binnen was gelopen waren de radiotoren steenkoud geweest en had alles onder het stof gezeten. Op weg naar de woonkamer wierp hij een blik in de keuken. Er was eten op de grond gegooid en de gootsteen stond vol vuile vaat. Het afval zat in plastic zakken van Asda, de supermarkt, die aan de deurkrukken waren gehangen. In de magnetron lag iets te beschimmelen. Het zag eruit als een stuk pizza.

De vriend van de moeder, Gary Fletcher, maakte bezwaar toen Billy zei dat hij alle kamers in huis zou doorzoeken, maar Billy zei dat hij dat móést, op grond van artikel 17 van de *Police and Criminal Evidence Act*. Niet dat hij hen niet geloofde; het stond gewoon zo in de wet. Een kind dat als vermist werd opgegeven bleek in veel gevallen gewoon thuis te zijn, of anders ergens in de buurt, bij een van de buren, bij een vriendje of vriendinnetje. Hij vertelde hun het verhaal dat hij altijd vertelde, van het vierjarige jongetje dat zich een paar jaar terug thuis schuil had gehouden in de bank in de woonkamer. En als Rebecca daadwerkelijk zoek was, dan was het van het grootste belang om het hele huis te doorzoeken, aangezien dat aanknopingspunten zou kunnen bieden omtrent haar plannen en haar verblijfplaats. Had ze een briefje achtergelaten? Waren er kleren weg? Had ze een jas meegenomen? Bovendien – maar dat zei hij er niet bij, om begrijpelijke redenen – zou een huiszoeking de politie een indruk geven om wat voor soort gezin het ging; wat voor soort mensen het waren, hoe ze leefden.

Nadat hij alle kamers af was gegaan, had Billy in de woonkamer met het stel gepraat. Tijdens het gesprek sloeg Fletcher drie blikjes Special Brew-bier achterover. Hij had bij een bouwmarkt gewerkt, zei hij, maar hij was ontslagen. Een van de managers had hem valselijk beschuldigd. Karen Williams zat te knikken, maar Billy had de indruk dat ze geen woord meekreeg van wat er werd gezegd; het was een reflex, een gewoonte, een manier om aan het gesprek deel te nemen zonder de aandacht op zichzelf te vestigen, of een wezenlijke bijdrage te leveren. Hij vroeg zich af of ze drugs gebruikte. Ze had de broze, uitgebluste uitstraling van iemand die het allemaal nauwelijks nog aankan. Er liepen nog twee kinderen rond, Dwight, een negenjarig jongetje, en een meisje van twee. Geen van beiden Fletchers kinderen. Rebecca vermoedelijk al evenmin. De peuter – Chantelle – droeg een luier, en verder niets. In een onverwarmd huis. In november.

In het mortuarium boog Billy zich wat dichter naar het vermiste-personenformulier en hij keek naar de schoolfoto die hij in het daarvoor bestemde vakje had geplakt. Rebecca straalde iets dappers uit, maar hij zag ook iets van angst in haar blik. Haar lippen waren lichtpaars en er lag een grijzige gloed over haar tanden. Haar glimlach was gemaakt en niet erg overtuigend; ze had maar heel weinig wat ze in die glimlach kon leggen. Haar haar was ongekamd. Het was duidelijk dat ze niet veel meer kon hebben.

Ze werd gepest door een aantal klasgenootjes, liet Karen tegen het einde van het gesprek weten, alsof ze het zich ineens weer herinnerde. Ze hadden Rebecca een keer aan een boom gebonden en haar zo achtergelaten. Een andere keer hadden twee jongens haar gegeseld. Daar hadden ze de antenne van een auto voor gebruikt, naar bleek. *Littekens / Verwondingen / Tatoeages / Piercings...* Littekens op benen en billen. Zo'n vijf centimeter lang. Billy vroeg of ze een klacht hadden ingediend bij de schoolleiding. Ze waren er wel naartoe gegaan, zei Fletcher, maar het schoolhoofd had hen niet willen ontvangen. Klootzak. Fletcher was zo iemand die zich voortdurend tekortgedaan voelde: hij nam nergens verantwoordelijkheid voor, en niets was ooit zijn schuld. De verhouding tussen Karen en hem was gespannen, maar mat. Ze keken elkaar vrijwel nooit aan, en Karen stelde zich zo onderdanig op dat Billy zich afvroeg of Fletcher haar sloeg. Er zou misschien een moment komen dat hij Fletcher moest meenemen naar het bureau en hem in staat van beschuldiging moest stellen. Andere formulieren in dat geval, natuurlijk. Een melding van Huiselijk Geweld.

Billy vroeg of er iets was wat Rebecca heel erg leuk vond. Schouderophalend pakte Fletcher nog een blikje, trok het open en gooide het lipje op tafel.

'Karen?' zei Billy.

'Ze zeurt altijd dat ze naar de dierentuin wil,' zei Karen, 'maar daar hebben we geen geld voor, hè?' Ze wierp een vermoeide, opgejaagde blik in Fletchers richting, maar hij deed alsof hij het niet zag, waarop zij een sigaret opstak.

Aan de achterkant van het huis klonk het geluid van brekend glas. Fletcher schoot overeind. 'Dwight?' riep hij. 'Kom hier!' Billy keek naar de deuropening, maar het jongetje liet zich niet zien.

De as van Karens sigaret viel op het vloerkleed. Fletcher liet zich weer onderuitzakken, met een dreigende blik, en zette het blikje aan zijn lippen. 'Etterbakje,' mompelde hij, en hij nam een slok.

Die avond op het bureau ging de telefoon. Het was Karen Williams, die belde om te zeggen dat ze Rebecca had gesproken.

'Dus, nou ja,' zei Karen met haar gedrogeerde, afstandelijke stem, 'er hoeft niet meer gezocht te worden.'

'Waar was ze?' vroeg Billy.

'Bij haar nichtje – geloof ik...'

Billy bladerde nogmaals door het dossier en keek of hij wel een vinkje had gezet bij *Verhoogd Risico*. Een paar tellen later haalde hij het koordje met de zwarte agaat van zijn nek en legde het op de foto van Rebecca, net onder de v-hals van haar schooltrui. *Dit zal je beschermen*. Die zondag was hij na zijn werk rechtstreeks naar huis gereden omdat hij behoefte had aan gezelschap, aan afleiding, maar hij was vergeten dat Sue met vriendinnen naar de film zou gaan en dat hij had beloofd op Emma te passen. Toen hij de voordeur opendeed stond ze al tegenover hem in de gang, een arm al in de mouw van haar jas, de andere gebogen achter haar rug, tastend naar het armsgat.

'Vergeet niet Emma in bad te doen,' zei ze, 'en ik heb haar ook nog geen eten gegeven.'

Die avond, nadat hij Emma in slaap had gezongen, schonk hij een stevige wodka in en ging aan de keukentafel zitten. Hij keerde steeds terug naar dat deel van het formulier waar stond: *Overige niet nader gespecificeerde factoren die volgens de agent van belang kunnen zijn voor een juiste inschatting van de situatie*. Rebecca was vrijwel de gehele zaterdag zoek geweest, maar Karen had het pas tegen het einde van zondagochtend nodig gevonden de politie te bellen. Ze zei dat ze dacht dat Rebecca op haar kamer zou zitten. Maar ze was niet gaan kijken. Als een meisje van Rebecca's leeftijd werd vermist, en ze had ondeugende vriendinnetjes, of ze had in het verleden regelmatig gespijbeld, dan ging de politie zich pas na een dag of twee zorgen maken, maar bij een stil meisje, zoals Rebecca, maakte je je al veel eerder zorgen. Uiteindelijk wist hij niet of hij moest geloven wat Fletcher en Karen hem hadden verteld. Wie zou zeggen of de mishandelingen waar ze het over hadden gehad niet thuis hadden plaatsgevonden? Fletcher werkloos, gefrustreerd, aan de drank; Karen aan de drugs, of met oogkleppen op... Het verhaal van die twee jongens en de antenne van de autoradio konden ze net zo goed zelf hebben verzonnen. Het zou interessant zijn om te kijken of hun bezoek aan de school ergens stond vermeld.

De dag daarop, maandag, toen de telefoon ging en het voor hem bleek te zijn, dacht Billy eerst dat het de wijkagente was – hij had op haar antwoordapparaat ingesproken dat hij zich zorgen maakte – maar het was Phil Shaw, over een heel andere klus...

Hoewel Billy het dossier had opgeborgen, liet de foto, en vooral de blik in Rebecca's ogen, hem niet meer los. *Ik heb mijn best gedaan*, leken haar ogen te zeggen, *ik heb echt mijn best gedaan, maar ik red het niet.* Hij liet zijn gedachten de vrije loop in de hoop zo een strategie te kunnen bedenken, een manier om haar veiligheid te waarborgen. De gedachte dat hij misschien al alles had gedaan wat in zijn vermogen lag, bedrukte hem, net zoals het hem die zondagavond had bedrukt. Toen Sue terugkwam uit de bioscoop had ze hem in de keuken aangetroffen, zijn hoofd in zijn handen, de wodkafles bijna leeg.

18

'Ik had eerder willen langskomen,' zei Phil toen Billy de deur opendeed, 'maar er kwam steeds van alles tussen.'

Toen hij het mortuarium binnenstapte leek hij aandachtig de lucht op te snuiven, alsof hij op zijn neus vertrouwde om de situatie in te schatten. De rechercheur had iets dierlijks, bedacht Billy ineens. Altijd al gehad ook.

Phil legde beide handen plat op de tafel, elk aan een kant van het journaal, en las de opmerkingen van de laatste paar uur. 'Ik hoor dat Sue langs is geweest.'

Billy vloekte binnensmonds. Hij had gehoopt dat voor Phil geheim te houden. 'Ze kwam een uurtje geleden langs,' zei hij. 'Er was iets met Emma.'

'En dat is nu opgelost?'

'Ja.'

Terwijl Phil nog steeds over het journaal gebogen stond, keek hij Billy over zijn schouder aan, en Billy zag dat er zich een vraag vormde: *Thuis alles goed?* Hij wist ook dat het een vraag was die Phil nooit zou stellen. De laatste keer dat Phil met hem mee naar huis was gegaan, hadden ze zich in de tuin bezat, en toen Sue naar bed ging begon Phil over zijn eigen leven – zijn vrouw had hem verlaten, gelukkig geen kinderen – en hij had niets verbitterds gehad, alleen iets melancholieks, iets van ongeloof: dat hem dat nou moest gebeuren... Bij die gelegenheid was Billy niet gaan vissen, had hij niet aangedrongen op meer details; hij had domweg gewacht totdat Phil was uitgepraat, had toen *Klote* gemompeld en nog een drankje voor Phil ingeschonken. Wat viel er verder nog te zeggen? Als je bij de politie zat vroeg je vrijwel nooit naar het huwelijksleven van je collega's omdat je wel wist hoe het antwoord luidde. *Alles goed?* Dat was bijna nooit het geval. Politiemensen werkten op de vreemdste tijden. Ze dronken te veel en sliepen te weinig. Ze aten junkfood. Ze waren de vuilnismannen van de maatschappij, eeuwig en altijd aan het puinruimen, ze ontfermden zich over de rotzooi waar verder niemand iets van wilde weten. De meesten waren met de beste bedoelingen in het vak gestapt, met het idee dat ze goed werk konden verrichten, maar ze kwamen al snel tot de ontdekking dat het een bodemloze put was. Als je het ene drugspand sloot, schoot er ergens anders een nieuw drugspand uit de grond. Terwijl je de ene prostituee oppakte, deden om de hoek drie andere prostituees zaken. En inbraken, dat was al helemaal onbegonnen werk. Onlangs had een agent van over de vijftig Billy verteld dat hij nu de zonen en de kleinzonen oppakte van de mensen die hij in zijn beginjaren had ingerekend. De misdaadstatistieken mochten dan stijgende en dalende lijnen vertonen, maar in feite veranderde er niets, niet wezenlijk. De politiemensen stonden onder enorme druk, en daar leed hun privéleven onder. Dat wist Phil beter dan wie ook.

'Ben je aan pauze toe, Billy?' zei Phil. 'Wil je even een frisse neus halen en je benen strekken?'

Die woorden maakten Billy duidelijk dat voor Phil de zaak was afgedaan.

'Ik wacht wel tot middernacht, brigges,' zei hij. 'Dat duurt niet lang meer.'

Hij zag Phil gapen en vervolgens in zijn ogen wrijven. 'Ik denk eerder dat jij aan pauze toe bent.'

'Als dit achter de rug is, kruip ik een hele week in bed.'

'Een week? Zo lang krijg je nooit vrij.'

'Precies.' Met zijn kaken stijf op elkaar geklemd wierp Phil hem weer zo'n nors glimlachje toe.

Toen Phil weg was ging Billy weer op zijn stoel zitten. Ja, ze stonden onder enorme druk. Het waren niet alleen de lange dagen, het slechte eten en het gebrek aan slaap. Het waren ook alle verleidingen waaraan je bloot stond. Als agent overkwam het je geregeld dat een vrouw zich aan je opdrong. Kwam het doordat agenten zelfverzekerde, doortastende types waren die wisten hoe ze zich dienden te gedragen? Of kwam het doordat zij symbool stonden voor het rechte pad, en het daarom spannend was om ze op het verkeerde pad te brengen? Of kwam het door het uniform? Hij wist het niet. Maar het gebeurde, dat was een feit. Als hij zaterdagnacht rond sluitingstijd zijn auto voor Pals parkeerde, of voor een andere nachtclub, gingen er vrouwen voor het politiebusje staan dansen, waarbij ze de helft van hun kleren uittrokken. Vorige zomer was er een donkerharig meisje op zijn motorkap gaan liggen, waarna ze langdurig en loom de voorruit had gekust. Een echte tongzoen. Vroeg of laat gingen de meeste agenten voor de bijl. Een vluggertje, een kortstondige relatie – een heuse verhouding. Ze namen hun minnares mee naar een feest op het politiebureau en lieten hun vrouw of vriendin thuis. Ze zeiden dat ze op cursus moesten terwijl ze met een andere vrouw op vakantie gingen. Als je een agent sprak die zei dat hij nog nooit een scheve schaats had gereden, vertrouwde je hem meteen niet meer helemaal. Niemand kon zo godvergeten perfect zijn.

Billy was ooit, halverwege de jaren negentig, naar Sir Alf Ramsay Way geroepen, voor een spoedgeval. Een prostituee had een baksteen door de etalageruit van een autoshowroom gegooid. Jade was een bekende van de politie van Ipswich; het was een aantrekkelijke meid geweest, voor ze aan de heroïne raakte. Arme sir Alf, dacht Billy toen hij door de stad reed; hij zou zich in zijn graf hebben omgedraaid als hij had geweten dat de straat die naar hem was vernoemd nu een hoerenbuurt was. Toen hij op de plaats delict arriveerde, had Jade gezelschap gekregen van een vriendin. De vriendin heette Carly, en ze trok Billy's aandacht zodra hij uit de auto stapte. Hij wilde het niet vergoelijken, maar een week of twee eerder had Shena Coates zelfmoord gepleegd en twee dagen daarna was er ook nog eens een dode baby in een pension aangetroffen, aan het voeteneinde van een bed. Als politieman maakte je soms zulke weerzinwekkende en gruwelijke dingen mee dat je vond dat je recht had op al het goede dat maar op je pad kwam, en Carly had zo'n brutale, ondeugende blik in haar ogen... De zes weken dat het duurde wilde ze het steeds op dezelfde manier – van achteren. Tegen het einde kende hij haar achterhoofd minstens zo goed als de rug van zijn eigen hand. De soepele lijn die verticaal vanaf de bovenkant van haar ruggengraat naar haar geblondeerde haar liep, de rondingen van het bot achter beide oren. De geur van haar nek: Anaïs Anaïs en het zweet van een zondig nummertje... 'Je bent een smeerlap. Je hoort thuis te zijn, bij je vrouw.' Al had ze zelf nauwelijks nog kleren aan toen ze dat zei. Ze zat op bed en haar blik boorde zich tussen haar wimperharen door in zijn ogen, en vervolgens had ze haar knieën een heel klein beetje uit elkaar gedaan, niet ver genoeg om echt iets te kunnen zien, maar net ver genoeg om eraan te denken, aan wat daar zat. Carly. Zeven jaar later kon hij zich nog altijd herinneren hoe haar oorlelletjes smaakten, een beetje metaalachtig op de plek waar ze gaatjes had laten prikken...

Maar ontrouw kon veel subtieler zijn, en veel ondermijnender. Hoewel hij in het mortuarium zat, rook hij geen formaldehyde of desinfecterende middelen meer; ineens rook hij jasmijn, een zware, weeë jasmijnwolk, vermengd met de veel scherpere geuraccenten van citroen, en ineens moest hij denken aan de vakantie die hij met Sue en Emma had doorgebracht in Newmans villa in de heuvels ten noorden van Cannes, en dan met name aan de avond dat hij Newmans vriendin had leren kennen – als je het zo kon noemen...

Billy had er alleen in toegestemd daarheen te gaan omdat Newman er zelf niet was, maar Newman belde halverwege hun vakantie om te zeggen dat hij eerder terug zou komen dan gepland, en hoewel Billy zichzelf geruststellend toesprak – misschien was Newman wat milder geworden in de vijf jaar sinds hij onaangekondigd op de stoep had gestaan – leek het hem bijzonder ongemakkelijk, om niet te zeggen verschrikkelijk, achtenveertig lang uur in Newmans aanwezigheid te moeten verkeren. 'We hadden moeten vertrekken zodra we dat hoorden,' zei hij achteraf tegen Sue. Sue vond dat hij overdreef. Zo erg was het niet, zei ze. Maar ja, wat wist zij ervan?

Billy was in hun slaapkamer hoog boven in het huis toen Newman arriveerde. Door het openstaande raam hoorde hij op de oprit het ronken van een auto, en toen stemmen, eerst die van Newman, zoetgevooisd maar dwingend, en vervolgens die van een vrouw. Haar stem klonk enigszins onduidelijk, en hij wist meteen dat Engels niet haar moedertaal was.

Hij ontmoette haar pas vlak voor het eten. Hij zat samen met Emma op het terras en dronk een biertje, toen er een jonge vrouw in de deuropening verscheen. Ze had lang zwart haar en ze droeg een doorschijnende, zwarte jurk die nauw om haar lijf sloot. Ze kwam uit Japan of zo, vermoedde hij. Net op het moment dat ze het terras op wilde lopen, sprong Emma naar voren en versperde haar met een arm de toegang.

'Wachtwoord,' zei ze ernstig.

'Emma, het is goed,' zei Billy. 'Je kunt haar wel doorlaten.'

Met tegenzin liet Emma haar arm zakken.

Toen de vrouw naar hem toe liep, legde Billy uit dat Emma een spelletje speelde. Wie het geheime wachtwoord niet wist, was de vijand. Die moest worden opgesloten. In de toren. De vrouw had naar Emma staan kijken, maar nu richtte ze haar peilloos diepe, donkere ogen op Billy, met een blik die op de een of andere manier zowel schrik als fascinatie uitstraalde, en die op geen enkele manier verband leek te houden met wat ze net had gehoord. Ze heette Lulu, vertelde ze toen ze gingen zitten, en ze kwam uit Korea. Ze werkte in een casino.

Emma had nog nooit iemand gezien zoals Lulu – er woonden een paar Bengalezen en Iraniërs in Ipswich, en ook nog wat Irakezen, maar nauwelijks mensen uit Zuid-oost-Azië – en ze was helemaal wég van haar. Misschien dat de avond daarom zo probleemloos verliep. Newman leek ontspannen, haast aardig, en hij moest erom grinniken dat Emma zo met Lulu dweepte.

Na het eten mocht Emma Lulu's haren borstelen.

'Mooi.' Emma stond achter Lulu, met de borstel in haar hand, en haar hele gezicht straalde.

'Nee, jij bent mooi,' zei Lulu over haar schouder.

'Nee, jíj!' schreeuwde Emma. Ze had het nooit goed kunnen hebben als ze werd tegengesproken.

Later, toen het tijd werd om naar bed te gaan, pakte Emma Lulu's hand en trok haar mee. Na een poosje ging Billy naar boven om Lulu te verlossen, maar ze kwam hem al op de overloop tegemoet. Ze had Emma een verhaaltje verteld, zei ze, maar Emma was vrijwel ogenblikkelijk in slaap gevallen.

'Ze kan soms heel erg moe zijn,' zei Billy.

'Hoe heet dat,' zei Lulu, 'wat zij heeft?'

'Downsyndroom.'

'Ze is heel anders...'

'Niet één cel in haar lichaam is hetzelfde als bij jou en mij.' De woorden waren nog niet van zijn lippen gerold of Billy had het gevoel dat hij iets ongepast intiems had gezegd.

Lulu knikte alleen maar. 'Zoals een dolfijn,' zei ze, en wierp hem toen een schichtige blik toe.

'Geeft niet.' Billy grinnikte. 'Ik geloof dat ik wel begrijp wat je bedoelt.'

Toen ze de eetkamer weer in liepen, stond er een cd op, een of andere Franse zanger van wie Billy nog nooit had gehoord, maar Sue en haar vader waren nergens te bekennen. Lulu schonk een glas champagne voor Billy in, en ze zaten een poosje samen op het terras. De warme lucht verplaatste zich; de bladeren van een palmboom streken langs elkaar. Hij vroeg Lulu naar haar werk. Het betaalde goed, zei ze, al moest ze lange dagen maken. Er zaten geen zakken in de jurk die ze moesten dragen, zodat ze geen fiches konden stelen, maar een van de meisjes had een speciale techniek ontwikkeld: hoewel Lulu het niet tot in detail beschreef maakte ze Billy volkomen duidelijk wat die techniek behelsde. Ze mocht nooit haar telefoonnummer geven, zei ze, of zelfs maar een fooi aannemen. Er waren altijd mannen die haar probeerden te versieren – dat was het woord dat ze gebruikte – en soms ook vrouwen, maar het was ten strengste verboden om vriendschappelijke banden aan te knopen met de clientèle.

'Dus Peter is geen casinobezoeker,' zei Billy leep.

Lulu nipte aan haar champagne. 'Ik ken hem van een feest,' zei ze. 'Op een boot.'

Terwijl ze zaten te praten verscheen ineens Newman onder hen in de tuin; hij deed een stap naar achteren, toen een stap opzij, met een vrouw in zijn armen. Het duurde even eer Billy begreep dat het Sue was, en hij voelde de ergernis opvlammen. Er was geen enkele reden waarom ze niet samen zouden mogen dansen, natuurlijk – voor hetzelfde geld was het een soort ritueel – maar toch, op de een of andere manier leek alles wat Newman deed erop gericht hem buiten te sluiten. Nee, het was nog veel venijniger. Hij deed alsof hij zich totaal niet bewust was van Billy's aanwezigheid – alsof Billy niet bestond.

'Vaders en dochters,' zei Lulu, die zijn blik volgde. 'Altijd iets speciaals.'

Billy keek naar haar gladde gezicht – de brede jukbeenderen, de ogen die bodemloos leken, de mond als een verleidelijk gekneusde roos.

'Waarom lach je?' vroeg ze.

'Je bent zo mooi,' zei hij.

Hij sprak als een oudere man, niet als een man die iets van haar wilde, en dat voelde zij haarscherp aan.

'Dank je,' zei ze. 'Heb je ook zin om te dansen?'

Hij schudde het hoofd. 'Ik zou alleen maar op je tenen trappen.'

'Misschien moest ik nog maar een fles champagne openmaken.'

'Dat klinkt beter.'

Hij glimlachte nu. Dezelfde glimlach. Los van de kortstondig opvlammende jaloezie, die Lulu met slechts zes woorden had weten uit te doven, werd de avond gekenmerkt door een opmerkelijk soort onschuld, een totaal gebrek aan valse schijn. Het had allemaal iets ongewoon zuivers.

Dat bleef niet zo.

De volgende ochtend toen Sue opstond werd hij even wakker, maar gesust door het heldere, ploffende geluid van een tennisbal die op de baan van de buren heen en weer werd geslagen zakte hij weer weg in een diepe slaap, en tegen de tijd dat hij zich had aangekleed en naar beneden was gegaan, waren Sue en Emma al op pad. In de eetkamer zaten Newman en Lulu aan de ontbijttafel.

Newman wachtte tot Billy was gaan zitten en wierp hem toen een verlekkerde blik toe. 'Heb je het ooit met een Koreaanse gedaan?'

Billy wierp over tafel een blik op Lulu, maar zij was druk in de weer met de kiwi op haar bord. Ze had het kontje eraf gesneden en ontdeed hem nu zorgvuldig van de ruwe bruine schil. De rechtermouw van haar peignoir was opgekropen en hij zag een rode striem om haar pols.

'Je weet niet wat je mist,' zei Newman.

Lulu staarde naar de tuin en stopte een stukje fruit in haar mond. Ze wekte de indruk dat ze helemaal alleen aan tafel zat – of dat er een taal werd gesproken die zij niet verstond.

'Als je interesse hebt,' ging Newman verder, 'kan ik wel wat voor je regelen...'

Er zijn mensen met wie je uiterst behoedzaam om dient te gaan, of die je anders maar het beste kunt mijden. Het zijn net paddenstoelen, of koraalslangen – vanbuiten een en al kleurenpracht, maar daaronder een dodelijk gif.

Billy wilde Lulu zijn verontschuldigingen aanbieden, maar hij kreeg haar niet meer te spreken. Ze vertrok die ochtend, zonder afscheid te nemen – zelfs niet van Emma, wier gezicht vertrok toen ze het te horen kregen. Ze stond helemaal in haar eentje op de oprit, in de stralende zon, hoofd voorovergebogen, vingers gespreid. 'Lulu,' brulde ze. 'Wil Lulu.'

Het kostte vrijwel de hele dag om haar te troosten.

De avond daarop vlogen ze terug naar Engeland.

Naderhand vroeg Billy zich geregeld af of Lulu ertoe was gedwongen. Kon het zijn dat ze was gedrogeerd, bijvoorbeeld, of gechanteerd? Of had ze uit eigen vrije wil meegedaan? Het kon zijn dat ze Newman niet wilde afvallen, bedacht hij, dat ze uit liefde voor hem had gehandeld – al had ze er aan de ontbijttafel niet uitgezien als iemand die overliep van liefde... Het was natuurlijk ook altijd nog mogelijk dat ze het tegen betaling had gedaan. Hoeveel zou dat kosten, vroeg hij zich af, aan de Côte d'Azur? Aan de andere kant, stel dat het iets was waar Lulu specifiek om had gevraagd. Het wond haar op. Ze had er behóéfte aan. Er was zo veel onduidelijk aan de hele situatie dat Billy niet dacht dat hij ooit in de buurt zou komen van een definitieve verklaring. Het enige dat uiteindelijk als een paal boven water stond was dat Newman door en door verrot was en dat hij leefde in een ambivalente, verraderlijke wereld, die tegelijkertijd weerzinwekkend en verlokkelijk was.

Hij wierp een blik op zijn horloge. Nog maar twintig minuten en dan had hij een uur pauze. Zijn dienst zat er al bijna voor de helft op. Hij mocht zich best even ontspannen.

19

Hij kon zich niet herinneren dat hij het ziekenhuis had verlaten, maar hij was duidelijk niet meer binnen. Hij raakte echter niet in paniek. Hij was zelfs niet eens ongerust. In plaats daarvan leek hij zich te voegen naar zijn nieuwe omgeving. Hij zat aan een houten tafel. Er stond een blikken asbak op tafel, en een brandende kaars op een schoteltje van rood glas. Vlak naast de asbak zat een donkere kring in het hout, waar iemand een glas had neergezet. Uit de felgekleurde slingers boven zijn hoofd maakte hij op dat het bijna Kerstmis was. Er stonden groepjes mensen om hem heen, lachend en pratend. Het was de gelagkamer van een café, had hij het idee, of een privézaaltje in een hotel. Of misschien was het de achterkamer van een koffiehuis. Wat kwam hij hier doen? En met wie was hij hier? Hij wist het niet; hij kon zich niet herinneren hoe hij er was gekomen. Er klonk luid gekraak en toen schalde er een van de vroege Beatles-nummers uit de boxen die met haken aan de muur waren gehangen, halverwege de vloer en het plafond. Hij herkende het nummer. Hij kende zelfs stukjes van de tekst. Een jonge vrouw in een gebloemde jurk boog zich naar hem toe en zei iets tegen hem, maar hij verstond haar niet. Vroeg ze of hij zin had om te dansen? Hij zag hoe ze haar sigaret uitdrukte in de asbak en zich van hem afkeerde.

Terwijl hij van de muziek zat te genieten – hij had in geen

jaren meer naar de Beatles geluisterd – stapte er een stel de dansvloer op. Ze waren jong, hooguit twintig, eenentwintig. De man droeg een grijs pak met brede revers. Hij had een bleke huid en zijn mond had iets liederlijks, iets verkrampts. Het meisje had blond, getoupeerd haar, en ze droeg een roze blouse zonder mouwen, een witte rok met roze vierkantjes en witleren laarzen die bijna tot aan haar knieën kwamen. Ze waren aan het rock-'n-rollen. De man hield het meisje op een armlengte afstand, trok haar naar zich toe en draaide haar in de rondte, waarna hij de ruimte tussen hen in weer groter liet worden, maar hoe snel ze ook bewogen, hoe onbesuisd ze ook tolden en draaiden, zijn rechterhand liet haar hand geen seconde los. Ze hielden voortdurend contact.

Hoewel het meisje hem één keer, halverwege een nummer, iets in het oor fluisterde en zich van hem losmaakte. Ze liep naar de rand van de dansvloer, pakte een al brandende sigaret, tikte wat as van het uiteinde en klemde hem tussen haar lippen. De man sloeg haar gade vanaf de plek waar hij stond, zijn voeten schuifelend op de maat van de muziek, zijn losjes tot vuisten gebalde handen dicht tegen zijn borst. Er viel een lok over zijn voorhoofd. Hij stak een arm omhoog en streek het haar terug. Het meisje nam loom een lange trek van haar sigaret en blies de rook in zijn richting. Ze inhaleerde vrijwel meteen opnieuw, het uiteinde van haar sigaret nu helderrood. Ze stak een nieuwe sigaret aan met de oude, die ze uittrapte met de hak van haar laars, legde hem op de rand van een asbak en liep weer naar haar partner, waarbij de rook uit haar neusgaten omhoog kringelde. Ze dansten weer net als eerst, stapten dichter naar elkaar toe en dan weer naar achteren, de afstand tussen hen onwrikbaar en toch soepel, de band voor iedereen duidelijk zichtbaar…

Toen klonk er, totaal onverwacht, een snerpend geluid op het moment dat de naald ruw van de plaat werd gehaald. Iemand had het licht aan gedaan. Het jonge stel kwam tot stilstand, zijn rechterhand om die van haar geklemd, hun gezicht strak en ontdaan van elke emotie, uitgebleekt door het verblindend witte licht.

Het was zo stil dat Billy dacht dat hij hen hoorde hijgen. Achteloos kringelde de rook omhoog van de sigaret die ze op de rand van de asbak had laten balanceren.

Billy kwam half uit zijn stoel overeind en kon maar niet begrijpen waar hij was of wat er was gebeurd. Het groen van de mortuariumdeuren, het groezelige wit van de koel-cellen. Het periodieke piepen van het antwoordapparaat. Ach ja. Natuurlijk. Hij grinnikte een beetje schaapachtig, knipperde toen en wreef even in zijn ogen. Hoe laat was het? Drie minuten voor twaalf. Hij zakte weer onderuit op zijn stoel en wachtte tot iemand hem kwam aflossen.

20

Billy ritste zijn parka dicht en liep de weg op die voor het ziekenhuis langs liep. En waren nu veel minder verslaggevers, en ze lieten hem met rust. Ze wisten dat hij niets mocht zeggen – bovendien had hij ook niets te vertellen. Sinds afgelopen vrijdagmiddag lag het stoffelijk overschot van de beruchtste vrouw van Engeland in het West Suffolk Hospital, waar het werd bewaakt door de politie. Meer nieuws was er niet. Morgenochtend zou Phil de pers informeren over de details en het tijdstip van de crematie. Hij zou hun vertellen dat hij had afgesproken dat de lijkwagen in een bepaalde bocht op het ziekenhuisterrein vaart zou minderen, zodat ze de foto's konden maken die ze nodig hadden. In ruil voor deze concessie hoopte hij dat de pers zou toezeggen de doorgang van de rouwstoet op geen enkele manier te verhinderen of te bemoeilijken.

Billy liep langs Reumatologie en volgde het pad naar de picknicktafel waar Sue en hij eerder die avond hadden zitten praten. Het was nu kouder, en de boomtoppen gingen heen en weer in de wind. Hij ging weer op hetzelfde bankje zitten en staarde in de duisternis. Hij was in slaap gesukkeld, misschien maar een paar minuten, maar hij had de twee geliefden gezien. De twee moordenaars. Hij was een ongenode gast geweest op een kerstfeest van het chemische bedrijf waar ze allebei werkten, het feest waar ze elkaar voor het eerst echt ontmoet zouden hebben, en het liedje van de Beatles dat hij in zijn droom had gehoord bleef maar door zijn hoofd spelen – de heldere stemmen en het schrille gitaarspel:

When your bird is broken
Will it –

Op dat moment was de naald over de plaat geschoten en was de muziek opgehouden. In zijn droom had hij gemeend dat er iemand tegen de draaitafel op was gelopen. Een moment van onoplettendheid, iemand die aangeschoten was. Maar nu, een half uur later, zag hij het anders. Het leek hem waarschijnlijker dat hij zelf diep in zijn hart de noodzaak had gevoeld het stel tegen te houden voordat ze verder konden gaan. Hij had het geheel een halt toegeroepen op een moment dat ze nog geen schuld droegen. Het was alsof hij het niet langer kon aanzien.

Hij leunde achterover, de rand van de picknicktafel drukte in zijn rug.

'Zo was het niet,' klonk een stem.

Hij draaide zich langzaam om. Eerst was er alleen het gesplinterde tafelblad en de ranke stammen van de zilverberken, en vlak daarachter een gebouw waar geen licht meer brandde... maar toen zag hij op ruim vijf meter afstand iemand staan, half verscholen tussen de bomen, een rood opgloeiend stipje ter hoogte van het hoofd. Opgloeiend, dan weer uitdovend. En weer opgloeiend.

'Zo spectaculair was het allemaal niet.'

Gek genoeg was hij niet bang, of zelfs maar verbaasd. Diep in zijn hart was hij misschien wel op iets dergelijks voorbereid geweest – of hij bevond zich nog altijd in de fluwelen greep van de droom, waar normale reacties geen houvast vonden. Hij keek achterom, naar het ziekenhuis. Achter de ramen brandde licht; de verslaggevers stonden op een kluitje bij de ingang van de SEH. Hij overwoog zijn mobilofoon te gebruiken om de meldkamer te bellen. Maar wat moest hij zeggen?

'Hoe vind je mijn pakje?' klonk de stem weer. 'Bij een postorderbedrijf gekocht.'

Een Manchesteraccent – zelfs na al die jaren...

Hij draaide zich weer om. Ze was uit de schaduw getreden en stond nu op de stoep, onder een lantaarnpaal. Het pakje was lila en haar blouse was wit, met een geschulpt kraagje. Haar haar was vaalbruin geverfd.

'Je zult het wel koud hebben,' zei hij.

Ze leek hem strak aan te kijken, begon toen te lachen.

Hij kwam overeind en liep de andere kant op, de helling op. Zijn benen leken wel van was. Hij rook dennennaalden en klamme schors. Hij haalde diep adem. Toen hij de lucht liet ontsnappen, hoorde hij haar stem weer.

'Iedereen danste, niet alleen wij.'

Toen hij het pad had bereikt dat hem naar de westelijke vleugel van het ziekenhuis zou brengen weifelde hij, en hij wierp een blik over zijn schouder. Er stond niemand onder de lantaarnpaal, en ook niet tussen de bomen.

Er had ook niemand gestaan.

Er kon niemand hebben gestaan.

21

De wind ging liggen. In de stilte ontplofte gedempt vuur-
werk, in de duisternis aan zijn rechterhand daalden goudkleurige vonken neer. Maar Guy Fawkesavond was alweer
meer dan twee weken geleden... vreemd hoe mensen zich
aan bepaalde dingen vastklampen. De vrouw onder de lantaarnpaal. De moordenares. Zijn verbeelding speelde hem
parten, dat kon niet anders – hij had in zichzelf gepraat –
maar toch had de ervaring iets heel authentieks gehad. Een
zekere aandacht voor details. Het lila pakje, het vaalbruine
haar. Ze had zelfs een sigaret in haar handen gehad. Hij kon
haar horen praten, de vlakke stem, opmerkelijk laag, schor
van vele jaren stug roken.

Zo was het niet.

Nee, natuurlijk niet. Hoe zou hij in godsnaam moeten
weten hoe het was geweest? Bovendien, het was een droom.
Hij was doodop, hij stond onder grote druk. Hij was niet
helemaal zichzelf. Als Sue hem nou gewoon had laten slapen... In plaats daarvan hadden ze ruziegemaakt. Voor de
zoveelste keer. En het had niets opgeleverd.

Hij liep wat rond achter het ziekenhuis. Geparkeerde auto's, tochtige portieken. Links van hem bevond zich de vleugel waar de beheerstaken zaten en waar Eileen Evans een kamer had. Achter de meeste ramen brandde licht. Vannacht
kwam niemand aan slapen toe – of in ieder geval niet erg lang.

Iedereen danste, niet alleen wij.

In een bakstenen fietsenstalling tegenover de polikliniek chirurgie vond hij beschutting tegen de wind. Hij pakte zijn mobieltje, drukte op 'Contacten' en vervolgens op 'Neil'. Toen Neil opnam, hoorde Billy op de achtergrond geschreeuw. En pistoolschoten.

'Wacht even,' zei Neil. 'Ik zet hem zachter.'

Te oordelen naar zijn dikke tong was Neil weer gaan drinken. Toen hij uit de politiemacht was gezet, was hij alles kwijtgeraakt, zelfs zijn pensioen. 'Ik heb mijn halve leven aan de politie gegeven,' had hij gezegd toen Billy bij hem was langsgegaan. 'Jaren van mijn leven, godverdomme, en wat krijg ik ervoor terug?' Het laatste wat Billy had gehoord was dat Neil op de loonlijst stond van een bedrijf dat beveiligingsbeambten leverde.

'Moet je niet werken, vanavond?' zei Billy.

'Nee. Jij?'

Billy vertelde Neil waar hij was.

'Jezus!' zei Neil. Billy zag voor zich hoe hij wat rechter op zijn ingezakte bank ging zitten. 'Hoe is het? Wat gebeurt er allemaal?'

'Om eerlijk te zijn,' zei Billy, 'gebeurt er vrij weinig.'

Neils teleurstelling was voelbaar. Neil was zo'n agent geweest die het liefst voortdurend actie wilde. Hij zou op zijn minst schermutselingen en vechtpartijen willen zien, en zo mogelijk een heuse rel. Hij zou wapenstokken willen, en schilden. Een waterkanon. Billy kwam achter de fietsenstalling vandaan en liep tegen de wind in. Die bulderde in het microfoontje van zijn mobiele telefoon, wat hem een excuus gaf om even niets te zeggen. Hij had Neil gebeld, zijn beste vriend, omdat hij met iemand wilde praten over wat hij had gezien, maar nu hij de kans had om het te vertellen, dacht hij dat hij het niet zou kunnen. Hij wist niet hoe hij moest vertellen wat er was voorgevallen zonder het idee te geven dat hij in de war was. Hij wist eigenlijk helemaal niet of hij er wel over kon praten. Hij bedacht dat hij het misschien wel aan zijn broer zou kunnen vertellen – Charlie kon goed luisteren – maar in San Francisco was het ergens halverwege de middag en Charlie zat waarschijnlijk op zijn werk. Bovendien had hij niet voldoende tegoed op zijn mobiele telefoon om naar het buitenland te bellen.

'Sta je buiten?' vroeg Neil.

'Ik heb nu pauze,' zei Billy, waarbij hij de telefoon weer afschermde. 'Hoe is het met Linda?'

'Ze is bij me weg,' zei Neil. 'Ze vond het maar niets dat ik beveiligingsbeambte ben. "Hoezo?" vroeg ik nog. "Voel je je soms niet veilig bij me?" Ze kon er niet om lachen.'

Ze praatten nog een paar minuten en toen zei Billy dat hij weer naar binnen moest.

'Hou vol, Billy,' zei Neil. 'Verknal het niet.' En toen, met iets van zijn vroegere scherpte: 'Waar belde je trouwens voor?'

'Zomaar,' zei Billy. 'Gewoon even bijpraten. Het is alweer een tijd geleden.'

'Misschien kom ik wel een keertje bij je langs.'

'Lijkt me leuk.'

'Oké, dan,' zei Neil. 'Ik kom een keertje langs.'

Vlak voordat Neil ophing zwol het geschreeuw en geschiet weer aan, nu nog harder dan eerst.

Billy stopte zijn mobieltje in zijn zak en begon te lopen. In de verte hoorde hij een sirene. Het geluid leek steeds dichterbij te komen en stierf toen ineens weg. De wind stak weer op. De bladeren rukten aan de takken. Billy voelde ineens de kou en versnelde zijn pas. *Hou vol*. Neil had de bemoedigende woorden gesproken waaraan Billy behoefte had gehad, zonder dat hij erom had hoeven vragen. Daar had je nou vrienden voor.

22

Toen hij weer bij de SEH kwam was alles heel rustig, op het diepe brommen van het ziekenhuis na; het gevoel dat je je binnen in een reusachtige, goedaardige machine bevond. Hij knikte naar Fowler, die de wacht hield bij de ingang, en liep toen langs de receptie. De cafetaria was gesloten – ze hadden een rolluik laten zakken, tot op het buffet – maar er waren nog voldoende plekken om te zitten. Hij trok zijn parka uit, hing hem over de rugleuning van een stoel en ging zitten, met zijn gezicht naar de gang. Hij deed zijn tas open en haalde zijn brood eruit. Voor alle zekerheid had hij vier dubbele boterhammen gesmeerd. Hij had altijd honger als hij een nachtdienst draaide. Dat kwam door de verveling. Bij de eerste hap moest hij denken aan een avond in Parijs, toen hij zeventien was, en Raymond hem een kleine tomaat en het kontje van een oud Frans stokbrood had gegeven.

Na de inbraak in Weston Point had hij Raymond gemeden, en Raymond had zelf ook zijn aandacht verlegd. De drie jaar daarna had Billy Raymond alleen van een afstandje gezien, en altijd in het gezelschap van oudere jongens, maar ineens, onontkoombaar, was de band die er tussen hen leek te zijn weer aangehaald. Een paar dagen na de examens kwam Raymond zijn kant op slenteren toen hij bij het hek van het schoolplein stond.

'Al plannen voor de zomer, Billy?'

Raymond stak een sigaret op en gooide de lucifer in de goot.

'Nee,' zei Billy. 'Nog niet echt.'

In werkelijkheid had hij wel plannen. Hij had alles al geregeld om bij het diervoederbedrijf van zijn oom te gaan werken. Later, in de herfst, wilde hij zijn groot rijbewijs halen. Als vrachtwagenchauffeur kon je goed verdienen. Of misschien zou hij bij de politie solliciteren. Zijn vriend, Neil, wilde zich misschien ook aanmelden. Hun beweegredenen waren dezelfde als die van de meeste anderen. Ze dachten dat ze iets zouden kunnen veranderen. De wereld verbeteren. Maar met zulke dingen moest je niet aankomen bij iemand als Raymond.

'Laten we gaan trekken,' zei Raymond, 'door Europa.'

Billy keek hem strak aan. 'Europa?'

'Maak je over geld maar geen zorgen,' zei Raymond. 'Ik heb genoeg voor ons allebei.'

Billy moest denken aan het briefje van vijf pond dat Raymond hem had willen geven. De herinnering was zo levendig dat hij bijna weer de steken in zijn zij voelde toen ze zonder te stoppen de heuvel op waren gefietst.

'Athene, Venetië, Kopenhagen.' Raymond spreidde zijn armen, alsof hij zo een van die prachtige steden tevoorschijn kon toveren. 'Monte Carlo...'

Op de laatste dag van juli staken ze met de veerboot het Kanaal over en namen de trein naar Parijs, en daar, in een park, Buttes-Chaumont, drong het pas echt tot Billy door waaraan hij was begonnen. Hij keek naar Raymond, die languit op zijn rug onder een boom lag. Raymond droeg een donkerblauw pak met een krijtstreepje – het was ooit van een dealer uit Moss Side geweest, tenminste, dat beweerde Raymond – en hij had de grijze gleufhoed die hij de dag daarvoor op de vlooienmarkt had gekocht, ver over zijn ogen getrokken. Naast hem in het gras lag een leren koffertje met goudkleurige sluitinkjes. Raymond zou zich voor geen prijs met een rugzak vertonen. Een rugzak was voor studenten. Billy had natuurlijk wel een rugzak. Die had zijn moeder voor hem gekocht toen hij haar van de reis had verteld. Ze kon het zich eigenlijk helemaal niet veroorloven om cadeautjes voor hem te kopen, al helemaal niet nu Charlie medicijnen studeerde, maar ze had hem zo graag een plezier willen doen. *Hij is van uitstekende kwaliteit, Billy.* Hij hoorde het haar nóg zeggen. Maar toch schaamde hij zich in Raymonds bijzijn voor de rugzak, en hij ging er slordig mee om. Soms, als hij hem in een pension op de grond kwakte, of hem door een stationshal schopte, stelde hij zich voor dat zijn moeder toekeek, en dan werd hij overmand door schaamte. Hij voelde een intens, onbenoembaar verdriet over de manier waarop mensen met elkaar omgingen.

'Laten we wat gaan eten, Raymond,' zei hij.

Ze hadden sinds het ontbijt niets meer gegeten, en het was inmiddels vroeg in de avond.

Raymond duwde met een vinger de rand van zijn hoed omhoog. 'Zei je wat?'

'Wat eten we vanavond?'

'Ik heb een paar tomaten bij me,' zei Raymond, 'en er is nog een half stokbrood van gisteren. Dat moet genoeg zijn.'

En dat was het avondeten.

Naderhand liet Raymond weten dat hij helemaal vol zat – 'verzadigd' was het woord dat hij gebruikte – en Billy kon het niet opbrengen tegen hem in te gaan.

Gedurende de dagen daarna moest Billy, terwijl ze naar het zuiden trokken, een aantal verhandelingen over eten aanhoren. Raymond was ervan overtuigd dat eten de zintuigen afstompte en het verlangen doofde. Hij verhief zijn stem om boven het gedender van de trein uit te komen en citeerde enkele regels Baudelaire, waarna hij vertelde dat Jean Genet de meeste van zijn romans had geschreven met een rammelende maag. Hij citeerde een brief waarin William Burroughs schrijft dat hij, tot zijn afgrijzen, twee centimeter vet op zijn buik heeft ontdekt. Hij citeerde ook enkele Chinese gedichten. Het enige beeld dat Billy later nog voor ogen stond was dat van een oude man die zich in leven houdt met de bladeren die van een acacia zijn gevallen. Hij hoopte vurig dat er geen acacia's in Monte Carlo groeiden. Eten werkt luiheid in de hand, zei Raymond. Het werkt zelfgenoegzaamheid in de hand. Eten is gevaarlijk. Als ze wilden dat de reis die ze maakten de moeite waard zou zijn, als ze iets wilden zien, echt iets wilden zíén, dan moesten ze zorgen dat ze niet te veel aten.

'Gevaarlijk,' zei Billy zachtjes. 'Eten?'

'Nou en of,' zei Raymond. 'Je moet de gevaren niet onderschatten.'

Billy keek naar een voorbijdrijvend veld kleurige lavendel. 'Dus we moeten onszelf uithongeren?'

'Denk aan Rimbaud in Ethiopië,' zei Raymond. 'Denk aan Franciscus in die grot bij Assisi.'

Billy had het deels aan zichzelf te wijten, aangezien hij zich voortdurend voegde naar Raymond. Het was Raymond die besloot waar ze zouden overnachten – in goedkope hotelletjes, vanwege de 'sfeer' – en het was Raymond die de route uitstippelde. Maar de hele reis was oorspronkelijk Raymonds idee geweest, dus wat kon Billy ertegen inbrengen? Hoewel hij zelf ook wat geld had, schroomde hij dat te gebruiken – bovendien was het niet voldoende om er echt iets mee te kunnen doen. Hij was afhankelijk van Raymond, op meerdere manieren, en Raymond was zich dat maar al te zeer bewust.

In een opstandige bui liep Billy naar een snackbar en haalde een zakje chips en een blikje Fanta uit een automaat. Hij zag al voor zich hoe Raymonds lip zou opkrullen bij dit vertoon van zwakte. De gesprekken in het park en in de trein hadden aan het begin van hun vakantie plaatsgevonden, en pas op de laatste avond kwam Billy eindelijk openlijk in verzet. Het was ergens eind van de middag toen ze in Oostende arriveerden, en de veerboot zou pas om elf uur vertrekken. Billy had zich al verheugd op een afscheidsdiner – niets bijzonders, gewoon een gebakken visje en een fles plaatselijke wijn – maar Raymond had andere plannen. Hij vond dat ze op de boot moesten eten, of anders moesten wachten tot de volgende ochtend.

Nog voor Raymond zijn plannen voor die avond uit de doeken had gedaan, viel Billy hem in de rede. 'Ik heb wat geld nodig.'

Raymond wierp hem een blik toe waaruit zowel verbijstering als geslepenheid sprak, en deed toen een stap naar achteren. Het was niet uitgesloten dat hij had zien aankomen dat Billy zo zou reageren: sterker nog, misschien was hij wel op dit effect uit geweest.

'Toe, geef me wat geld, Raymond,' zei Billy. 'Ik rammel van de honger.'

Voor Raymond kon weglopen, had Billy hem bij zijn kraag gepakt. Toen Raymond zich wilde losrukken, scheurde zijn colbertje tot onder aan toe open. Hij uitte een serie vloeken en gaf Billy met de rug van zijn hand een klap tegen zijn wang. Heel even voelde Billy iets van triomf: Raymond verloor maar zo zelden zijn zelfbeheersing. Maar hij had nog altijd geld nodig. Terwijl ze op de kade met elkaar op de vuist gingen, gleed Raymonds enkel weg op een van de keitjes, en hij viel. Met een knie op Raymonds borst drukte Billy hem tegen de grond. Raymond staakte zijn verzet en sloot zijn ogen. Billy vond Raymonds portefeuille en haalde er een paar briefjes uit, waarna hij haastig overeind kwam en de portefeuille naast Raymonds uitgestoken hand liet vallen.

Raymond bleef een paar tellen min of meer roerloos liggen, deed toen zijn ogen open en schreeuwde: 'Houd de dief!'

Eerst dacht Billy nog dat hij een grapje maakte – echt Raymonds gevoel voor humor – maar toen zag hij de angst en de vijandigheid in Raymonds blik, en op dat moment had hij het idee dat hij Raymond totaal niet kende, dat ze elkaar nooit eerder hadden ontmoet en dat hij in feite een volslagen onbekende had aangevallen en beroofd.

Raymond riep het woord nog een keer, nu in het Frans, en Billy zag vol ongeloof hoe Raymond rechtop ging zitten en met een beschuldigende vinger in zijn richting wees. De omstanders keken naar Billy, en naar het geld in zijn hand; sommigen leken te willen ingrijpen. Billy griste zijn rugzak van de grond en zette het op een lopen.

Die avond at hij in zijn eentje, en het oudere echtpaar van wie de bistro was liet hem in een kamertje naast de keuken slapen. De volgende ochtend nam hij de boot naar Dover. Hij was rond middernacht thuis. Het zou jaren duren voordat Raymond en hij elkaar weer zagen.

23

Hij had al een paar minuten het gevoel dat hij in de gaten werd gehouden. Zweetdruppeltjes parelden op zijn voorhoofd toen hij aan de gestalte op het ziekenhuisterrein dacht, haar ogen die hem leken te volgen, zelfs toen hij al was weggelopen, naar de bomen; de blik voelde zwaar, alsof haar ogen duimen waren die in zijn rug drukten. Behoedzaam wierp hij een blik over zijn schouder. Twee tafeltjes achter hem zat een Aziatische man in een donkerbruin pak met een blauw-wit gestreept overhemd waarvan de bovenste knoopjes openstonden. Hoewel de man naar zijn eigen handen leek te kijken, die hij voor zich op tafel had liggen, had Billy toch het gevoel dat hij aandachtig werd opgenomen. Hij keek weer naar de gang en nam nog een boterham. Hij wist nu wat hij in die kroeg in Cheshire tegen Raymond had moeten zeggen. *Je krijgt nog veertig franc van me.* Dan was die irritante glimlach wel van zijn gezicht verdwenen.

Er kwam een stafverpleegkundige langslopen, met een rammelende sleutelbos. Billy wilde net zijn krant openslaan toen de Aziatische man iets zei.

'U bewaakt die vrouw, zeker?'

De stem van de man klonk vriendelijk en een beetje vermoeid, maar niet alsof hij iets te verbergen had. De man vormde duidelijk geen veiligheidsrisico. Billy draaide zich om op zijn stoel. De man keek nog altijd naar zijn handen.

Billy sprak op eenzelfde achteloze toon. 'Klopt, ja. Ik moet de hele nacht werken. Een twaalfuursdienst.'

Nu pas keek de man op. Er lag een wittig waas over een van zijn ogen, alsof er kaarsvet over de iris was gesmeerd. 'U werkt hard,' zei hij.

'Dat kunt u wel zeggen, ja. Wat voor werk doet u?'

'Hifi. Ik heb een aantal zaken.'

'Ik heb al twintig jaar dezelfde installatie. Sinds ik bij de politie ben gegaan.'

'Kom een keer langs,' zei de man. 'Dan geef ik u wat beters mee.'

'Dat kan ik waarschijnlijk niet betalen.'

'U krijgt korting van me.'

De twee mannen lachten naar elkaar.

Billy zette het blikje Fanta aan zijn lippen en dronk het leeg. 'Wat doet u hier?'

'Mijn vrouw wordt vannacht geopereerd.'

'Niets ernstigs, hoop ik?'

De man keek voor het eerst van hem weg, zijn blik gleed door de cafetaria. 'Ik weet het niet. Iets met haar darmen.'

'Ik hoop maar dat het allemaal goedkomt,' zei Billy.

'Dank u,' zei de man. 'Dat hoop ik ook.'

Er viel een stilte waarin hij leek te bedenken of hij het gesprek al dan niet moest voortzetten, en Billy keek naar zijn krant. Bij een verhoor paste hij vaak dezelfde strategie toe. Als jij een stapje terugdeed gaf je de ander de ruimte om naar voren te komen, haast onwillekeurig, en de leegte te vullen die jij had laten ontstaan. Het was een van de meer subtiele methoden om iemand een bekentenis te ontlokken.

'Ik heb naar Mozart zitten luisteren,' zei de man.

Billy zat schrijlings op zijn stoel, een arm op de rugleuning. Dit had hij niet verwacht.

'Luistert u naar klassieke muziek?' vroeg de man.

'Weinig.'

'Ik luister naar Mozart,' vervolgde de man, 'en ik kan

maar niet begrijpen hoe iemand zoiets moois heeft kunnen maken. Ik probeer me de wereld voor te stellen toen die muziek er nog niet was, en vervolgens probeer ik me voor te stellen hoe iemand uit het niets zoiets heeft kunnen scheppen – al die geluiden... Ondoenlijk.' Hij schudde het hoofd en verloor zichzelf heel even in een trieste glimlach. 'Aan de andere kant is het al even ondoenlijk je de wereld zonder die muziek voor te stellen.'

Billy keek de man aandachtig aan, maar zei niets. Een van de automaten achter hem begon te schudden en viel toen weer stil.

'Mocht mijn vrouw iets overkomen...' Met zijn onderarmen nog altijd plat op tafel tilde de man zijn handen iets op en liet ze toen weer zakken. Veel explicieter dan dit durfde hij niet te zeggen wat hij op het hart had.

Billy keek op en zag een oudere vrouw in een roze ochtendjas voorbijschuifelen. Toen ze hem zag schudde ze met een broze vuist in de lucht, ter hoogte van haar oor. *Ik verzet me met hand en tand*, maakte ze hem duidelijk. *Ik ben verdomme niet van plan zomaar het hoekje om te gaan.*

'Er zijn dingen die we domweg niet kunnen begrijpen,' zei de man, die weer naar zijn handen staarde. 'Neem nou de vrouw die u moet bewaken. De dingen die zij heeft gedaan...'

Billy was ineens op zijn hoede, maar probeerde te voorkomen dat dit op zijn gezicht stond te lezen.

'Hoe kijkt u daar dan tegenaan?' zei de man.

'Ik probeer er niet aan te denken. Ik doe gewoon mijn werk.'

'Aan sommige gedachten ontkom je niet,' probeerde de man hem over de streep te trekken, 'hoe je ook je best doet.'

Billy wilde liever niet zijn eigen mening geven en hij greep terug op het gesprek dat hij een paar uur eerder met Phil had gevoerd. 'Ik heb de vrouw nooit ontmoet,' zei hij. 'Een collega van me wel, een paar keer zelfs, en hij zei dat hij het erg moeilijk vond om de vrouw die tegenover hem zat in verband te brengen met de dingen die ze heeft gedaan.'

De man knikte traag. 'Misschien was het voor haar ook moeilijk.' Hij zweeg even. 'Misschien was het zelfs op dat moment moeilijk ...'

'Ja, wie weet,' zei Billy. 'Maar u of ik zou nooit zo ver gaan.'

'Is dat zo?' Het goede oog van de man straalde iets zachtmoedigs uit, alsof het een andere, minder egoïstische wereld zag, terwijl zijn beschadigde oog juist een kritische, haast beschuldigende glinstering had. 'Wie zal zeggen hoe ver we zouden gaan,' zei hij, 'in de juiste omstandigheden.'

Ze vielen weer allebei stil. Op een afdeling vlakbij hoorden ze een man lachen – of misschien hoesten.

'Stel dat je verliefd bent,' zei de man. 'Geen gewone verliefdheid. Een allesoverheersende liefde die je hele bestaan op zijn kop zet. Totale afhankelijkheid. Een soort trance.'

Billy dacht aan Venetia en haar vader, de twee gezichten die over elkaar heen schoven, die versmolten. Hij voelde zich draaierig worden, misselijk. Hij had het gevoel alsof de wereld van hem weg tolde en alle kanten op schoot. Tegelijkertijd bevond alles zich nog op precies dezelfde plek als eerst.

'De dingen die zij heeft gedaan,' vervolgde de Aziaat, 'waren voor haar ook niet normaal – in het begin niet, tenminste. Maar het wérd normaal.'

'Dat weet u niet,' zei Billy. 'Dat vermoedt u alleen maar.'

Hij had verwacht dat de man tegen hem in zou gaan, maar die keek hem alleen maar aan en zei: 'Uiteraard.'

Op dat moment kwam Phil binnen, met twee andere mannen, onder wie een inspecteur. Ze waren zo druk in gesprek dat ze Billy niet zagen, maar alleen al door hun aanwezigheid voelde hij zich genoodzaakt een blik op zijn horloge te werpen. Acht minuten voor een.

Hij kwam overeind, wikkelde de laatste boterham die hij nog over had in aluminiumfolie en stopte hem in zijn tas. 'Ik ben bang dat ik weer aan het werk moet.'

De man stak een hand in de zak van zijn jasje, haalde een visitekaartje tevoorschijn en gaf het aan Billy. 'Vijay Prabhu. Als u ooit nog eens een nieuwe installatie wilt kopen...' Zijn glimlach maakte Billy duidelijk dat hij het aanbod niet al te serieus hoefde te nemen; hij wilde domweg dat er iets tastbaars werd uitgewisseld.

Billy stopte het kaartje in zijn zak, boog naar voren en gaf de man een hand. 'Billy Tyler.'

'Agent Tyler,' zei meneer Prabhu, alsof hij hem wilde corrigeren. 'Aangenaam.'

'Ik hoop dat het allemaal goed komt met uw vrouw.'

De man boog bij wijze van dank even het hoofd.

Billy pakte het zakje chips en het blikje Fanta, beide inmiddels leeg, en gooide ze in de vuilnisbak, waarna hij terugliep naar het mortuarium. De kleine uurtjes. Het was zo stil dat hij zijn eigen voetstappen kon horen. Ze klonken afgemeten, standvastig, en ze vormden een merkwaardig contrast met zijn gedachten, die onrustig heen en weer schoten. Misschien kwam het door de vermoeidheid, of misschien had de griezelige sfeer van een nachtelijk ziekenhuis vat op hem gekregen. Het kon ook nog de invloed zijn van meneer Prabhu. Het goede oog, donker en vriendelijk. Het andere, met de royale veeg wit. Een beetje alsof er twee mensen tegelijk naar je keken. Die ingehouden, slinkse manier om zijdelings aan iets te refereren en het gaandeweg steeds scherper af te bakenen om het uiteindelijk met een subtiele precisie vast te pinnen. Naar Billy's idee hadden ze elkaar op een diep niveau perfect aangevoeld. Meneer Prabhu had laten doorschemeren dat hij daar zat omwille van zijn vrouw, zoals het een liefhebbende echtgenoot betaamde, en dat was naar alle waarschijnlijk ook zo, maar Billy wist dat meneer Prabhu er ook voor zichzelf zat. Op dergelijke momenten kampt een mens met een ongekende angst. Je moet in de buurt zijn, wat er ook staat te gebeuren. Je probeert uit alle macht de boel bij elkaar te houden, al lijkt alles juist als vanzelf uit elkaar te vallen.

Hij moest denken aan hoe hij zich een jaar eerder naar de SEH had gehaast, toen hij net had gehoord dat Sue een ongeluk had gehad. Hij trof haar aan achter een gordijn, op een verhoogd, hard bed. Ze zag er zo jong uit dat hij wist dat ze iets heel ingrijpends moest hebben meegemaakt, maar het enige zichtbare teken was een schrammetje aan de onderkant van haar duim: ze had zich gesneden toen ze door de versplinterde ruit naar buiten was gekropen. Het leek net alsof iemand het haar aan de rechterkant van haar hoofd, achter haar oor, met driftige bewegingen naar achteren had gekamd, en de ragfijne, suikerspinachtige klitten zaten vol versplinterd glas. Iedereen was verbijsterd dat ze het er zonder verwondingen vanaf had gebracht. Niemand vertrouwde het helemaal. Ze moest érgens verwondingen hebben opgelopen... De arts die haar onderzocht legde uit dat bij bepaalde ongelukken sommige organen in de verdrukking konden komen. Als de auto bijvoorbeeld over de kop sloeg, zoals in haar geval, was er natuurlijk altijd het risico van een inwendige bloeding. Sue zou het bed moeten houden, zei hij. Ze zou zich gedeisd moeten houden. Rusten. Tijdens een van die lange, angstige dagen zette Billy de televisie aan en zag hoe een vliegtuig zich langzaam in een van de Twin Towers boorde. Hij wist zich geen raad met de beelden. Ze raakten hem op geen enkele manier, ze vormden alleen een illustratie van de ramp in zijn eigen bestaan. De in de as gelegde wolkenkrabbers stonden voor de auto die Sue in de prak had gereden. De drieduizend slachtoffers symboliseerden het feit dat zij ternauwernood aan de dood was ontsnapt. Het was zijn eigen verhaal, maar dan uitvergroot, al vond hij het op een bepaalde manier allemaal erg gekunsteld en cryptisch. Het was een periode waarin bepaalde dingen moeilijk te geloven waren, moeilijk te verteren. 's Ochtends kleedde hij Emma aan en bracht haar naar school. Hij maakte eten voor haar. 'Mammie slapen,' zei ze een keer, tijdens het ontbijt – en daarna zei ze, terwijl ze hem recht in zijn ogen keek: 'Mammie alles goed.' Ze wilde dat hij haar zou geruststellen, hoewel het ook kon zijn dat ze hem woorden in de mond wilde leggen, of hem zelfs wilde sturen. De toekomst kon met woorden worden vormgegeven. Hij nam een van haar handen tussen die van hem. 'Ja,' zei hij. 'Alles is goed met mammie.' Maar 's nachts, als Sue sliep, liep hij op zijn tenen naar de slaapkamer en bleef doelloos naast het bed staan, terwijl haar zurige adem in de lucht onder hem hing, of hij ging naar buiten en stond dan rillend in het gras. Wat ging er door hem heen terwijl hij uitkeek over de weilanden? Stond hij te bidden?

Mocht mijn vrouw iets overkomen...

Hij ging een hoek om, liep de gang naar het mortuarium in. Eerst zag hij de vrouw niet eens, deels omdat hij haar daar niet verwachtte, deels omdat ze op een donkere plek tegen de muur geleund stond, tussen twee lampen in. Ze droeg hetzelfde lila pakje als eerst, en ook nu rookte ze weer.

'Hoe ben je...?' Hij viel stil, wist niet goed meer wat hij wilde vragen.

Ze keek hem niet aan. In plaats daarvan klemde ze de sigaret stijf tussen haar lippen. Toen ze inhaleerde verscheen er een hele reeks verticale lijntjes in haar bovenlip. Ze zoog de rook diep naar binnen en blies hem niet meer uit. De rook werd gewoon opgeslokt.

'Geloofde je hem?' zei ze.

Ze klonk precies zo als op het ziekenhuisterrein, de klinkers hard en vlak, met een onmiskenbaar Manchester-accent.

'Die Indiër,' zei ze. 'Denk je dat hij gelijk had?'

Billy kon zijn ogen niet van haar afhouden. Zijn voorhoofd voelde koud, net als zijn oren. Op de helling achter haar klonk een aanhoudend, machinaal gebrom.

'Wees maar niet bang. Ik bijt niet.' Ze tikte een askegel van dik een centimeter in het kommetje van haar linkerhand. 'Ik heb hier een hele tijd gelegen.' Ze keek langs hem de gang in. 'Ze zijn altijd goed voor me geweest, ik kan niet anders zeggen.'

En nu zag Billy dat ze niet alleen was. Achter haar, dicht tegen de muur, stond een tengere jongen van een jaar of dertien, met donker haar. Hij droeg een zwarte zwembroek en zijn lichaam had de kleur van cement.

Billy keek toe hoe de jongen uit de schaduw in een poel van licht stapte. Ineens boog hij voorover en braakte op de vloer. Het was maar water, begreep Billy. Water uit het stuwmeer. De jongen bleef voorovergebogen staan, met zijn armen om zijn bovenlijf geslagen, alsof hij rilde van de kou.

'Hoe kan ik hem helpen?' zei de vrouw. 'Ik kan niets voor hem doen.' Ze draaide zich naar Billy en haar stem verloor iets van het gelatene, werd harder. 'Jij zegt ook niet veel, hè?' Ze keek hem strak aan, de sigaret in haar mondhoek. 'De meeste mensen vragen me het hemd van het lijf. Waarom heb ik het gedaan? Wat bezielde me? Hoe kan ik met zoiets leven?'

Ze dreunde alle verschillende manieren op waarop mensen blijk gaven van hun nieuwsgierigheid, op een verveelde toon die Billy tegen de borst stuitte. Goed, de vragen waren voorspelbaar en ze had ze ongetwijfeld al honderden keren gehoord, maar het ging wel over marteling, moord... Aan de andere kant was tact nooit haar sterkste punt geweest, hè?

'Wat doe je hier?' zei hij. 'Wat wil je?'

'Kun je nou echt niets beters bedenken?' Ze keek hem nog altijd strak aan. De opgezette oogleden, de strakke mond. Haar ene hand vol as. 'Toe dan, Billy,' zei ze. 'Dit is je kans.'

Diep ademhalen. De andere kant op kijken.

Een meter naar links zag hij een bordje PATHOLOGIE hangen. Er zat een klein raampje in de deur, op ooghoogte. Hij keek erdoor naar binnen. Zo te zien was er niemand, al brandden alle lichten. In de gloed van de tl-buizen zag hij een rij witte jassen aan een rek hangen, stuk voor stuk schoon maar vormeloos, slap, als een net afgestroopte huid. Hij voelde een rilling opkruipen, via zijn nek tot in zijn haren, een onbestemd gevoel dat hij met geen mogelijkheid kon verklaren.

Hij had nu wel een vraag voor de vrouw, maar toen hij zich naar haar toe draaide was ze verdwenen. Ze was waarschijnlijk vertrokken uit ongeduld. Had haar belangstelling verloren. Of ze had aangevoeld wat hij wilde vragen en was dat uit de weg gegaan. Hij liep naar de plek waar ze had gestaan en liet zijn handpalm over de muur glijden. Die voelde overal even droog en koel aan. Uit niets bleek dat er iemand had gestaan, niet het minste of geringste teken van menselijke aanwezigheid of lichaamswarmte. Hij knielde snel en speurde de vloer af. Ook niets dat op de aanwezigheid van water duidde. Geen spoor van as.

'Heb je iets laten vallen?'

Hij wierp een blik over zijn schouder, nog altijd op zijn knieën gezeten. Aan het eind van de gang stond een verpleegster. Hoewel haar ogen op hem gericht waren, had ze haar gezicht iets afgewend, alsof ze het moeilijk vond hem recht aan te kijken.

'Ja,' zei hij, terwijl hij overeind kwam. 'Tenminste, dat dacht ik.'

'Wat dan?'

'Ach, laat maar. Onbelangrijk.' Hij wierp haar een glimlach toe die capabel en geruststellend bedoeld was. 'Evengoed bedankt.'

Hij haastte zich naar het mortuarium en voelde gewoon dat de verpleegster hem nakeek. Had ze gezien dat hij zijn hand langs de muur liet glijden? En als ze dat had gezien, wat zou ze daar dan in 's hemelsnaam van hebben gedacht?

24

Er was een naam waar hij niet langer omheen kon. De naam was die vrijdag komen bovendrijven, toen hij in zijn auto naar het nieuws had zitten luisteren, en zaterdag weer, toen hij in het bos was gaan wandelen. De naam had zich in zijn hoofd vastgezet toen Phil Shaw hem de koelcel wees waarin het lichaam van de vrouw werd bewaard. De laatste paar uur was de naam zijn gedachten meer en meer gaan beheersen, totdat hij zelfs een stem leek te hebben gekregen, een stem die hem riep, die zijn aandacht opeiste.

Vier jaar daarvoor, in de herfst van 1998, was hij opgeroepen om te komen getuigen bij een rechtszaak in Northampton. Hij had pas eind van de middag uit Ipswich kunnen vertrekken, en na twee uur rijden had hij een kamer genomen in een Travel Inn-motel op de kruising van de A14 en de A1, niet ver van Huntingdon. Het was een keurige kamer, maar veel te warm, met een groot tweepersoonsbed en een bordje SSSSTTTT... IN DIEPE SLAAP, om aan de buitenkant van de deur te hangen. Zoals bij de meeste Travel Inns had je het idee in een soort niemandsland te zijn terechtgekomen. De locaties leken voornamelijk gekozen met het oog op de nabijheid van een doorgaande weg of een snelweg; los daarvan waren het plekken die met het werkelijke leven weinig van doen leken te hebben. Hij herinnerde zich nog wat er door hem heen was gegaan toen hij zijn koffer op het bed zette: Wat een afschuwelijke plek om te sterven.

Aan de andere kant van de parkeerplaats stond een groot gebouw, deels van hout, dat in de folder werd aangeduid als de 'eetschuur'. Er bevonden zich een restaurant en een bar, en die avond zat het er vol met vrachtwagenchauffeurs, handelsreizigers en een groep uitgelaten leden van een golfclub in Warwickshire. Billy was halverwege zijn kip kiev toen er ineens een man in een grijs pak naast zijn tafeltje bleef staan.

'Billy Tyler?'

Billy keek de man recht aan. 'Mijn god,' zei hij. 'Trevor? Ben jij het echt?'

Hij stond haastig op en de twee mannen schudden elkaar de hand.

'Billy Tyler,' zei Trevor nogmaals, maar nu met verbazing in zijn stem.

Billy grinnikte. 'Dat is ook toevallig.'

Trevor Lydgate had bij Billy op de basisschool gezeten, een klas hoger, maar omdat hun moeders vriendinnen waren speelden ze al van jongs af aan met elkaar. De vriendschap had echter niet lang standgehouden omdat de Lydgates waren verhuisd, naar Manchester, en de twee jongens waren elkaar gaandeweg uit het oog verloren.

'Weet je, eet rustig verder,' zei Trevor, 'en kom daarna wat met me drinken. Ik zit daar, in de hoek.'

Billy keek de magere, kalende man na die in de richting van de bar liep – hij herinnerde zich een slanke jongen met donkerblond haar – en ging toen weer zitten. Hij pakte zijn vork en schudde glimlachend het hoofd. Het had dus toch een functie, een hotel op zo'n afgelegen plek…

Een paar minuten later zat hij met Trevor aan een tafeltje Stella te drinken, terwijl ze bijpraatten over wat er de laatste vijfentwintig, dertig jaar allemaal was gebeurd. Ze dronken allebei stevig door, uitgelaten over de onverwachte hereniging, vastbesloten om eruit te halen wat erin zat. Zo nu en dan grepen ze terug op het verre verleden, alsof ze een referentiepunt zochten, een toetssteen; ze wilden de onwaarschijnlijkheid van hun ontmoeting benadrukken – of misschien zochten ze bevestiging dat het allemaal echt waar was, wilden ze bewijzen dat de dingen die ze zich herinnerden ook echt waren gebeurd, dat ze echt waren wie ze beweerden te zijn.

Trevor was getrouwd en had vier kinderen. Drie zoons en een dochter. Hij werkte voor een bedrijf dat aardewerk maakte. Borden, bekers, kommen – dat soort dingen. Maar het bedrijf moest inkrimpen, en over niet al te lange tijd zou hij op zoek moeten gaan naar ander werk. Dat zou niet eenvoudig zijn op zijn leeftijd, dacht hij. 'Ik ben alweer in de veertig,' zei hij. 'Onvoorstelbaar, hè?' Trevor klonk verbaasd, haast triomfantelijk, maar op hetzelfde moment zag Billy iets zorgelijks over zijn gezicht glijden, plotseling en vluchtig, als de schaduw van een wolk. Nou ja, ging Trevor snel verder, komt tijd, komt raad. Hij woonde nu in Staffordshire, in het plaatsje Stone. Heel gunstig gelegen, vlak bij de M6.

'Maar vertel jij nou eens, Billy,' zei Trevor, terwijl hij zich over tafel boog. 'Wat heb jij allemaal uitgespookt?'

Billy moest onwillekeurig glimlachen om Trevors enthousiasme. Alsof hij alles wat Billy te melden had even boeiend zou vinden, als Billy het maar zou weten te verwoorden. Het was een kinderlijke eigenschap, die je niet vaak meer zag bij mensen van middelbare leeftijd: ofwel ze waren haar gaandeweg verloren, ofwel ze was meer en meer in de verdrukking geraakt.

'Ik zit bij de politie,' zei Billy.

'Meen je dat nou? Ik heb nog nooit met een agent gepraat. Dat wil zeggen, niet voor de gezelligheid.'

'Ach, we vallen best mee. We zijn ook maar gewoon mensen.'

Trevor keek hem stralend aan. 'Weet je, eigenlijk vertrouwde ik de politie nooit zo. Dan heb ik het over eind jaren zeventig, toen Thatcher net aan de macht was. Maar nu lijkt het me eerlijk gezegd een fascinerende baan. Wie weet, als ik straks op straat sta, ga ik misschien ook wel bij de politie – of is het voor mij al te laat?'

'Het betaalt niet al te best,' zei Billy, 'en je hebt een groot gezin…'

'Dat is waar.' Trevor knikte en nam een slok.

Hoewel het leek alsof hij het met Billy eens was, was hij niet zo makkelijk van het idee af te brengen. Trevor leek zo iemand die voortdurend voor van alles en nog wat warmloopt. Het moest dodelijk vermoeiend zijn om met hem samen te leven.

'Vier kinderen,' mijmerde Billy. 'Hoe doe je dat?'

'Dat moet je aan mijn vrouw vragen.' Trevor grinnikte, schudde het hoofd. 'En jij, Billy? Heb jij kinderen?'

'Een dochter,' zei Billy. 'Emma. Ze heeft het downsyndroom.'

De meeste mensen zouden even uit het lood zijn geslagen door een dergelijke mededeling. Zo niet Trevor.

'Hoe erg?' vroeg hij.

'We mogen eigenlijk nog van geluk spreken. Op een schaal van één tot tien zit zij zo rond de zeven, acht. Het is een fantastische meid, daar niet van, en ik hou zielsveel van haar, maar het is niet makkelijk.'

'Je maakt je natuurlijk zorgen…'

'Ze is vierenhalf, en ze kan niet goed praten. Ze maakt alleen maar geluiden. Ze hebben namelijk een grotere tong.' Billy nam nog een paar slokken bier. 'Ze heeft ook slechte ogen. Ze heeft een operatie moeten ondergaan om de oogspieren strakker te trekken. En ze moet speciale schoenen dragen omdat ze anders niet kan blijven staan…' Billy overwoog nog even iets over haar hart te zeggen, maar hij bracht het domweg niet op.

'Je moet haar zeker de hele tijd in de gaten houden,' zei Trevor.

Billy knikte. 'Non-stop.'

Het was zijn beurt om een rondje te geven. Hij liep naar de bar en bestelde nog twee biertjes. Hij was nog niet gaan zitten met de volle glazen of Trevor begon alweer te praten.

'Maar ja, als je er goed over nadenkt moeten we onze kinderen tegenwoordig allemaal in de gaten houden, hè? Er kan hun van alles overkomen. Toen wij jong waren, was dat wel anders.' Hij pakte zijn nieuwe biertje en nam een flinke slok. 'Wij struinden de godganse dag door bossen en weilanden, en niemand die zich er druk om maakte...'

Halverwege de zin was Trevors stem gaan beven, om het uiteindelijk helemaal te begeven, waarna Trevor zijn handen voor zijn gezicht sloeg. Billy keek strak naar de kale plek op Trevors hoofd, en even kon hij nauwelijks geloven wat er gebeurde.

'Trevor?' zei hij. 'Wat is er?'

Maar Trevor gaf geen antwoord. Hij zat aan het tafeltje, met zijn handen voor zijn gezicht, en zijn hele lichaam schokte.

'Wat is er, Trevor?'

Steeds meer mensen keken hun kant op en vroegen zich af wat er aan de hand was. *Er zit daar een vent te janken.*

Billy kwam moeizaam overeind en sloeg een arm om Trevors schouders. 'Kom, Trevor. Ik breng je naar je kamer.'

Hij pakte Trevors kamersleutel van de tafel en samen verlieten ze de eetschuur, waarbij Billy het grootste deel van Trevors gewicht torste. Eenmaal buiten benam de kou hun bijna de adem. De wind joeg vanuit het oosten over de aangelegde taluds en verhogingen, en Billy meende sneeuw te kunnen ruiken. Die scherpe, ijzerachtige tinteling. Toen hij opkeek zag hij de auto's stuiteren onder de gelige lampen. Wazige, glimmende voorwerpen schoten heen en weer. Hoeveel hadden ze gedronken? Zes biertjes? Zeven?

Trevors kamer bevond zich op de begane grond, achter de receptie. Toen Billy de deur opendeed, zag hij dat de kamer was ontworpen voor mensen met een lichamelijke handicap, met rondom langs de wand rozebruine handgrepen, en aan de muur tussen het toilet en het bad in een rood koord. IN NOODGEVALLEN KAN DE BEDRIJFSLEIDER TE HULP WORDEN GEROEPEN DOOR AAN HET RODE KOORD TE TREKKEN. Billy hoopte dat het niet zo ver zou komen.

'Heb een niet-roken kamer gevraagd,' zei Trevor met dikke tong, 'en dit was de enige die ze hadden.' Zijn hoofd wiebelde op zijn nek terwijl hij om zich heen keek. 'Er is eigenlijk nauwelijks verschil. Alles zit wat lager, meer niet. Het bed, de deurkrukken…'

'Het is prima,' zei Billy.

Trevor strompelde naar de badkamer. Door de dichte deur heen kon Billy het klateren van urine horen, en toen een ingehouden snik op het moment dat er werd doorgetrokken.

Toen Trevor weer tevoorschijn kwam, ontweek hij Billy's blik. 'Het spijt me,' zei hij, terwijl hij zijn wangen droogveegde. 'Sorry, hoor, Billy. Jezus. Wil je wat drinken?'

Hij leek zichzelf weer in de hand te hebben. Hij praatte iets duidelijker. Toch had Billy het gevoel dat hij Trevor nu niet alleen kon laten.

'Vooruit dan maar,' zei hij. 'Nog eentje dan.'

Trevor haalde twee waterglazen uit de badkamer, deed zijn koffertje open en haalde een fles rode wijn en een kurkentrekker tevoorschijn. 'Ik heb altijd een fles wijn bij me,' zei hij, 'voor het geval ik een oude vriend tegen het lijf loop.' Hij probeerde een grapje te maken, maar zijn stem was te dun om het gewenste effect te bereiken. Te beverig.

Hij schonk de wijn in. Terwijl hij Billy een glas aanreikte, nam hij vast een flinke slok uit zijn eigen glas. 'Ik heb je dus nooit verteld wat me is overkomen?' zei hij.

Billy liep naar de andere kant van de kamer en ging in

de stoel bij het raam zitten. Hij had een kamer genomen in het Travel Inn omdat hij moe was, en nu zat hij zich hier te bezatten.

'Over wanneer heb je het?' vroeg hij.

'Toen ik tien was.'

'Toen gingen we niet met elkaar om. Je was verhuisd.'

'Dat is waar ook.' Trevor ging op de rand van het bed zitten. Hij nam nog wat wijn en stak toen zijn arm uit om het glas op de schrijftafel te zetten waar ook de televisie stond. Alleen alcoholisten zetten hun glas zo behoedzaam neer.

'Wat was er dan gebeurd?' zei Billy.

Trevor begon weer over vroeger, wat hij 'destijds' noemde – kinderen die gewoon maar buiten speelden, zonder dat iemand zich er druk om maakte. Was het echt ooit zo geweest? Misschien wel. Maar wat Billy zich vooral herinnerde was dat de huizenmarkt een enorme vlucht had genomen en dat er overal werd gebouwd. Hopen bakstenen, cementmolens. Steigers. Trevor en hij kropen de nieuwe huizen binnen en lieten briefjes tussen de muren vallen: scheldwoorden, of toverformules, of soms alleen hun beider naam en de datum. De briefjes lagen er nog altijd, waarschijnlijk… Billy was zich nog slechts vaag bewust van Trevors stem en hij was bijna in slaap gesukkeld toen hij door een enkele zin ineens weer helemaal bij de les was.

'Maar die dag was ik om de een of andere reden helemaal alleen…'

Billy probeerde de slaap van zich af te schudden. 'Sorry. Waar was dat?'

'Manchester. Een of ander plaatsje, Fallowfield.'

Er kwam een witte auto naast hem rijden, vertelde Trevor, terwijl hij daar liep. Er zat een vrouw achter het stuur, en ze was alleen. Ze draaide haar raampje naar beneden, riep hem. Hij wist niet meer precies wat ze had gezegd, maar hij wist nog wel dat ze een barse stem had gehad, streng en ongedurig; ze klonk alsof ze een slechte bui had, of heel erg gehaast was. Ze had zwart haar, waar ze een sjaaltje om had geknoopt. Hoewel het november was, had ze haar rechterarm uit het raampje bungelen, en haar gelakte nagels staken scherp af tegen het portier. Tussen haar wijsvinger en haar middelvinger zat een sigaret. Op een bepaald moment haalde ze haar arm naar binnen om een trekje te nemen, en al die tijd hield ze haar blik op hem gericht, en toen legde ze haar arm weer waar hij daarvoor had gelegen, en niet lang daarna volgde de rook, in een smalle blauwe baan.

Zijn ouders hadden hem verteld dat er bepaalde mensen waren, 'vreemde mannen' genoemd, die hem een zakje snoep zouden kunnen aanbieden, of een ritje in hun auto, en dat hij dan altijd 'Nee, dank u,' moest zeggen, maar op de een of andere manier was hij die middag alles vergeten wat hij ooit had geleerd. Gek genoeg was het juist het nurkse van de vrouw dat hem naar de stoeprand deed lopen. Ze deed geen enkele moeite aardig over te komen, laat staan verleidelijk. Integendeel. Als hij haar niet kon helpen zou ze op zoek moeten gaan naar iemand anders, en het was duidelijk dat ze daar helemaal geen zin in had.

'Later heb ik me afgevraagd,' zei Trevor, zijn ogen nu wijd open, 'of ze misschien nerveus was of zo.' Hij zweeg even. 'Ik bedoel maar, stel dat ik een van de eersten was.'

Op dat moment wist Billy nog altijd niet precies waar Trevor het over had, maar hij besloot hem niet in de rede te vallen.

Trevor ging verder. Toen hij bij de stoeprand bleef staan, zei de vrouw dat ze verdwaald was. Was hij bekend in de buurt? Hij knikte. Mooi, zei ze. Als hij instapte, kon hij haar misschien de weg wijzen. Ook nu weer had haar aanpak niets subtiels, niets wat ook maar in de verste verte geslepen of innemend genoemd kon worden. Hij vroeg waar ze naartoe wilde. 'Mevrouw,' noemde hij haar. Ze gaf geen antwoord, hield in plaats daarvan haar hoofd schuin, nam hem aandachtig op en zei dat hij er behoorlijk snugger uitzag. Als hij haar niet kon helpen, kon niemand het. Pas op dat moment was hij er ineens niet meer helemaal gerust op. Het nurkse, het ongeduldige – dat was allemaal geloofwaardig; het leek oprecht, en hij zocht er niets achter. Maar de lovende woorden voelden anders aan, als iets glimmends dat eigenlijk waardeloos was. Waarom stapte hij dan toch in? Hij had er geen verklaring voor. Het was hem een raadsel, tot aan de dag van vandaag. Hij liep om de voorkant van de auto heen, haar opgemaakte ogen volgden hem door de voorruit. Toen hij bij de passagierskant kwam, was het portier al open. Hij hoefde alleen maar in te stappen en het dicht te trekken.

'Sla het maar stevig dicht,' zei de vrouw. 'We moeten niet hebben dat je eruit valt, hè?'

Trevor wendde zijn blik af, keek de kamer in. 'Godver,' mompelde hij, pakte zijn glas en sloeg de wijn achterover. Hij schonk zijn glas weer vol, helemaal tot aan de rand, en reikte Billy de fles aan, maar die schudde het hoofd. Hij had genoeg gedronken.

'Het was zo stil,' zei Trevor. 'Ik kan me geen enkel geluid herinneren.' Hij zweeg weer. 'Nee wacht, dat klopt niet. Eén keer, in een bocht, heb ik een motorfiets gehoord. Dat was hij natuurlijk. Hij reed achter ons aan.'

Pas nu drong tot Billy door wat Trevor hem zojuist had verteld, en hij boog naar voren in zijn stoel, ineens volkomen helder, alsof alle alcohol uit zijn lichaam was verdwenen. 'Dus je hebt hém ook gezien?' zei hij.

Trevor sloot zijn ogen. 'Dat deel komt zo.'

Ze reden een poosje, en de vrouw hield haar blik strak op de weg gericht. Ze remde, gaf richting aan; alles was zo volstrekt normaal dat hij bijna vergat waarom hij daar zat. Maar ineens kwam hij weer bij zijn verstand. Ze had hem niet gevraagd hoe ze moest rijden; ze had zelfs geen woord tegen hem gezegd. Hij keek haar van opzij aan, en wat hij zag waren niet haar nagels of haar haar, maar haar wat stompe neus en haar vooruitstekende kin. De betovering was verbroken en hij begon te vermoeden dat er iets niet helemaal in de haak was.

'Ik dacht dat u de weg kwijt was,' mompelde hij.

De vrouw leek hem niet te horen.

Wat later zei hij: 'U heeft me niet gevraagd welke kant u op moet.'

'We gaan eerst naar het huis van mijn oma,' zei ze tegen hem. 'Ik heb mijn handschoenen vergeten.'

Ze parkeerde de auto in een buurt die hij niet kende. Het leek een armere buurt dan die waar hij woonde. De wind blies allerlei rotzooi over straat: kauwgompapiertjes, stukken krant, plastic zakken. Op het dak van een nabijgelegen huis stond een televisieantenne te trillen. Het woei die dag stevig. Hij richtte zijn blik weer naar de grond. Een bruine fles rolde over de stoep, bleef even liggen en rolde toen de andere kant op. Het geluid van die fles stond hem nog zo helder voor de geest dat het ook een half uur geleden had kunnen zijn. Maar het was inmiddels al dertig jaar terug, dertig jaar…

'Kom even mee naar binnen,' zei de vrouw. 'Dan kun je me helpen die handschoenen te zoeken.'

Hij had haar wel door. Ze probeerde een vervelend klusje te brengen alsof het iets heel leuks was – dat deden grote mensen altijd – maar het ging haar niet echt goed af. Ze wist geen enthousiasme in haar stem te leggen, geen zweem van avontuur of geheimzinnigheid. Toch kon hij het spelletje maar beter meespelen, dacht hij. Anders zou ze alleen maar boos worden.

Ze liep naar zijn kant van de auto en deed het portier open, waarna ze zijn hand pakte en hem eruit trok. Ze had hem niet bij zijn naam genoemd, realiseerde hij zich. Ze had hem niet eens gevraagd hoe hij heette.

'Ik ben Trevor Lydgate,' zei hij. 'Hoe heet u?'

'Stel je voor,' zei Trevor, en hij legde een hand tegen zijn voorhoofd. 'Stel je voor dat ze haar naam had genoemd. Niet dat die me iets gezegd zou hebben. Hij zou niemand iets gezegd hebben, destijds.' Hij liet een aarzelend lachje horen, hoog en schril, en vertelde toen verder.

Met zijn hand nog altijd in die van haar geklemd, liepen ze over een paadje langs een wit hek. Haar oma woonde in het huis op de hoek, het laatste huis van het blok. De vrouw deed de voordeur open en duwde hem een smalle gang in. Aan de muur hing een sigarettenautomaat. Hij ving een glimp op van zijn eigen gezicht in een plaat chroom. Hij zag eruit als iemand die deed alsof hij Trevor Lydgate was, en hij moest er snel van wegkijken omdat het beeld hem een heel vreemd gevoel bezorgde. De oma van de vrouw was nergens te bekennen. Misschien was ze even de deur uit. Hij hoorde de motorfiets weer, maar nu veel luider, en hij wierp een blik over zijn schouder om te kijken waar het geluid vandaan kwam, maar de vrouw blokkeerde zijn uitzicht. Ze leek groter nu ze stond. Ze leek de hele gang te vullen. Toen hij probeerde langs haar te kijken, gaf ze hem weer een duw.

'Ze liggen waarschijnlijk boven,' zei ze.

De handschoenen, bedoelde ze.

Daar gingen ze, naar boven. Hij voorop, zij achter hem aan.

Ze nam hem mee naar een kamertje aan de achterkant van het huis. Er stonden nauwelijks meubels, alleen een kachel met twee platen en een eenpersoonsbed met een kale matras. Er lag geen vloerbedekking. Alleen kale vloerplanken. Op de matras lag een kleine camera. De gordijnen waren gesloten, maar er drong nog wel wat licht van buiten door de gebloemde stof, voldoende om bij te kunnen zien. Op de grond lagen een paar tijdschriften, van mannen en vrouwen die dingen met elkaar deden.

De vrouw knikte toen ze zag dat hij ze had opgemerkt. 'Kijk er maar even in, als je wilt.'

Hij schudde het hoofd.

Ze leek de handschoenen helemaal te zijn vergeten. Ze keek hem alleen maar aan, en er sprak iets gretigs uit haar blik, en tegelijkertijd een zekere trots; een uitdrukking die hij pas veel later zou gaan begrijpen.

De lucht in de kamer was verstild, bedompt, en er hing een geur die hem vaag bekend voorkwam, maar die iets intiems had, iets stiekems. Het was een geur die hij wel kende, maar niet erg goed, en die hij niet helemaal kon thuisbrengen. Hij deed vooral zijn best om niet naar de tijdschriften te kijken.

'Koud, hier,' mompelde de vrouw, en ze boog voorover om de stekker van de elektrische kachel in het stopcontact te steken.

Beneden ging een deur open en weer dicht. Hij hoorde voetstappen op de gang. De rug van de vrouw verstrakte, alsof ze ongerust of bang was, en dat was het moment dat hij in paniek raakte.

Het was moeilijk om de seconden die volgden tot een geheel te vormen. De beelden die hij zag waren niet aaneengesloten. Het waren allemaal indringende fragmenten. Flitsen en flarden. Alsof de film van zijn leven in repen was gescheurd en weer aan elkaar was geplakt. Hij wist niet precies hoe hij had weten te ontkomen. Er waren momenten dat hij het zelf niet kon geloven. Er waren momenten dat hij dacht dat hij langer in die kamer moest hebben gezeten, maar dat een deel van hem zich ervoor had afgesloten, dat hij die dingen had uitgewist. Er waren momenten dat hij zijn hele lichaam onderzocht, op zoek naar sporen van de dingen die ze met hem gedaan moesten hebben. Er waren ook momenten dat hij het gevoel had dat hij zich misschien nog altijd daar bevond, en dat dit alles – met een handgebaar omvatte hij de kamer, het hotel, en alles eromheen – dat dit slechts een droom was, of ijdele hoop.

De vrouw stond over de kachel gebogen. Hij wist onverwacht en razendsnel langs haar te glippen, hoewel ze tussen hem en de deur in stond. Ze slaakte een kreet, alsof hij haar pijn had gedaan door een ontsnappingspoging te wagen. Ze graaide naar hem, maar hij wist haar hand te ontwijken. Toen stond hij op de overloop. Een gele muur, muziek van beneden. Door de spijlen van de trapleuning zag hij iemand naar boven komen. Een man. Hoofd gebogen, waardoor de man hem niet had gezien. Trevor schoot de hoek om en denderde met zo'n vaart de trap af dat de man zijn evenwicht verloor.

Hij stond al bij de voordeur terwijl hij het gevoel had dat hij de gang nog niet eens door was. De deur zwaaide naar binnen open, knalde tegen de muur. Hij hoorde iets breken. Hij keek niet om, maar zag toch in zijn herinnering de man in de deuropening staan, met een vertrokken mond en een bebloede hand.

Hij rende de straat in. De huizen zagen er allemaal hetzelfde uit. Hij had geen flauw idee waar hij was. Een oude dame kwam hem tegemoet, maar hij was bang dat zij de oma was. Hij stoof haar voorbij, zo hard hij kon. Hij dacht dat hij de motorfiets hoorde starten. *Snel. Verstoppen.* Hij zag een vuilnisbak achter een van de huizen staan en kroop erin. Gelukkig was hij vrijwel leeg. Al stonk hij wel. Toen Trevor het deksel weer opendeed was het donker en brandden de straatlantaarns. Hij stond op de stoep en aarzelde. Probeerde te bedenken welke kant hij op moest om naar huis te gaan. Hij voelde zijn darmen samentrekken en hij had diarree. Zijn ene been zat onder. Het droop naar beneden. Daar stond hij dan, in zijn korte broek, en hij wist zich geen raad.

De tijd verstreek. Er kwam een vrouw met een boodschappentas de hoek om. Ze wilde hem mee naar huis nemen om hem te fatsoeneren, maar hij zei dat hij niet met vreemde mensen mee naar huis mocht gaan. Hij vroeg of ze zijn ouders wilde bellen om te vertellen waar hij was. Hij gaf het nummer, het nummer dat hij uit zijn hoofd had geleerd, en bleef buiten staan wachten.

Toen ze kwamen aanrijden, vond hij dat ze er zo onschuldig uitzagen. Het was alsof hij de volwassene was, en zij de kinderen. Hij had het gevoel dat hij hen moest beschermen. Het kwam goed uit dat hij diarree had gehad, want daardoor hadden ze iets om over te praten. Hij had zijn ouders nooit verteld wat er die dag echt was gebeurd. Toen niet en later niet. Toen ze hem vroegen hoe hij in Hattersley verzeild was geraakt, zei hij dat hij de verkeerde bus had genomen.

'Toen werd je natuurlijk bang,' zei zijn moeder, 'omdat je geen idee had waar je was.'

Dankbaar keek hij haar aan. 'Ja,' zei hij, opgelucht dat zij het op zich had genomen om een leugen te verzinnen. Hij wist niet of dat hem in zijn eentje zou zijn gelukt.

'Ja, ik was bang,' zei hij.

'Je was verdwaald,' zei zijn moeder.

Hij knikte. Hij beet op zijn onderlip. 'Ja,' zei hij. 'Zo was het.'

Trevor haalde een hand over zijn gezicht en pakte met zijn andere hand zijn wijnglas. 'Ik ben in dat huis geweest.' Hij kon het nog altijd niet geloven, schudde zijn hoofd en wierp een zijdelingse blik op Billy. 'Dat zwarte haar. Het was een pruik, snap je?' Het was alsof de huid van zijn gezicht strakker was getrokken. 'Is het tot je doorgedrongen wat ik je vertel?'

'Het is tot me doorgedrongen,' zei Billy, al wist hij niet goed hoe hij moest reageren.

Trevor sloeg zijn wijn achterover, maar hield het lege glas vast. 'Dit heb ik in mijn hele leven aan slechts drie mensen verteld,' zei hij. 'Aan mijn broer, aan mijn vrouw – en nu aan jou.'

Billy keek strak naar de vloerbedekking, maar hij voelde

Trevors blik branden. Verwachtte Trevor iets van hem? En zo ja, wat dan? En waarom had Trevor het hem eigenlijk verteld? Omdat ze samen dronken waren geworden? Omdat hij politieagent was? Omdat ze ooit, in een ver verleden, vrienden waren geweest?

De stilte hield aan. Billy had het warm. Hij boog naar opzij en keek naar de radiator tegen de muur. De thermostaat stond op 5. Hij draaide hem terug naar 2.

'Wanneer was dat allemaal?' vroeg hij uiteindelijk.

'1964,' zei Trevor. 'November.'

Er was omstreeks die tijd een kind vermoord, meende Billy, al wist hij niet meer precies wie.

'Ik moet altijd aan dat jongetje denken,' zei Trevor, 'je weet wel, dat jongetje dat nooit is gevonden.'

Billy knikte.

'Ik zie hem daar liggen, op die onherbergzame plek,' zei Trevor. 'Ik hoop maar dat hij op een dag wordt gevonden. Ik zou het afschuwelijk vinden als hij daar eeuwig zou blijven liggen, in het veen.'

Hij zweeg weer.

'Maar ik voel me vooral schuldig,' ging hij na een poosje verder, terwijl hij in zijn lege glas tuurde. 'Ik ben ongedeerd gebleven. Ik heb weten te ontkomen.'

'Je hebt geluk gehad–'

'Dat bedoel ik niet,' zei Trevor, die hem enigszins ruw onderbrak. 'Ik ben voorgoed met hen verbonden, met die kinderen. De kinderen van wie we allemaal de namen kennen. Soms lijkt het net alsof ik hun aanwezigheid kan voelen, ergens heel dichtbij…'

Billy keek toe hoe Trevor langzaam zijn hoofd in zijn handen liet zakken en weer begon te huilen. Trevor voelde zich ook schuldig op een ander niveau, begreep hij. Niet alleen had Trevor het er levend afgebracht, hij had ook nog eens voor zich gehouden dat hij het had overleefd. Als hij zijn ouders zou hebben verteld wat er was gebeurd – de vrouw in de witte auto, de man op de motorfiets – als hij het huis zou hebben aangewezen, hadden er misschien levens gered kunnen worden. Billy hoopte maar dat Trevor zich dat nooit had gerealiseerd. Het zou moeilijk zijn om met die gedachte te leven.

Nu Trevor eenmaal was gaan huilen, kon hij er niet meer mee ophouden. Hij zat helemaal ineengedoken, zijn voorhoofd en zijn knieën slechts van elkaar gescheiden door zijn handen. Trevors hele lijf was gespannen, alsof zijn spieren op knappen stonden.

Na een tijdje ging hij langzaam iets dieper ademen. Hij had zichzelf in slaap gehuild, als een kind. Billy zat nog altijd met een arm om Trevors schouder geslagen, al was Trevor inmiddels tegen hem aan gezakt. Trevor rook naar deodorant en alcohol. Hij schokte een paar keer zo hevig dat Billy bang was dat ze samen tegen de grond zouden slaan.

Toen Billy weer een blik wierp op het klokje dat boven op de televisie stond, gaf dat vijf voor half drie aan. Hij moest even zijn ingedommeld. Trevor had zijn hoofd van hem af gedraaid en lag op het voeteneind van het bed, zijn voetzolen tegen Billy's dijbeen gedrukt. Een van zijn handen was tot een vuist gebald, vlak bij zijn mond. In gedachten maakte Billy een snelle berekening. Het was zeker nog twee uur rijden naar Northampton, en hij moest om tien uur op de rechtbank zijn. Hij zou om zeven uur op moeten – uiterlijk.

Hij trok Trevors schoenen en sokken uit, vervolgens zijn broek, en hij sjorde net zo lang aan hem totdat hij recht in bed lag. Trevor had zich nog altijd niet verroerd. Billy stelde onwillekeurig vast dat Trevor uitzonderlijk gladde, witte benen had, zonder ook maar een haartje. Op de een of andere manier paste dat wel bij het verhaal dat hij had verteld, de verschrikkingen waaraan hij ternauwernood was ontsnapt. Voorzichtig dekte Billy hem toe.

Sst... in diepe slaap.

Hoewel hij ernstig betwijfelde of Trevor nog wakker zou worden, vond hij dat hij hem niet alleen kon laten. Niet na wat hij had gehoord. Hij deed het licht uit, maakte zijn stropdas los en liet zich in de stoel bij het raam zakken. Het was een kleine, moderne fauteuil, met een lage rugleuning, maar hij had op minder comfortabele plekken geslapen. Door de gordijnen achter hem drong een flauwe gloed de kamer in, citroengeel, en die voerde Trevors verhaal mee – de kale matras, de camera, de pornoblaadjes. Billy maakte zijn hoofd leeg, vouwde zijn handen op zijn buik en sloot zijn ogen. In de afgesloten stilte van de hotelkamer hoorde hij Trevors ademhaling, diep en ongelijkmatig.

Naar zijn idee was het nog maar een paar tellen later toen hij weer wakker werd en Trevor voor de hoge, smalle spiegel bij de deur zag staan. Het was nog donker, maar door het beetje licht uit de badkamer kon hij zien dat Trevor zijn stropdas om deed. Trevor droeg een pak en hij neuriede zachtjes. Hij gedroeg zich alsof hij in zijn eentje in de kamer was.

Billy gaapte en rekte zich uit, waarbij hij meer geluid maakte dan strikt noodzakelijk.

'Ik kan niet zittend slapen,' zei Trevor. 'Ik kan niet in een vliegtuig slapen, om maar wat te noemen.'

'In mijn werk wen je daar wel aan.' Billy gaapte nog een keer. 'Hoe laat is het?'

'Tegen zevenen.'

Billy kwam overeind en schoof de gordijnen open. De lucht was effen grijsblauw. Hij kon met moeite een glooiende, met gras begroeide helling ontwaren, en een stuk van de doorgaande weg erachter. 'Ik ga weer naar mijn eigen kamer,' zei hij. 'Ik moet even douchen.'

'Oké,' zei Trevor, en hij slaakte een zucht.

Trevor leek zich het minst opgelaten te voelen van hen beiden. Hij had zich kwetsbaar opgesteld, en daardoor was hij enigszins in het voordeel. En Billy was zich er heel scherp van bewust dat hij tactvol moest zijn. Hij wist te veel – meer, vermoedde hij, dan Trevor had willen loslaten – en hij kon, in ieder geval voorlopig, maar het beste doen alsof dat wat hij had gehoord gewoon een verhaal was. Hij moest in ieder geval zo snel mogelijk vergeten dat hij Trevor in zijn armen had gehouden terwijl Trevor zichzelf in slaap had gehuild. Ze waren twee oude vrienden die elkaar toevallig tegen het lijf waren gelopen, en ze hadden te veel gedronken, wat oude vrienden wel vaker doen. Dat was alles. Mochten ze elkaar ooit weer tegen het lijf lopen, dan zouden ze elkaar niets te vertellen hebben. Ze zouden waarschijnlijk doen alsof ze elkaar niet eens zagen. Wat er de afgelopen nacht was voorgevallen mocht niet herhaald worden, er mocht niet naar verwezen worden, het mocht zelfs niet in herinnering gebracht worden – in ieder geval niet hardop.

Billy liep naar de deur. Met een hand al op de deurkruk draaide hij zich om en keek de kamer in. Trevor klapte zijn koffertje open. Billy zag dat Trevor er een vel papier uit haalde, waar hij met gefronste wenkbrauwen naar keek. Hij kon zich niet aan de indruk onttrekken dat Trevor vooral deed alsof hij heel druk in de weer was, maar dat hij, zodra hij alleen was, met een wezenloze blik op het bed zou gaan zitten.

'Misschien zie ik je zo nog aan het ontbijt,' zei Billy.

Trevor draaide met een ruk zijn hoofd, alsof hij helemaal was vergeten dat Billy er was. 'Wat?' zei hij. 'O ja, tuurlijk. Oké.'

Maar Trevor zou al hebben ontbeten als Billy de eetschuur binnenkwam. Daar zou Trevor wel voor zorgen. Misschien sloeg hij het ontbijt zelfs over. Gewoon instappen en wegrijden.

'Hou je goed,' zei Billy.

Ze wisten allebei dat ze elkaar nooit meer zouden zien.

Alles was stil in het mortuarium. Billy realiseerde zich dat het antwoordapparaat niet meer piepte; iemand moest tijdens zijn pauze de berichten hebben afgeluisterd. Hij meende in de verte, nog net binnen gehoorsafstand, het geruststellende gebrom te horen van een boenmachine – in ziekenhuizen werkten de schoonmakers vrijwel altijd 's nachts, net als op vliegvelden – en hij zag voor zich hoe een man de vloerwrijver met een wezenloze blik van de ene kant van de gang naar de andere duwde, terwijl de borstels snel in de rondte draaiden, soepel, in een eindeloze reeks kringetjes, kringetjes die telkens net een ander stukje bestreken, hoewel ze elkaar overlapten, en de vloer steeds meer ging glimmen, totdat hij niet meer was dan een volmaakte weerspiegeling van de omgeving.

25

Iedere keer dat Billy aan Trevor dacht, werd hij overvallen door een intens gevoel van spijt. Hij kon zich niet onttrekken aan de gedachte dat hij meer had kunnen doen. Hij had Trevor niet om zijn telefoonnummer gevraagd, om maar iets te noemen, of om zijn adres – Trevor had vast visitekaartjes in dat koffertje zitten – en bij thuiskomst had hij geen enkele moeite gedaan zijn oude vriend op te sporen met behulp van de enige informatie die hij had losgelaten. Want hoeveel Lydgates konden er nou in een klein plaatsje als Stone wonen... Ze hadden afscheid genomen bij de deur van kamer 8 en zoals Billy al had verwacht, was Trevor niet aan het ontbijt verschenen. Voor het eerst in dertig jaar hadden hun wegen elkaar gekruist, maar ze hadden besloten dat toeval te laten voor wat het was.

Vrijwel op de dag af een jaar later, in het najaar van 1999, sprak ene Mary Betts een bericht in op het antwoordapparaat bij Billy thuis. Ze moest hem iets vertellen, zei ze. Hoewel de stem noch de naam hem iets zei, had hij haar die avond teruggebeld. Ze zei dat ze op de basisschool bij elkaar in de klas hadden gezeten. Ze hadden elkaar niet goed gekend, stelde ze hem gerust, dus hij hoefde niet te doen alsof hij zich haar nog kon herinneren. Hij lachte.

'Ik val maar meteen met de deur in huis,' zei ze, 'ik heb helaas slecht nieuws. Trevor Lydgate is dood.'

Billy stond in de woonkamer, bij het raam, en hij moest denken aan de bruinroze handgrepen in Trevors hotelkamer. Door de kleur en het gladde oppervlak, door hun merkwaardige glans, hadden ze hem doen denken aan iets dat ín een lichaam zit. Bepaalde organen. Ingewanden. *Eigenlijk nauwelijks verschil.*

'Ik dacht dat je het wel zou willen weten,' zei Mary Betts, 'aangezien jullie vrienden waren.'

De begrafenis was over twee dagen, zei ze. Het speet haar dat ze hem niet eerder op de hoogte had gesteld. Hij zei dat hij zijn best zou doen om te komen. Later die avond belde hij Maureen, zijn moeder. Ze had Trevor voor het laatst als klein jongetje gezien, zei ze, maar ze zou proberen aanwezig te zijn op de begrafenis, al was het maar voor Betty, haar dierbare vriendin Betty Lydgate die een paar jaar eerder was overleden. De volgende dag op zijn werk vroeg Billy bijzonder verlof aan, en hij zei dat Trevor zijn neef was.

Het was vier uur rijden vanuit Suffolk en hij arriveerde een paar minuten te laat bij de kerk, maar hij wist ongezien naar binnen te glippen en nam plaats op een bankje achterin. De kerk was nog niet voor de helft gevuld. Toen de dienst ten einde was bleef hij zitten en liet de stoet rouwenden aan zich voorbijtrekken. Daar liep Trevors vrouw, een kleine, dikke vrouw met lang haar en een bril, en daar liepen de vier kinderen waar Trevor het over had gehad, en van wie er zeker drie boven de tien waren. De kerkdeuren waren opengezwaaid en het gezicht van de rouwenden werd meedogenloos uitgetekend door het witte herfstlicht. Billy zag de shock en het slaapgebrek, maar hij zag ook dat merkwaardige, ongemakkelijke, haast narcistische gevoel van verlies waarmee een plotselinge dood binnen een gezin vaak gepaard gaat. Ze liepen door het gangpad alsof ze een zwaar gewicht meetorsten, en het jongste kind, een zoon, keek van de ene naar de andere kant, opgelaten vanwege alle aandacht, maar tegelijkertijd gefascineerd. De man die de weduwe ondersteunde was heel wat steviger gebouwd dan Trevor en hij had meer haar, en ook nog eens een keurig bijgehouden baardje en snor, maar desondanks was het onmiskenbaar Trevors broer. Dit waren dus de twee anderen die het geheim met zich meedroegen.

Eenmaal buiten liep Billy naar zijn moeder, die in haar handtas naar een papieren zakdoekje zocht.

'Het is een zegen dat Betty dit niet hoeft mee te maken,' zei Maureen. 'Ze zou het nooit te boven zijn gekomen. Ze zou gebroken zijn.'

Het crematorium was nog geen vijf minuten rijden, en nu zat Billy vrij vooraan, en hij zag Trevors kist door een donkerblauw gordijn schuiven. De muziek die werd gespeeld tijdens dit korte en ietwat hobbelige ritje was een toptienhit uit de jaren tachtig.

Look at me standing
Here on my own again –

Billy herinnerde zich dat hij ooit met Susie op dat nummer had gedanst, in een discotheek in Manchester, een schuifelnummer waarbij ze onophoudelijk hadden gezoend. Toen had het al merkwaardig treurig geklonken, alsof de zanger zijn publiek ervan wilde overtuigen dat hij gelukkig was, terwijl eigenlijk niets minder waar was. En nu, binnen de context van een begrafenis, leek zijn klaaglijke stem bijna te veel, en Billy's moeder was niet de enige die in tranen was.

No need to run, and hide
It's a wonderful, wonderful life –

Toen de dienst ten einde was, liet de priester weten dat iedereen van harte was uitgenodigd om in een nabijgelegen hotel nog iets te komen nuttigen. Billy had al bij de deur van het crematorium afscheid genomen van zijn moeder – ze moest weer naar huis, zei ze, ze had er altijd al een hekel aan gehad om in het donker te rijden – en hoewel hij ook nog een lange tocht voor de boeg had besloot hij toch even te gaan, al was het maar om Trevors vrouw zijn medeleven te betuigen.

Het zaaltje dat ze hadden gehuurd had groen structuurbehang en ramen die uitzicht boden op een vijver met stilstaand water. Op schragentafels stonden schalen met broodjes en kopjes thee. Er was ook een bar. Billy bestelde een biertje, draaide zich om en wilde op zoek gaan naar mevrouw Lydgate, maar nog voordat hij haar had weten te lokaliseren kwam de stevige man met het baardje op hem af.

'Billy Tyler?'

'Klopt.'

'Jij bent de agent.'

'En jij moet Trevors broer zijn.'

'Steve.'

Nadat ze elkaar de hand hadden geschud wendde Steve Lydgate zijn blik af en keek naar buiten, waarna hij heel diep inademde en de lucht duidelijk hoorbaar weer liet ontsnappen.

'Mijn deelneming,' zei Billy.

Steve keek hem weer aan. 'Kom je van ver?'

'Ik ben uit Ipswich gekomen, met de auto.'

Steve knikte, alsof de afstand die iemand had afgelegd maatgevend was voor het medeleven. 'Oké, fijn dat je de moeite hebt genomen.'

Nu was het Billy's beurt om zijn blik af te wenden. De ruimte was volgestroomd, de meeste mensen onder de vijftig gaven de voorkeur aan alcohol boven thee. Op een begrafenis worden mensen altijd sneller dronken. Er is die ongepaste uitgelatenheid, dat lichtzinnige gevoel van opluchting. *Dit keer ben ik de dans ontsprongen. Dit keer ben ik de dans ontsprongen.*

'Je weet neem ik aan dat Trevor…'

Billy nam Steve aandachtig op, over de rand van zijn glas. 'Dat Trevor wat?'

'Hij heeft zelfmoord gepleegd.' Steve nam een flinke slok bier, precies zoals Trevor gedaan zou hebben, bijna driftig, zo onstuimig dat er een vlok schuim op zijn wang spetterde.

'O. Juist, ja.' Billy knikte langzaam, bedrukt.

Steve keek hem strak aan. 'Je klinkt niet erg verbaasd.'

Op gedempte toon vertelde Billy Steve van zijn ontmoeting in Huntingdon, een jaar eerder.

'Trevor was behoorlijk overstuur die avond,' zei Billy. 'Wat hem was overkomen liet hem niet meer los, en hij voelde zich ook schuldig, al had ik nooit gedacht dat dat hem ertoe zou aanzetten om...'

'Schuldig?' zei Steve. 'Hoezo schuldig?'

'Hij had het overleefd – in tegenstelling tot de anderen. Hij had geluk gehad.'

'Het is godverdomme maar wat je geluk noemt.'

Billy beet op zijn lip en keek strak naar de vloer.

'Stom van me. Sorry.'

'Als ze haar ooit laten gaan,' zei Steve, 'dan vermoord ik haar, dat zweer ik je. Ik zal haar weten te vinden en ik zal haar vermoorden. Ik wil er best voor zitten. Kan me niks schelen.'

Pas na zijn uitbarsting leek hij zich weer te herinneren wat Billy voor werk deed, en hij keek hem aan met een uitdagende, zelfverzekerde blik, alsof hij Billy tartte hem ter plekke in te rekenen.

Maar Billy zag het nauwelijks. Er was ineens een gedachte bij hem opgekomen. 'Denk je dat Trevor de waarheid vertelde?'

'Hoe bedoel je?' zei Steve.

Had de vrouw – díé vrouw – Trevor echt mee naar huis genomen, vroeg Billy zich af, of was er een andere uitleg mogelijk?

'Waar heb je het over?' Ineens was Steves gezicht onaangenaam dichtbij, en zijn blik was verhard. 'Waarom zou hij liegen?'

Het leek Billy het beste om er niet verder op in te gaan. Sterker nog, misschien was hij al te ver gegaan. Steve kon alleen uit de voeten met Trevors zelfmoord als hij het verhaal dat zijn broer hem had verteld geloofde, voor de volle honderd procent. Dat was zijn enige houvast. Als Billy suggereerde dat het een verzinsel was, of dat Trevor het misschien wel had aangedikt, zou dat van weinig respect getuigen, of zelfs ronduit beledigend zijn, zeker op een dag als deze, en Steve zou duidelijk geen seconde aarzelen om zijn broers eer te verdedigen. Steves knokkels waren Billy al eerder opgevallen. Ze waren rood en glimmend, gehavend, en Billy wist wat dat wilde zeggen: Steves handen zaten los. Billy kon de agressie voelen, terwijl hij alleen maar voor hem stond. Die sloeg in golven van Steve af.

'Ah, ik zie Trevors vrouw,' zei Billy.

Nog voor Steve iets kon zeggen of hem op een andere manier kon tegenhouden, had Billy zich omgedraaid. Hij liep door het zaaltje, stelde zich aan mevrouw Lydgate voor als Trevors jeugdvriend en zei hoe erg hij het vond. Hij woonde niet in de buurt, zei hij, maar als hij iets voor haar kon doen... Hij vertelde over zijn vriendschap met Trevor en over de avonturen die ze samen hadden beleefd.

'In gelukkiger tijden,' zei ze met een flauwe glimlach.

Hij knikte. 'Ja.' Waarna hij eraan toevoegde: 'Voor ons allemaal,' al wist hij niet precies waarom hij dat zei, of wat hij ermee bedoelde.

Niet lang daarna vertrok hij.

Pas toen hij op de weg zat bedacht hij dat hij Mary Betts helemaal niet had gesproken.

Billy ging wat meer rechtop zitten, wreef snel een paar keer over zijn wangen en kwam met moeite overeind van zijn stoel. De mintgroene mortuariumdeuren, de zacht zoemende tl-buizen boven zijn hoofd... Er kwamen steeds nieuwe herinneringen boven, en ze boden geen van alle verlichting. Kon hij de knop maar omzetten. *Jezus.* Hoe laat was het?

26

Eerst de geur van sigaretten, toen de omhoogkringelende rook, grijsblauw, in zijn ooghoek. Toen, eindelijk, de stem: 'Ik had er niets mee te maken.'

Ze ging tegenover hem zitten, een sigaret in haar rechterhand, haar linkerarm op tafel. De meest gehate vrouw van Engeland. Ze droeg weer een pakje, maar dit keer wat donkerder. Kastanjebruin, dacht hij, of bordeauxrood. Voor haar op tafel lag een pakje Embassy met filter, met daarbovenop een doosje lucifers. Er lagen ook chocolaatjes. Hij meende ooit ergens te hebben gelezen dat ze een zoetekauw was.

'Die vriend van jou,' zei ze. 'Die heb ik nooit van mijn leven gezien.'

Ze schoof wat heen en weer op haar stoel, waarbij de lampen aan het plafond de koperkleurige plukjes in haar haar accentueerden. Volgens een van de kranten was ze in de Highpoint-gevangenis zo in de watten gelegd dat ze een eigen friseertang had gehad. Hij keek hoe ze met zorg een volgende sigaret uitzocht. Ze deed alsof elke sigaret net weer even anders was, en ongekend lekker. Het was niet het gedrag van iemand die in de watten was gelegd. Ze streek een lucifer aan en stak haar sigaret op, waarna ze de gebruikte lucifer weer in het doosje deed, dat ze weer op het sigarettenpakje legde. De jaren die ze in de gevangenis had doorgebracht werkten door in de kleinste gebaren. Alledaagse voorwerpen leken door haar aanraking meer betekenis te krijgen, een toegevoegde waarde.

'Hij heeft het allemaal verzonnen,' zei ze.

'Maar waarom?' Het verbaasde Billy niet dat ze het ontkende; in tegendeel, haar ontkenning sloot mooi aan bij de gedachte die op de dag van Trevors begrafenis bij hem was opgekomen, een gedachte die hem daarna niet meer had losgelaten, die door zijn hoofd was blijven spoken, zonder te zijn bevestigd. 'Waarom zou hij dat doen?'

'Hoe moet ik dat weten?' Met opgetrokken wenkbrauwen, lippen licht op elkaar geknepen, hield ze de sigaret een eindje van de tafel en tikte er twee keer tegen met haar wijsvinger. Geruisloos viel de as in het afvoergootje.

'Misschien had hij een zenuwinzinking,' mompelde Billy.

In de opwinding over de toevallige ontmoeting had hij de belangrijkste feiten over het hoofd gezien: Trevor had een groot gezin – vier kinderen – en hij kon elk moment zijn baan kwijtraken. Hij moest onder enorme druk hebben gestaan.

De vrouw nam nog een diepe trek en staarde in de verte, naar ergens ver voorbij de witte deuren van de koelcellen, voorbij de muren van het ziekenhuis. 'Ben je geïnteresseerd in zenuwinzinkingen?' zei ze. 'Zal ik je eens wat over zenuwinzinkingen vertellen?' Ze begon te vertellen over haar leven in Holloway, en later in Cookham – de beledigingen, de afranselingen, de onophoudelijke vernederingen. Ze vertelde dat ze bewusteloos was geslagen door een medegevangene, en dat ze er een heel ander gezicht door had gekregen. Er waren botten gebroken in haar gezicht. Ze vroeg niet om medelijden. Ze wilde het alleen even zeggen. Billy realiseerde zich dat hij maar met een half oor luisterde.

'Je zult het nooit bekennen,' zei hij, waarmee hij haar aandacht weer verlegde naar het oorspronkelijke gespreksonderwerp. 'Dat kun je je niet veroorloven.'

'O, nee?' zei ze. 'Waarom niet?'

'Als je toegeeft dat je Trevor hebt ontvoerd, kun je net zo goed meteen zeggen dat er nog anderen waren – en dat is eigenlijk mijn vraag, want je wilde toch dat ik je een vraag zou stellen? Niet: "Waarom heb je het gedaan?" maar: "Hoeveel anderen?"'

'Hoeveel anderen?' zei ze.

'Hoeveel anderen,' zei hij, 'van wie we niet weten?'

Ze keek hem strak aan, een smalle baan rook kringelde voor haar ogen omhoog. 'Je bent een echte slimmerik, hè?'

Zelfs als ze over bepaalde kennis beschikte, zou ze hem daar nooit deelgenoot van maken. Die voldoening gunde ze hem niet. Liever kwelde ze hem door hem in het ongewisse te laten omtrent al zijn vermoedens. Maar hij had een spiertje zien trekken onder haar rechteroog.

'Je hebt mensen vermoord,' zei hij. 'Kinderen.'

Ze hield zijn blik vast. De spiertrekking werd onregelmatig, hield toen op.

'De meeste keren was ik er niet eens bij,' zei ze.

De meeste keren. Ze had geen idee hoe huiveringwekkend die woorden klonken.

'Eén keertje zat ik op een rotsblok,' zei ze. 'Een andere keer ben ik bij de auto blijven wachten. Ik was er niet bij.'

'Zo gaat het in een oorlog,' zei Billy. 'Zo gaat een generaal te werk. Hij kijkt van een afstandje toe terwijl zijn soldaten het vuile–'

Haar blik verhardde, er sprak nauwelijks verholen minachting uit. 'Dus dat is jouw theorie. Jij denkt dat ik de leiding had, hè?'

Nou ja, waarom niet? dacht hij. *Een vrouwelijke generaal. Met laarzen tot aan haar knieën en een helm van blond haar.*

De mensen die het voor haar opnamen bedienden zich van het argument dat haar geliefde zowel verdorven als gestoord was, en dat zij volkomen in de ban van hem was geweest. Als ze hem nooit had ontmoet, voerden ze aan, zou ze een volkomen normaal bestaan hebben geleid. Maar stel dat het omgekeerde waar was? Stel dat híj in de ban van háár was geweest? Stel dat alleen al haar aanwezigheid het slechtste in hem naar boven haalde, hem aanzette tot steeds ergere gruweldaden? Stel dat zij hem niet alleen in staat stelde die kant van zichzelf te onderzoeken, maar hem er zelfs toe aanzette – nee, hem ertoe dwóng?

'Ontken je het?' zei hij.

Met een zucht drukte ze haar sigaret uit in het deksel van het sigarettenpakje. 'Ik weet helemaal niets van jouw vriend.'

'Ik weet niet of ik je wel moet geloven.' Hij boog over tafel naar voren, had het gevoel dat hij beet had, dat er eindelijk schot in zat. 'Waarom zou ik je geloven?'

Zij boog zich ook over de tafel. Hij was zich scherp bewust van haar handen, bleek en vlezig, keurig verzorgd, en hij moest denken aan haar minnaar, en wat zij over hem gezegd scheen te hebben: *Voor het eerst dat ik een man ontmoette met schone nagels.* Billy huiverde. Toen haakte ze in op zijn gedachten en verwoordde wat er al eerder door hem heen was gegaan:

'Als hij in dat huis was geweest,' zei ze, 'denk je dan echt dat hij er ooit nog uit was gekomen?'

27

Tijdens de weken volgend op Trevors dood, en in ieder geval deels ingegeven door het halverwege afgebroken gesprek met Trevors broer, ging Billy zich meer en meer in de moorden verdiepen, eerst terloops, maar gaandeweg steeds fanatieker en verbetener. Hij was benieuwd of er ergens melding werd gemaakt van kinderen die hadden weten te ontkomen – en dat bleek, gek genoeg, inderdaad het geval: er was een jongetje, Sammy, van wie een foto was gevonden tussen de bezittingen van de moordenaars, na hun aanhouding. Er werd echter nergens een Trevor Lydgate genoemd, en niets wees erop dat er nog andere kinderen door het oog van de naald waren gekropen. Maar als er één was geweest, was het natuurlijk heel goed mogelijk... En dus moest Billy zich afvragen waarom hij eigenlijk aan het verhaal had getwijfeld. Deels, vermoedde hij, omdat het zo onvoorstelbaar was. Om in handen te vallen van twee zulke gevaarlijke mensen en het te kunnen navertellen. Om te worden meegelokt naar dat huis – echt het huis ín – en vervolgens te kunnen ontkomen. Het klonk als een bizarre fantasie, of een behoorlijk aangedikte versie van een minder angstaanjagende gebeurtenis. Wat hem op de tweede reden voor zijn cynisme bracht. Diep in zijn hart had hij het gevoel dat wat hij had gehoord alle kenmerken vertoonde van een verhaal dat werd opgedist als dekmantel voor een ander verhaal, dat geheim diende te blijven. Voor hetzelfde geld waren er dus drie verhalen: het verhaal dat Trevor zijn ouders had verteld – *ik was verdwaald* – het verhaal dat hij zijn vrouw, zijn broer en zijn jeugdvriend had verteld – *ik was ontvoerd* – en het verhaal dat hij voor zichzelf hield, of misschien zelfs wel voor zichzelf verbórgen hield. Dit derde verhaal was nooit naar buiten gekomen, vermoedelijk omdat het te dichtbij kwam. Misschien waren er zelfs gezinsleden bij betrokken. Het voordeel van de versie die hij aan Billy had verteld was dat die hem in staat stelde zijn hart te luchten zonder echt iets los te laten.

Op het moment zelf waren de details zonder meer ge-loofwaardig overgekomen, maar voor hetzelfde geld had Trevor ze gewoon verzonnen. Billy zou het verschil niet hebben gemerkt, net zo min als de meeste anderen. Zo kon Trevor bepaalde feiten uit de kranten hebben gehaald, of uit documentaires, of uit een van de ontelbare boeken die er over het onderwerp waren verschenen, en in de loop der jaren kon hij zich die feiten hebben eigen gemaakt, ze heb-ben geïnternaliseerd. De motorfiets, de pruik – de sigaret-tenautomaat… Als Billy's theorie klopte, toonde dat aan hoe diep de reeks moorden zich in het collectieve bewust-zijn van de Engelsen had vastgezet. Wie die tijd had meege-maakt, kwam er nooit helemaal van los. Het was een van die zeldzame nieuwsfeiten die je leven tekenden.

Toen Billy vlak voor de millenniumwisseling het veenge-bied bezocht, was dat in een poging geweest Trevors ver-haal in een bepaalde context te plaatsen – de context die Trevor er zelf aan had toegekend – maar hij had de tocht ook ondernomen als een vorm van erkenning. In zekere zin had hij solidariteit willen betuigen, respect willen betonen. De foto's van de vermoorde kinderen die in alle kranten hadden gestaan hadden veel weg van de foto's die zijn moe-der had gemaakt van Charlie en hem, toen ze klein waren – dezelfde ouderwetse zwart-witfoto's, vol donkere plekken en vegen, een griezelig profetisch patroon van wegvagen en verhullen. Die kinderen behoorden tot dezelfde generatie als hij. Ze waren echt leeftijdgenoten. We zijn destijds allemaal geschaad door die gebeurtenissen, dacht hij. We zijn er allemaal door veranderd.

28

Billy meende buiten geluiden te horen en hij liep naar de andere kant van het mortuarium en legde zijn oor tegen de deuren, waarna hij de sloten opendraaide, de rechterdeur opentrok en zijn hoofd door de kier stak. Het was al laat, na drieën 's nachts, en er heerste een diepe rust op de gang, een haast bovennatuurlijke stilte: hij zou er nauwelijks van opkijken als hij een vis geruisloos door de waterige, groenige lucht zou zien scheren – of als hij de jongen met de zwarte zwembroek zou zien, zijn magere lichaam voorovergebogen, druipende haren... Toen Billy daar in de deuropening stond hoorde hij ineens Raymonds stem, Raymond in die pub in Cheshire, waar hij met die mooie jonge vrouw zat te praten. *Ik heb hem bijna een keer laten verdrinken.*

Sommige mensen overkwam altijd van alles. Dat wist Billy omdat hij zelf ook zo iemand was geweest – in ieder geval gedurende een bepaalde periode. De jongen in de zwembroek was ook zo iemand geweest. Net als Trevor Lydgate, eigenlijk. Wat hadden ze met elkaar gemeen? Hadden ze gewoon pech, waren ze naïef, of gewoon zwak? Hij wist het niet. Tegenwoordig zouden ze eenvoudigweg tot slachtoffer worden bestempeld. Een woord dat je nooit met Raymond zou associëren.

Halverwege hun reis door Europa, toen ze door de kille, naar urine stinkende gangen van het Colosseum doolden, vertelde Raymond Billy wat het volgende reisdoel was. Aan de noordkant van de stad schenen enkele vulkanische meren te zijn, waar de Romeinse keizers geregeld een bad zouden hebben genomen. Hij was van mening dat die meren wel een bezoek waard waren.

Ze namen de trein naar Bracciano en kregen toen een lift in een vrachtwagen vol grind. De man achter het stuur had bloeddoorlopen ogen en een stoppelbaard. Tijdens het rijden dronk hij rode wijn uit een grote, peervormige fles van helder glas. Een opgerold stukje stof deed dienst als kurk. Hij reikte Raymond en Billy de fles aan, en omdat het van hen verwacht leek te worden namen ze ieder een paar flinke slokken. De wijn was zwartrood en troebel; Billy was ervan overtuigd dat hij het speeksel van de man erin proefde. 'Grazie tanto, signore,' zei Raymond terwijl hij de fles weer teruggaf. 'Molto gentile.' De vrachtwagenchauffeur bromde wat en spuugde uit het raampje.

De laatste drie kilometer moesten ze lopen, over een wittig pad, en binnen afzienbare tijd waren hun schoenen dof van het stof. 'Una strada bianca,' zei Raymond, half binnensmonds. Billy vroeg zich af waar Raymond de taal had geleerd. Ze hadden geen Italiaans op school gehad.

De lucht was gaan betrekken, maar het was nog altijd warm en de cicaden maakten zo'n herrie dat Billy het gevoel had dat ze in zijn hoofd zaten. Hij gooide een steen naar de bomen en het sjirpen hield meteen op. Maar net toen hij zichzelf wilde complimenteren begon het opnieuw, alleen dan nog harder en doordringender dan eerst. Hij wierp een zijdelingse blik op Raymond, maar die leek zich nergens van bewust, met zijn handen in zijn zakken en zijn fedora zwierig schuin op zijn hoofd. Hij had een paarse bloem geplukt, zag Billy, die hij in het knoopsgat van zijn revers had gestoken.

Na ongeveer een uur zagen ze in de diepte het meer, links van hen. Van bovenaf leek het volkomen rond, en op de een of andere manier ook hard. Als een deksel. Een paadje slingerde steil naar beneden, door een nevelig bos. Boven aan het pad stonden twee auto's geparkeerd, naast elkaar. Van de ene auto brandden de koplampen, wat Billy een beetje sinister vond.

Raymond sloeg het paadje in en Billy liep achter hem aan, en de bomen zorgden voor wat aangename verkoeling. Billy bleef even staan om zijn schoenen en zijn sokken uit te trekken. Nadat hij een paar stappen op blote voeten had gedaan, riep hij Raymond.

'Het voelt heel lekker zacht, een beetje poederachtig. Je moet het echt proberen.'

Raymond wierp een blik over zijn schouder, maar hij liep gewoon door.

Onder aan de helling kwamen ze uit op een breed, gelig strand. Er leek verder niemand te zijn. Misschien was het niet zonnig genoeg voor de mensen uit de buurt, dacht Billy – of misschien zaten ze allemaal binnen om siësta te houden. Maar hij zag niet één huis. Hij vond het een spannende plek en hij was blij dat Raymond had voorgesteld ernaartoe te gaan.

'Te gek,' riep hij.

Hij rolde zijn broekspijpen op en liep langzaam het meer in. Het water leek heel ontvankelijk, alsof elke beweging die hij maakte ergens in het midden werd geregistreerd, en zelfs aan de andere oever. Tegelijkertijd had het water iets sluimerends, iets zijdeachtigs. Had vast iets met de vulkanische as te maken. Of met de lava. Hij hoorde een kreet en draaide zich om. Raymond zwaaide naar hem, een eind verder op het strand. Hij wilde een bootje naar het water trekken en had daar Billy's hulp bij nodig.

Het was een waterfiets met twee drijvers, twee beschimmelde plastic stoeltjes en twee paar trappers. Ondanks alle roestplekken zag hij eruit alsof hij waarschijnlijk nog wel werkte. Ze pakten ieder een kant en duwden hem het meer op, waarna ze aan boord klommen en begonnen te trappen.

De lucht leek lager te hangen dan eerst en had een merkwaardige, groenige kleur; de dag was donkerder geworden. Billy vroeg zich af of er storm op komst was. Stel dat de bliksem zou inslaan in het meer? Zou dat hun dood worden? Hij wiste het zweet van zijn voorhoofd.

'Warm, hè?' zei hij.

Raymond trok zijn colbertje uit en hing het over de rugleuning van zijn stoeltje. 'Waarom ga je niet even zwemmen?'

Billy keek naar het wateroppervlak, ondoorzichtig, ondoordringbaar. Ze waren een heel eind van de kant. Hoewel hij nog steeds zweette, kroop er een rilling over zijn rug. 'Ik vind het niet prettig als het zo diep is,' zei hij. 'Heb ik altijd al moeite mee gehad.'

'Laat jezelf gewoon van de rand zakken,' zei Raymond, 'en hou de boot vast. Dan kan je niets gebeuren.'

Billy aarzelde.

'Je koelt er in elk geval door af,' zei Raymond. 'En als je geen zin meer hebt, kun je toch gewoon weer aan boord klimmen?'

Billy knikte traag. 'Ja, dat is waar.'

Hij was zich ervan bewust dat Raymond naar hem keek terwijl hij zich uitkleedde, en hij schaamde zich voor zijn lichaam, zo groot en wit en stuntelig. Haastig propte hij zijn T-shirt en zijn spijkerbroek achter zijn stoeltje, en toen hij alleen nog zijn onderbroek aan had, liet hij zich achterstevoren in het meer zakken. De schrik en de aangename koelte deden hem naar adem happen op het moment dat het water hem omsloot. Hier in het midden was het kouder, een stuk kouder dan hij had verwacht.

Hij greep met twee handen de zijkant van de boot vast, zoals Raymond hem had aangeraden. Het was niet makkelijk. Het natte plastic was glad, glibberig.

'Het is heerlijk, Raymond,' zei hij met een dun hijgstemmetje van de kou. 'Kom er ook in.'

'Ga lekker een eindje zwemmen,' zei Raymond. 'Dat deden de Romeinse keizers ook.'

'Oké.'

Billy had nog niet losgelaten of Raymond trapte van hem weg.

'Raymond?' riep hij. 'Wat doe je nou?' De afstand tussen Billy en de waterfiets werd groter, en hij wist dat hij hem met geen mogelijkheid zou kunnen verkleinen. Hij was nooit zo'n beste zwemmer geweest. 'Kom terug.'

Raymond wierp een blik over zijn schouder, maar hij trapte gewoon door.

'Alsjeblieft,' zei Billy. 'Ik meen het.'

Het water voor hem was angstaanjagend zwart, en hij durfde er niet aan te denken wat zich onder het oppervlak zou bevinden, of hoe diep het meer zou zijn. Hij voelde een klem op zijn borst: hij kreeg geen adem meer. Hij deed niet langer pogingen om te zwemmen, maar watertrappelen was nog erger. Hij zag zijn lichaam dobberen, alsof hij er van onderaf naar keek. Het was het perspectief van iets wat op de zeebodem leefde – of iets wat was gestorven.

Zijn benen bewogen in slow motion; ze waren tenger, krachteloos, bleek als boomwortels.

'Raymond! Alsjebliéft!'

Er gutste water in zijn mond.

Heel langzaam draaide de waterfiets rond, totdat Raymond hem weer aankeek, maar hij zag geen licht in Raymonds ogen, geen enkele emotie. Ze leken volkomen vlak, als een stukje papier; als je er met een vinger in prikte zou het scheuren, en achter het gat zou niets zijn, enkel duisternis.

Billy stikte bijna, verdween onder water, kwam toen weer happend naar adem aan de oppervlakte. Zo'n tien meter verderop dobberde de waterfiets op het meer. Hij leek hoger dan Billy, alsof het water een helling vertoonde, alsof het schuin opliep. De spetterende geluiden die hij maakte werden ingebed door een onmetelijke, landerige stilte, waar ze over niet al te lange tijd door zouden worden verzwolgen.

Toen kwam Raymond, met iets van weerzin, zijn kant op varen. Eindelijk kon Billy de rand grijpen en zich weer aan boord hijsen. Met zijn armen om zijn bovenlijf geslagen ging hij ineengedoken op zijn stoeltje zitten. Hij rilde, ondanks de warmte.

'Klootzak,' zei hij zachtjes.

Maar Raymond keek strak naar de bomen aan de andere oever. Hij leek hem niet te hebben gehoord.

'Klootzak,' zei Billy nog een keer.

Raymond pakte Billy's T-shirt achter het stoeltje vandaan. 'Hier. Trek aan.'

'Waarom deed je dat?' zei Billy. 'Ik had wel kunnen verdrinken.'

Raymond glimlachte. 'Laten we wat gaan drinken.' Hij wierp een blik over zijn schouder, in de richting van het strand. 'Er was daar een barretje. Had je dat gezien?'

Het moment dat Billy hem een klap had willen verkopen, was alweer voorbij. In plaats daarvan verviel hij in mokkend stilzwijgen en deed nauwelijks nog moeite om te trappen, zodat Raymond het meeste werk moest verzetten. Na een tijdje kreeg Billy het gevoel alsof híj degene was die fout zat. Dat was het gekke met Raymond. Hij had de griezelige gave om alles om te draaien. En voor Billy er erg in had, werd hij overspoeld door gevoelens van dankbaarheid. Hij was dankbaar dat hij deel mocht uitmaken van Raymonds nieuwste plannetje, en dankbaar voor de zweem van genegenheid die hij in Raymonds stem meende te bespeuren. *Had je dat gezien?*

Toen hij naar de oever keek, zag hij een houten keet, of een soort kiosk, een eindje van het water af, in de schaduw van de bomen. Boven het openstaande luik hing een verbleekt Campari-uithangbord. Aan de voorkant, in het zand, stonden een paar bankjes en schragentafels, het hout bobbelig, zilvergrijs. Toen ze de waterfiets uit het water hadden getrokken liepen Raymond en Billy naar de keet, waar ze twee flesjes frisdrank kochten van een man in een groezelig wit hemd. Dorstig zetten ze het flesje aan hun lippen.

Toen ze weg wilden gaan zagen ze ineens drie andere mensen op het strand, op nog geen tien meter afstand. Ze droegen voddige, vale kleren, en hun gezichten waren donker van de zon.

Raymond zei iets, in het Italiaans, maar een van de drie mannen praatte er gewoon doorheen. Hij hield zijn blik strak op Raymond gericht, al leek hij het tegen de mannen achter zich te hebben, en zijn stem klonk afwerend, neerbuigend. Om de zoveel tijd zette hij zijn woorden kracht bij met plotselinge, driftige gebaren die Billy niet kon plaatsen. Misschien bevonden Raymond en hij zich op verboden terrein – of misschien was de waterfiets van die mannen... Hoewel de man nog steeds aan het woord was, liep Raymond over het strand naar het paadje dat de heuvel op ging. Hij hield zijn hoofd naar de grond gericht en liep met snelle passen. Billy wierp nog een laatste blik op de drie mannen en haastte zich toen achter hem aan.

Halverwege het pad hoorde Billy ergens achter zich een geluid en draaide zich om.

'Raymond?' zei hij met trillende stem.

De drie mannen hadden de man met het groezelige hemd ingesloten en sloegen hem. Hoewel het allemaal een kleine honderd meter verderop plaatsvond, kon Billy de klappen horen – harde, stevige, doffe klappen, alsof er een vloerkleed werd uitgeklopt. Terwijl hij stond te kijken liet de man in het hemd zich op zijn knieën vallen, maar de andere mannen bleven hem gewoon slaan, om beurten. Het ging allemaal verbazend traag en gedecideerd.

'Doorlopen,' zei Raymond.

Maar Billy weifelde. 'Moeten we niet iets doen?'

'Doe niet zo stom.'

Pas toen ze in het bos waren deed Raymond zijn mond weer open. 'Ze dachten dat we mietjes waren.'

'Wat?' Billy's stem klonk bijna schril. 'Belachelijk.'

Ze hijgden allebei toen ze de heuvel op liepen, de zanderige ondergrond was nu in hun nadeel. Billy wierp een blik over zijn schouder. 'Denk je dat ze ons achternakomen?'

Raymond gaf geen antwoord.

Toen ze de top bereikten, stonden de auto's er nog steeds. De rechterauto had zijn lichten aan, net als eerder. Het was zeker drie kilometer tot aan de weg, maar Billy en Raymond hadden geen keus. Ze gingen op pad.

Heel even was er een witte flits zichtbaar boven het hooggelegen land in het zuiden. Een bliksemschicht. Billy telde de seconden, zette zich schrap voor de klap. Die bleef uit. Maar de lucht om hem heen leek ineens donkerder.

Ze liepen nog maar een paar minuten over het pad toen Billy de auto's hoorde. Eerst hoorde hij de ene motor starten, daarna de andere. Hij keek Raymond verschrikt aan. 'Zij zijn het!'

Raymond reageerde niet.

Met een kreet dook Billy van een talud met stug, gelig gras het kreupelhout in. Hij ging op zijn buik liggen en schermde met zijn handen zijn hoofd af. De auto's minderden vaart, precies zoals hij had zien aankomen. Hij hoorde Raymonds stem en toen een andere stem. Een mannenstem. Een portier werd dichtgeslagen. De auto's lieten allebei de motor loeien en reden weg.

Zodra het geluid van de auto's was weggestorven, klauterde Billy voorzichtig het talud weer op. Het pad was verlaten. Raymond was nergens te bekennen.

Hij was een flinke tijd verlamd door paniek en een gevoel van hulpeloosheid. De lucht leek zich boven hem samen te pakken. Zijn T-shirt plakte aan zijn rug van het zweet. Uiteindelijk bedacht hij dat er niets anders op zat dan door te lopen tot aan de weg. Hij was echt niet van plan terug te gaan naar het meer. Hij zou naar het dichtstbijzijnde plaatsje moeten liften en het voorval moeten aangeven bij de politie. Dat zou niet makkelijk zijn omdat hij de taal niet sprak. Hij wist niet wat 'auto' was in het Italiaans, om maar wat te noemen. Hij wist het woord voor 'man' niet eens.

'Uitgesloten,' zei hij hardop.

Zijn stem klonk krachteloos in het ruige landschap.

Terwijl hij voortploeterde speelden er allerlei scenario's door zijn hoofd. Raymond was ontvoerd – maar waarom? De mannen zouden hem in ieder geval beroven. Misschien zouden ze hem ook wel in elkaar slaan, of zelfs vermoorden.

In gedachten zag Billy Raymonds gangsterhoed ondersteboven op een verlaten weg liggen.

Hoewel het al begon te schemeren toen hij het einde van het pad bereikte, leek het nauwelijks te zijn afgekoeld. Hij bleef even staan en probeerde te bedenken van welke kant ze waren gekomen. Rechts van hem zag hij een groep lichtjes, in een bocht van de weg. Het leek een restaurant. Misschien zou daar iemand hem kunnen helpen.

Toen hij de deur openduwde zag hij Raymond aan een tafeltje zitten, met een pizza voor zijn neus. Billy was zo verbijsterd dat hij geen woord kon uitbrengen.

Raymond keek op. 'Nou, je hebt er wel de tijd voor genomen.' Hij zat met zo veel smaak te eten dat de spierknobbels bij zijn oren bewogen. 'Heb jij geen trek?'

'Jawel, maar wat is er gebeurd?'

'Ik kon een lift krijgen.' Raymond lachte. 'Je dacht toch niet dat ik dat hele eind ging lópen?' Hij nam een slok uit een hoog glas, pakte toen nog een stuk pizza.

'Maar die mannen – die mannen…'

'Welke mannen?'

'Die mannen van het strand.'

Het bleek dat die er niets mee te maken hadden. De auto's waren van een stel jonge Romeinen die in het bos hadden zitten blowen. Raymond had ze staande gehouden en een joint met hen gerookt. Ze waren naar het restaurant gereden omdat ze rammelden van de honger.

'Ze zijn net een paar minuten geleden vertrokken,' zei Raymond. 'Jezus, wat is die pizza lekker.'

Billy schudde het hoofd. 'Wat ben ik toch een sukkel.'

Raymond bestelde nog een biertje. De serveerster had steil, zwart haar en een bleke huid, en haar lippen hadden een vreemde, dieppaarse kleur, bijna aubergine. Ze had donkere kringen onder haar ogen. Raymond keek haar na toen ze terugliep door het restaurant, en hij wendde zich toen tot Billy. 'Ze ziet eruit als een vampier,' zei hij, 'vind je niet?'

Billy stond nog altijd voor de deur van het ziekenhuismortuarium toen hij iets zag bewegen, helemaal aan de andere kant van de gang. Geen verdronken jongen en ook geen vis, maar een gestalte in donkere kleren. Het moest een van zijn collega's zijn, dacht hij, die hem kwam aflossen. Hij keek op zijn horloge. Inderdaad, het was bijna vier uur. Weer even pauze, en dan nog maar een paar uur te gaan. Hij zag de agent afwisselend door verlichte stukken en schaduwplekken lopen, waarbij hij het ene moment haast leek te verdwijnen, om een paar tellen later weer op te doemen, omgeven door een onderaardse, oceanische gloed. De manier waarop de man hem heel rustig naderde had iets hypnotiserends, haast iets oneindigs, maar toch voelde Billy een zekere afstand, alsof hij was buitengesloten. Als de dood die het leven gadeslaat.

Eindelijk bleef de agent vlak voor hem stilstaan. 'Ik ben toch niet te laat?'

'Nee, nee,' zei Billy. 'Precies op tijd.'

29

Op weg naar de cafetaria speelden er nog beelden van die dag aan het meer in Italië door zijn hoofd. Hij kon zich niet herinneren wat er was gebeurd nadat hij de pizzeria aan de weg binnen was gelopen. Had Raymond de nacht met die serveerster doorgebracht? Billy kon zich vaag herinneren dat hij in een bedompte ruimte vol schoonmaakspullen had geslapen, en dat Raymond daar niet bij was, dat Raymond ergens anders was...

Toen Billy langs een wc liep, ging net de deur open en kwam Phil Shaw tevoorschijn. Zijn huid was droog en vlekkerig. Waarschijnlijk had hij koud water in zijn gezicht geplensd in een poging wakker te blijven.

'Pauze, Billy?'

'Ik ga even een kopje soep halen,' zei Billy. 'Volgens mij heb ik dat in een van die automaten gezien.'

'Vind je het goed als ik meeloop?'

'Tuurlijk.'

Op datzelfde moment schoot er een verpleegster langs hen, een nabijgelegen afdeling op. Toen ze bij de deur kwamen, die openstond, bleven ze allebei even staan, nieuwsgierig waarom ze zo'n haast had gehad. In het licht van een enkele lamp zagen ze een oude man rechtop in bed zitten, terwijl hij een draderig, geel slijm opgaf, over de voorkant van zijn pyjamajasje. 'O, god,' hijgde hij tussen de merkwaardig moeiteloze braakaanvallen door. 'Godsamme. Jezus.' Een van de verpleegsters die zich over hem ontfermden hield een grijs, kartonnen bakje onder zijn kin. Hij spuugde nog een keer. 'Gatver,' zei hij. 'Jezus, wat is dit goor.' Er kwam een andere verpleegster bij, met een schone pyjama. Phil legde een hand op Billy's schouder en de twee mannen liepen verder.

Zwijgend legden ze vijftig meter af, totdat Phil met een zijdelingse blik op Billy zei: 'Nog steeds trek in soep?'

30

Phil schudde het hoofd. 'Weet je, ik heb het nooit helemaal begrepen...'

Billy glimlachte. 'Er valt niets te begrijpen.'

'Je leek echt voor brigadier in de wieg gelegd.'

'Het trok me gewoon niet om brigadier te worden. Nog steeds niet.'

'Wat is er tegen om brigadier te zijn?'

'Ik heb niet gezegd dat er iets tegen is.' Billy blies in zijn zwarte koffie om hem te laten afkoelen. Hij voelde dat Phil naar hem keek. 'Niet iedereen is even ambitieus,' zei hij. 'Ik ben gewoon graag op straat, denk ik. Onder de mensen. Waar het allemaal gebeurt.'

'Zelfs op jouw leeftijd?'

Phil zat hem te stangen, maar de vraag was ook serieus bedoeld, en dat ontging Billy niet. 'Tja, vroeg of laat branden we allemaal op,' zei hij, 'welk pad we ook inslaan.' Daarbij dacht hij natuurlijk aan Neil. Neil, die nu boven een wasserette woonde. Neil, die beweerde dat niets zo rustgevend was als in slaap sukkelen bij het geluid van een paar reusachtige droogtrommels.

'Ik begrijp het nog steeds niet,' zei Phil.

'Je vindt het misschien teleurstellend,' zei Billy, 'maar ik wil gewoon mijn tijd uitdienen, als ik heel eerlijk ben. Ik hoef nog maar een paar jaar tot mijn pensioen.' Hij zweeg even. 'Het werk heeft veel van me gevraagd – misschien wel te veel. Het wordt tijd om aan mijn gezin te denken.'

Phil hield Billy's blik nog even vast, knikte toen langzaam en keek strak naar zijn koffie.

Voor Phil lag het anders, dacht Billy. Hij had er nog maar tien jaar op zitten. Hij had nog altijd plezier in het werk, en voor iemand in zijn positie was het moeilijk voor te stellen hoe het was om uiteindelijk aan de andere kant te staan.

'Weet je nog die keer dat we bij jou thuis aan het barbecueën waren?' zei Phil na een korte stilte. 'We zaten in de tuin en ineens viel op het pad die ouwe man van zijn fiets.'

'Harry Parsons,' zei Billy. 'Hij was tegen een kei opgereden of zo.'

'Hij vloog door de lucht. Hij had een fikse hoofdwond.'

'We moesten een ambulance bellen.'

'En alle worstjes waren verbrand, weet je nog?'

'En de kippenpootjes. Sue moest een pastei uit de vriezer halen.'

'We hebben hem flink geraakt, die avond, hè?'

Billy was behoorlijk aangeslagen geweest van het voorval. Hij zou met Harry zijn meegegaan naar het ziekenhuis als het ambulancepersoneel hem niet op het hart had gedrukt dat dat nergens voor nodig was. Hoewel Harry nog nooit een voet bij hen over de drempel had gezet – uit bescheidenheid kwam hij niet verder dan de achterdeur – beschouwde Billy hem bijna als familie. De paar keer dat Billy goed nieuws had, was Harry een van de eersten aan wie hij het vertelde – en Harry had hem ook meegemaakt in de periode dat hij het zo moeilijk had gehad… Op een avond, niet lang na Emma's geboorte, toen Billy op het pad achter zijn huis stond, had hij het gevoel dat er iets in hem neerdaalde, iets wat de tranen met geweld uit hem perste. Ineens bewoog er een stukje duisternis, dat zich losmaakte uit het geheel, en klonk er een stem. 'Billy, ben jij dat?'

'Ja,' wist hij uit te brengen. 'Ja, ik ben het.'

Als het weer het toeliet bleef Harry vaak tot laat in zijn volkstuintje. Hij had er een schuurtje en een paar klapstoelen. Hij had weinig redenen om naar huis te gaan, zoals hij Billy een keer had toevertrouwd.

'Gaat het wel?' zei Harry.

'Ja, hoor,' zei Billy. 'Geloof ik.'

'Ik zit even een biertje te drinken.' Harry's stem voerde donkere lucht mee, waardoor hij gedempt leek te worden. 'Ook een biertje, Billy?'

'Ja,' zei Billy. 'Graag. Lekker.'

'Ik moet er nog ergens eentje hebben...'

Terwijl Harry in zijn spullen rommelde op zoek naar een biertje, deed Billy een paar stappen dichter naar hem toe. Het hoogste punt van het dak stak zwart en scherp af tegen de lucht. Harry drukte Billy een koel blikje in handen en klapte de andere stoel voor hem uit.

'Heel slim, Harry, om hier wat biertjes te bewaren.'

'Tja,' zei Harry, 'je moet wat, hè?'

Ze zaten naast elkaar in het donker. Het bier smaakte metaalachtig, een beetje roestig, alsof het niet van hop was gemaakt maar van oude machineonderdelen.

'Sue slaapt zeker?'

'Ik hoop het.'

Om de vogels te weren had Harry aan horizontale takken cd's opgehangen. Bij elke luchtverplaatsing bewogen ze, waarbij ze tegen elkaar tikten en tinkelden. Soms kreeg er eentje een zilverkleurige gloed als hij aan zijn touwtje rondtolde. Na een poosje kwam er een trein voorbij denderen.

'Ze gaan tot aan Liverpool Street, die elektrische treinen,' zei Harry. En toen, even later: 'Toen mijn vrouw overleed, heb ik een maand lang gehuild.'

Met toegeknepen ogen vanwege de felle lampen in de cafetaria, slaakte Billy een diepe zucht en nam een slok zwarte koffie.

'Leeft hij nog?' vroeg Phil.

'Harry?' zei Billy. 'Ja, het gaat best goed met hem. Hij gaat nog altijd naar zijn volkstuintje, zelfs als het regent. Hij heeft dit jaar weer ridderspoor geplant. Hij is gek op ridderspoor.'

'Fijn voor hem.'

'Toen Sue en ik gingen trouwen, hebben we Harry op ons huwelijk gevraagd. In plaats van mijn vader. Ik had Harry nog nooit in een pak gezien. 's Zomers draagt hij meestal een broek met bretels en een platte pet, en hij zit altijd onder de witte strepen van het talkpoeder dat hij na het douchen gebruikt. Maar dat pak van hem. Het was van bruin tweed, stijf als bordkarton – en hij had een bloem van de Oost-Indische kers uit zijn tuin in het knoopsgat gestoken. Weet je wat Neil, mijn getuige, zei? "Wie is die vogelverschrikker?"' Billy moest glimlachen bij de herinnering.

'In plaats van je vader?' zei Phil.

'Wat?' zei Billy. 'O, dat… tja, ik kon hem onmogelijk uitnodigen. Ik wist niet waar hij zat.'

Phil keek hem aan over de rand van zijn kartonnen bekertje.

'Ik heb mijn vader nooit gekend,' ging Billy verder. 'Hij ging er al vandoor toen ik nog niet eens was geboren.'

Hoofdschuddend keek Phil naar het tafelblad.

'Ach ja,' zei Billy, 'hij was muzikant.'

'Dat is geen excuus.'

Billy wilde Phil eigenlijk vragen waarom zijn vrouw hem had verlaten, en of hij gelukkiger was nu zij weg was – om kwart over vier 's nachts en in deze uitzonderlijke omstandigheden zou hij dat misschien ongestraft kunnen doen – maar uiteindelijk besloot hij dat Phil al genoeg aan zijn hoofd had en daar niet op zat te wachten.

'Als dit allemaal achter de rug is,' zei Billy, 'moet je weer eens langskomen. Ik weet zeker dat Sue het leuk zal vinden om je te zien.'

Phil knikte, de rimpeltjes in zijn ooghoeken vermenigvuldigden zich. 'Lijkt me gezellig.'

Niet lang daarna werd hij naar de meldkamer bij de receptie geroepen en liet hij Billy alleen achter in de cafetaria. Billy dronk zijn laatste restje koffie op, met vertrokken mond omdat het zo bitter was, gooide toen het bekertje in de vuilnisbak en liep terug naar het mortuarium.

31

Billy was Glenn Tylers tweede kind. Charlie was zijn eerste, vijf jaar daarvoor geboren, in 1951. Als ze hun moeder mochten geloven was Glenn destijds op tournee geweest, in Amerika, en had hij Charlie voor het eerst gezien toen hij anderhalf was, en was zijn enige bijdrage de naam geweest – vernoemd naar Charlie Parker, natuurlijk. Met Billy was het anders gegaan. Glenn was niet bezig met een plaat, er stonden geen optredens gepland. Er was geen enkele reden voor hem om er niet bij te zijn, en daardoor kreeg hij het pas echt benauwd. Twee maanden voor de geboorte pakte hij zijn biezen, en dit keer nam hij zelfs niet de moeite een naam te verzinnen. Maureen liet haar jongste kind 'William Douglas' dopen, naar haar grootvader van moeders kant, op wie ze echt dol was.

Glenn kwam nog één keer naar Weston, toen Billy zeven was. Billy kon zich niets herinneren van wat zijn vader die dag had gezegd of gedaan, of zelfs maar hoe hij eruit had gezien. Het was een stralende dag geweest, en zijn vader had de auto aan de overkant van de straat geparkeerd, de kobaltblauwe Cortina scherp afgetekend tegen de witte muur van de pub. Hij droeg laarzen met een scherpe neus en stukken elastiek in de zijkanten. Een auto, een paar schoenen – dat was het. Zijn vader die was teruggekeerd, zonder enig bericht vooraf, en alleen voor een middagje. 'Hij denkt alleen maar aan zichzelf,' had Maureen naderhand gezegd – meer dan eens. 'Doet maar waar hij zin in heeft. Ik ken hem niet anders.'

Billy schoof zijn rapporten weer bij elkaar en deed ze terug in de map. Hij dacht niet dat hij nog aan het papierwerk zou toekomen voordat hij weer op huis aan ging. Hij hield zijn thermoskan boven zijn beker en schudde hem even. Drie druppels – niet eens genoeg om de bodem te bedekken. Hij dronk het evengoed op, deed de thermosfles en de beker in zijn tas, samen met de map. Toen hij weer in zijn stoel zat, boog hij naar voren, ellebogen op zijn knieën, en staarde naar het gootje. Hij had zijn vader daarna nog één keer gezien, maar dat was tien jaar later, en zijn vader had het niet eens geweten.

Een paar weken voor zijn achttiende verjaardag had Billy op een muur in Liverpool een poster zien hangen, een aankondiging van live jazz in de Iron Door aan Seal Street. THE GLENN TYLER SEXTET stond er met dikke, zwarte letters. Daaronder, in kleinere letters: SLECHTS ÉÉN AVOND! Hij bleef doodstil staan en wachtte totdat zijn hart tot bedaren was gekomen. De wind, zilt en koud, rukte aan zijn jas, zijn haar. Glenn Tyler... Dat kon toch niemand anders zijn dan zijn vader? Er waren vast geen twee Glenn Tylers die jazz speelden. Hij wist nog niet wat hij zou gaan doen, maar hij schreef de gegevens op een stukje papier, dat hij dubbelvouwde en diep wegstopte in zijn broekzak. Hij zei niets tegen zijn moeder. En Charlie... die zat in Londen, waar hij medicijnen studeerde, en hij zou pas met de kerst naar huis komen.

Op de bewuste avond zei Billy tegen zijn moeder dat hij wat ging drinken met een oude schoolvriend die misschien een baantje wist. Hij was nog maar net twee maanden terug van zijn reis door Europa met Raymond, en hij woonde nog thuis. Hij was zich aan het bezinnen op de toekomst. Maar hij wist wel dat hij geld zou moeten gaan verdienen.

Zijn moeder moest hard werken om de eindjes aan elkaar te knopen – ze was apothekeres, bij Boots – en hij wilde haar kost en inwoning betalen.

Om negen uur kwam de band het toneel op. Het waren vijf mannen, allemaal van middelbare leeftijd, allemaal blank, maar Billy zag niemand die op zijn vader leek, en zijn buik voelde warm aan, alsof hij elk moment kon gaan overgeven. De muziek was al een paar minuten bezig toen er een man met een saxofoon in zijn handen uit de coulissen kwam. Logisch, dacht Billy. *Sextet.* De man keurde de mensen die speciaal voor hem waren gekomen nauwelijks een blik waardig: hij maakte alleen een vaag handgebaar in hun richting. Hij droeg een pak van glanzende, zilvergrijze stof, met daaronder een zwart overhemd, en zijn donkere haar was achterovergekamd. Billy herkende hem van een foto die zijn oma hem ooit had laten zien, en ook omdat het, als hij zijn ogen tot spleetjes kneep, was alsof hij naar een langere, slankere uitvoering van Charlie keek. Hij voelde zich weer misselijk worden, maar nu op een andere manier.

Billy stond tegen de muur geleund en keek strak naar de man in het zilvergrijze pak. Hij luisterde niet naar de muziek, hoewel hij zich die wel bewust was, als een onrustige achtergrond voor zijn eigen haperende en nogal hoogdravende gedachten. Hij zag dat de man zijn ogen sloot toen hij een solo ging spelen, alsof hij bang was voor wat hij voor zich zag, en pas toen de solo ten einde was en hij het instrument van zijn lippen haalde deed hij zijn ogen weer open, en hoewel er voor hem werd geklapt was de blik in zijn ogen dreigend, haast vijandig, alsof het publiek niet in staat was wat hij zojuist had gespeeld op waarde te schatten – of misschien gold zijn rancune de muziek zelf, zijn eigen tot mislukken gedoemde poging die tot in de finesses te beheersen. Billy probeerde zichzelf terug te zien in deze man – een gelaatstrek, een gebaar – maar er was niets wat hem trof. Tegelijkertijd wíst hij dat hij naar zijn vader stond te kijken. Hij voelde het intuïtief, als een steek in zijn hart.

Toen de eerste set was afgelopen, zetten de muzikanten hun instrumenten weg en namen plaats aan twee tafeltjes vlak bij het podium. Er ging een pakje sigaretten rond. Er kwam een fles Johnny Walker op tafel en de glazen werden volgeschonken. Er zaten twee vrouwen bij zijn vader. De ene droeg een laag uitgesneden rood truitje en haar arm lag nonchalant op zijn linkerschouder. Zelfs vanaf de andere kant van het zaaltje kon Billy haar borsten omhoog zien gaan als ze inademde. De andere vrouw was geheel in het zwart gekleed.

Hij slikte moeizaam en liep in de richting van het tafeltje. In het begin zei hij niets. Hij kon het niet. Zijn tong was als verdoofd, stuntelig. De vrouw in het zwart keek even naar hem op, maar haar gezicht bleef onveranderd. Ze had sierlijk gewelfde wenkbrauwen en donker, golvend haar, en haar tanden waren klein en broos, als rice crispies. Hij schraapte zijn keel.

'Meneer Tyler?'

De naam had hem nog nooit zo vreemd in de oren geklonken – een beetje zurig, schraal, als citroensap – terwijl hij hem toch, in het dagelijks leven, voortdurend gebruikte.

Zijn vader keek op, langzaam, loom, met toegeknepen ogen vanwege de rook van zijn eigen sigaret.

'Zeg het eens, jongen.'

'O, niets,' zei Billy. 'Ik wilde alleen even zeggen dat ik heb genoten van de muziek.'

'Bedankt.'

Billy stak zijn hand uit, over de tafel. Zijn vader legde zijn sigaret op de rand van de asbak, in een gladde gleuf, en ze gaven elkaar een hand.

Vader en zoon, ging het door Billy heen. Vlees en bloed.

Op het moment dat hij zich omdraaide meende hij een glimp van herkenning te bespeuren in de blik die Glenn

Tyler hem toewierp. Tot dan toe had Tyler de stoere vent uitgehangen, nonchalant, geamuseerd, niet bijzonder geïnteresseerd, maar nu leek het alsof hij even zijn ogen samenkneep. Nee, herkenning was niet het goede woord. Het was eerder iets van onzekerheid of bedachtzaamheid. Misschien zelfs nieuwsgierigheid.

'Hé, joh,' zei zijn vader.

Was het de handdruk die iets in hem had losgemaakt? Had hij een bepaalde trilling gevoeld, een elektrische lading – een zekere resonantie? Of was het Billy's gezicht? Iets uiterlijks, al kon hij niet precies zeggen wát. Een vage afspiegeling van Maureen, de vrouw met hij wie was getrouwd en die hij vervolgens in de steek had gelaten...

Billy deed alsof hij hem niet had gehoord. Hij liep naar de deur die toegang bood tot de straat. Hij had gezien wat hij wilde zien.

'Hé!'

Billy liep stug door.

Buiten kwam de regen met bakken naar beneden, als een opbollend gordijn. Hondenweer. Hij begon te rennen, met gebogen hoofd, als iemand die iets verkeerds had gedaan.

Na een kleine kilometer vertraagde hij zijn pas en liep een steegje met klinkers in. Hij was doorweekt en zijn hart ging tekeer als een bezetene; zijn keel brandde. Tegen een muur van zwartgeverfde bakstenen stonden kartonnen dozen opgestapeld. Zo te zien de achterkant van een pakhuis. Er stonden een paar hoge, metalen vuilnisbakken. De regen kleurde wit in het verblindende licht van een beveiligingslamp. Hij liet de afgelopen paar uur in gedachten de revue passeren en zag zichzelf sukkelig naar zijn vader op het podium staren. Hij zag hoe hij met de wezenloze, wazige blik van een idioot naar het tafeltje was gelopen.

Hé, joh.

Hij liep naar de dichtstbijzijnde vuilnisbak en gaf er een trap tegen, zo hard hij kon. De vuilnisbak viel om, rolde naar het midden van de steeg. De klinkers lagen bezaaid met afval. Er viel een fles kapot. Hij was nog niet tevreden, nog lang niet, en probeerde nog een vuilnisbak om te trappen, maar deze was waarschijnlijk zwaarder, want er kwam geen enkele beweging in. Hij voelde een vlammende pijn in zijn rechtervoet en hij bukte, greep naar de neus van zijn schoen. 'Kut,' zei hij. 'Godver.' De regen stroomde in zijn ogen. Hij pakte een glasscherf, stroopte de mouw van zijn jas op en haalde het geïmproviseerde lemmet over de bovenkant van zijn onderarm. Het was een soort goocheltruc, uit het niets bloed tevoorschijn toveren.

Hij wist de laatste trein in Lime Street te halen. Vanaf Runcorn Station was het twintig minuten lopen, voornamelijk heuvelopwaarts. De trein was tot staan gekomen, maar de pijn in zijn voet was alleen maar erger geworden, en tegen de tijd dat hij thuis was liep hij echt te hinken.

Zijn moeder was nog op toen hij binnenkwam. Ze keek op van het boek dat ze zat te lezen, maar de liefdevolle, opgetogen blik waarmee ze hem gewoonlijk begroette maakte al snel plaats voor schrik toen ze het bloed op zijn mouw zag.

'Wat is er gebeurd?' zei ze.

'Vechtpartijtje,' zei hij. 'Iemand ging me met een fles te lijf.'

'O, Billy...'

Hij stroopte de mouw van zijn overhemd op en liet het haar zien.

'Dat is een lelijke snee,' zei ze.

'Eigen schuld. Ik zei iets wat ik beter niet had kunnen zeggen.'

'Waarom in godsnaam...?'

'Het zal niet nog een keer gebeuren, mam. Beloofd.'

Ze zat aan de keukentafel en hij stond naast haar, bij haar schouder, terwijl zij de wond bette met jodium. Het prikte zo dat de tranen in zijn ogen sprongen. Een ander soort tranen dan waar hij op had gerekend.

'Je zou het eigenlijk moeten laten hechten,' zei zijn moeder.

Billy zei dat ze zich geen zorgen hoefde te maken. 'Je hebt het keurig schoongemaakt,' zei hij, en hij boog voorover om een kus op haar hoofd te drukken.

'Hoe was het met je vriend?' zei ze. 'Heb je hem nog gesproken?'

'Ja. Maar hij wist toch geen baantje voor me.' Hij kromp ineen terwijl hij zijn gewicht van zijn ene been op het andere verplaatste. 'Ik ben bang dat er iets met mijn voet is.'

De huisarts zei dat hij drie tenen had gebroken. Hij zou ze samen inzwachtelen. De tijd zou de rest doen. 'Niet meer tegen auto's schoppen, hè' zei hij, terwijl hij Billy over de rand van zijn bril aankeek.

Billy grinnikte. 'Het was een vuilnisbak, als u het echt wilt weten.'

Toen Charlie de week daarna naar huis kwam, voor Kerstmis, liet hij hem zijn gewonde voet zien. Charlie vertelde hem dat de enige belangrijke teen de grote teen is. Zonder grote teen kun je niet meer lopen, zei hij. Dan zou je misschien niet eens kunnen blijven staan.

'Dus ik heb iets gebroken wat eigenlijk niets uitmaakt?'

Charlie keek hem alleen maar aan en glimlachte.

32

Dit keer schrok hij niet eens van haar. Hij voelde dat hij haar tot leven kon wekken door zijn gedachten in een bepaalde richting te laten afdwalen. Toen hij zich omdraaide om haar aan te kijken, zag hij dat ze het lila pakje weer aanhad. Haar wenkbrauwen waren volledig weggeëpileerd en in plaats daarvan had ze bruine strepen getrokken. Voor haar op tafel lagen twee pakjes sigaretten. Ze was zeker van plan langer te blijven dan anders. Ze had zich terdege voorbereid.

Nee, ze had hem niet laten schrikken, en hij was ook niet zenuwachtig. Hij was nog nooit op televisie geweest en had ook nog nooit de voorpagina van een landelijke krant gehaald. Zijn handel en wandel werd niet breed uitgemeten in de pers. Hij was heel gewoontjes, maar toch deed het hem niets, het feit dat zij zo beroemd was – zo berucht.

'Ik ben ook heel gewoontjes,' zei ze, en met die woorden liet ze wolkjes sigarettenrook ontsnappen. 'Als ik hem niet had leren kennen, zou ik altijd heel gewoontjes zijn gebleven.'

Dat was natuurlijk nog maar de vraag. Maar het was voor het eerst dat ze direct refereerde aan de man die nu een levenslange gevangenisstraf uitzat in Ashworth, een extra beveiligde inrichting voor misdadigers die krankzinnig waren verklaard. Hij had haar overleefd, terwijl hij inmiddels al drie jaar in hongerstaking was en onder dwang voedsel kreeg toegediend, via een infuus. Hij had haar overleefd, terwijl hij degene was die dood wilde. Hij zou wel behoorlijk de pest in hebben gehad toen hij het hoorde.

'Ik wil je iets vragen,' zei Billy. 'Iets heel anders.'

Een askegel van zeker anderhalve centimeter dreigde van het uiteinde van haar sigaret te vallen. 'Nog steeds geen asbak,' zei ze, terwijl ze haar blik door de ruimte liet glijden. 'Nou, ja.' Ze hield haar sigaret boven het gootje en knipte even met haar duim tegen het filter. De as dwarrelde naar beneden en loste op in het niets. Ze keerde zich weer naar hem, haar getekende wenkbrauwen opgetrokken, wat haar een liederlijke, licht sarcastische uitstraling gaf.

'Van wie heb je het meest gehouden?' vroeg hij.

'Van mijn moeder.' Ze had zichzelf niet de tijd gegund om na te denken. Misschien hoefde ze er niet over na te denken. Ofwel ze had de vraag zien aankomen, ofwel het was gewoon de waarheid. Ze nam hem nog altijd aandachtig op, benieuwd hoe hij zou reageren op haar antwoord, hopend dat ze hem uit zijn tent zou weten te lokken.

'En je vader?'

'Daar wil ik het niet over hebben.'

Haar vader had gevochten in de oorlog, totdat zij drie was. Toen hij terugkeerde, moest zij bij haar oma gaan wonen. Later, toen hij invalide was geworden als gevolg van een ongeluk op zijn werk, was hij gaan drinken, en was hij grillig en agressief geworden.

'Je moeder…' Billy knikte langzaam. 'Ik dacht wel dat je dat zou zeggen.'

'Geloof je me niet?'

Hij keek van haar weg. Het ging er niet om of hij haar al dan niet geloofde. Haar antwoord leek gewoon zo voorspelbaar. Ergens had hij wel geweten dat ze niet zou kunnen toegeven dat ze had gehouden van de man met wie ze al die gruweldaden had begaan, de man wiens naam nu voorgoed en onlosmakelijk met die van haar was verbonden. Nu er dertig jaar tussen zat, moest het moeilijk voor haar zijn nog in die liefde te geloven, laat staan haar te erkennen. Ze zou het anders moeten benoemen – als iets wat minder idealistisch was, of extremer. Een obsessie. Waanzin. Misschien had ze het wel helemaal verdrongen. De kniehoge laarzen en de minirokjes. De bijnaam die hij haar had gegeven. De sadomasochistische seks. Sterker nog, ze was naderhand waarschijnlijk nog op anderen verliefd geworden. Die medegevangene, bijvoorbeeld, die ook zanger was – en er gingen geruchten over bewakers. Maar de liefde die in haar herinnering was gebleven was haar eerste liefde. De liefde van een dochter. Hij probeerde zich de vrouw voor te stellen als klein meisje, maar dat bezorgde hem een ongemakkelijk gevoel. Het was alsof hij haar op gelijke voet plaatste met haar slachtoffers; dat leek in het gunstigste geval ongevoelig, in het ergste geval een soort ontering. Maar er moest toch een tijd zijn geweest dat ze onschuldig was? Daar wilde natuurlijk niemand bij stilstaan. Het collectieve bewustzijn kende slechts één beeld van haar – het geblondeerde haar, de norse blik – en dat was dat. Er was geen daarvoor, en ook geen daarna. Geen jeugd, geen oude dag. De foto's die in de loop der jaren in verschillende gevangenissen waren genomen – wie dachten ze daarmee voor de gek te houden? Al die verschillende kapsels. Dat was zij niet... En terwijl hij aan die tafel zat realiseerde hij zich ineens dat hij nog nooit een foto van haar als kind had gezien, niet één. Had haar moeder geen foto's van haar als kind gehad? En als ze die wel had gehad, wat was daar dan mee gebeurd? Waren ze achtergehouden? Vernietigd? Het was een merkwaardige omissie, verontrustend, laakbaar bijna, al meende hij wel te begrijpen waar het voor nodig was geweest.

'En jij dan?' zei de vrouw.

Hij stelde zijn blik weer scherp op haar. Ze speelde voortdurend de bal terug – of probeerde het in ieder geval. Misschien een gevolg van het feit dat ze haar halve leven aan de tand was gevoeld door gratiecommissies, psychologen, criminologen en geestelijken… Elke keer dat ze de aandacht even wist af te leiden van zichzelf gaf dat haar de tijd om haar gedachten te ordenen, om te doen alsof, om een rookgordijn op te trekken. Of misschien was ze gewoon slimmer dan hij. Ze had tenslotte een studie afgerond aan de open universiteit, en dat was meer dan hij ooit zou kunnen zeggen.

'Van wie heb jij het meest gehouden?' vroeg ze, en terwijl ze inhaleerde leek haar hele gezicht zich om haar sigaret te klemmen.

'Ik ben nog niet dood,' zei hij.

'Van wie heb je tot nog toe' – ze rekte de woorden echt uit, dreef de spot met hem omdat hij zo schoolmeesterachtig deed – 'het meest gehouden, in je leven?'

Hij had ook zijn moeder kunnen noemen, maar daar leek de vraag niet op gericht. Hij had wel het gevoel dat hij snel moest reageren, net als zij. Maar het antwoord wilde maar niet komen, en hoe langer hij aarzelde, hoe moeilijker het werd. Hij zou het toch moeten weten. Hij zou er toch niet zo lang over hoeven nadenken.

'O, jee,' zei de vrouw. Er lag een triomfantelijke glimlach op haar gezicht, een glimlach die bijna iets wellustigs had, alsof ze het opwindend vond om zwakte en onzekerheid bij anderen te zien. 'Misschien kan ik je helpen,' zei ze, 'door een paar namen te noemen.'

'Zoals?'

'Venetia.'

'Nee.' Hij schudde het hoofd. 'Nee, je vergist je.'

'Je was stapelgek op haar. Dat was overduidelijk.'

'Dat was geen liefde. Dat was…'

'Je adoreerde haar. Je zou echt alles hebben gedaan…'

'Ach, schei toch uit.'

De triomfantelijke blik keerde terug in haar ogen. Hij had geschreeuwd. Zijn zelfbeheersing verloren.

'Je geeft me niet de kans om na te denken,' zei hij. 'Al dat geklets, al die vragen.'

'O?' zei ze. 'En wie is daarmee begonnen?' Ze boog naar voren en liet haar sigaret in het gootje vallen. 'Ik weet eigenlijk ook niet waarom ik het vraag,' zei ze, terwijl ze weer rechtop ging zitten, met blosjes op haar wangen. 'Ik weet het antwoord toch al.'

'Wat is het antwoord dan?' Als Billy afwerend klonk, kwam dat enkel en alleen omdat hij het ook niet meer wist; het was pure bluf.

'Raymond,' zei ze, terwijl ze haar gezicht afwendde, alsof het overduidelijk was, alsof het zo voor de hand lag dat ze hem niet eens hoefde aan te kijken. 'Raymond Percival.'

Billy stootte een lachje uit, maar terwijl hij het idee weghoonde, zag hij Raymond voor zich naar het stuwmeer lopen, zijn blote rug in de schaduw, zijn huid koel en bleek als een geschilde vrucht.

'Je liep overal en altijd achter Raymond aan,' ging de vrouw verder. 'Je deed alles wat hij zei.' Ze stak nog een sigaret op. Ze nam er de tijd voor. 'Je was zo vólgzaam. Zelfs een hond is niet zo volgzaam.'

Hij schudde het hoofd, maar hij wist dat het waar was.

'De manier waarop je soms naar hem keek. De gedachten die door je hoofd schoten. Je sprak ze nooit uit, maar ze waren er wel, hè?' Ze zweeg even om een trekje te nemen. 'Je gedroeg je verdomme als een meisje,' zei ze met een verbitterd lachje. 'En ik kan het weten.'

Hij kwam haastig overeind, de poten van zijn stoel schraapten over de vloertegels. Zijn wangen gloeiden. Hij voelde gewoon dat ze naar hem keek, benieuwd naar zijn volgende zet. Ze laafde zich aan zijn verwarring, zijn schaamte.

'De manier waarop je naar hem keek,' zei ze.

Hij keerde zich naar de deuren van het mortuarium en zag een wigvormig gat, op heuphoogte. De deurpost was van gelakt hout, maar de inkeping was zo diep dat de werkelijke kleur van het hout zichtbaar was, vaalgeel, een beetje de kleur van ongezouten boter. Hij legde zijn vingertoppen er even tegenaan, voelde aan de scherpe rand, de spleet. Een mortuariummedewerker die de breedte van de baar die hij voor zich uit duwde verkeerd had ingeschat, of een begrafenisondernemer die wat al te nonchalant met een kist was omgesprongen. Maar je zou verwachten dat iemand de schade zou hebben hersteld; zo veel werk was het niet.

Nu wist hij waarom het hem zo vertrouwd voorkwam, deze betrekkelijk primitieve ruimte, zo kaal maar doeltreffend, en zo verwaarloosd: het deed hem denken aan alle plekken waar hij had gewoond toen hij net het huis uit was, woningen die hij had gedeeld met onbekenden, of kamers waar hij in zijn eentje had gewoond.

'Ik houd het meest van mijn vrouw en mijn dochter,' zei hij.

Hij zweeg even, en zijn vingers lagen nog altijd tegen de beschadigde deurpost.

'Mijn dochter,' zei hij.

'Nou,' zei ze, met een krakende, smalende stem, 'het heeft even geduurd, maar je bent eruit.'

33

Drie maanden daarvoor, in augustus, was hij een keer 's nachts wakker geschrokken. Omdat hij niet goed wist waarvan – een geluid, een droom? – liep hij naar het slaapkamerraam en tuurde naar buiten. De tuin was gehuld in duisternis. Rechts van hem lag het korenveld, de contouren slechts met moeite zichtbaar. Hij kon wel zien hoe de grond van rechts naar links opliep, en in de buurt van het bos weer langzaam afliep. Hoe de grond aanzwol, als een golf, en dan leek te breken. Maar waarom was hij wakker geworden? Hij tuurde naar het korenveld en zag iets glinsteren, en op hetzelfde moment wist hij dat Emma daar stond. Ze moest haar hoofd hebben gedraaid, waardoor het weinige licht was weerkaatst in haar brillenglazen. Ze was weleens eerder 's nachts haar slaapkamer uit gekomen, vaak zelfs, maar ze was nog nooit het huis uit gelopen. Ze letten er altijd op dat ze alles 's avonds goed afsloten. Dat waren ze nu blijkbaar vergeten, of ze had zelf een van de deuren weten open te krijgen – maar normaal gesproken was ze niet tot zoiets in staat. Moest hij haar roepen? Nee, dan zou ze misschien schrikken. Maar hij zou wel naar beneden moeten – en snel ook. Het kon gevaarlijk zijn als ze zich buiten het korenveld waagde. In het bos zou hij haar nooit kunnen vinden – en dan was er nog de weg. Het was een lange, rechte weg en er werd veel te hard gereden. Hij draaide zich met zijn rug naar het raam.

'Wie is daar?' riep Sue vanuit bed.

'Ik ben het maar, schat,' zei hij. 'Ga maar weer slapen.'

Haastig liep hij de kamer uit en de trap af, en hij bleef alleen even bij de achterdeur staan om een paar rubberlaarzen aan te trekken. Aan de zijkant van het huis bleef hij opnieuw even staan. De nacht rook muskusachtig, opwindend. Fluitenkruid, vossenvacht. De adem van uilen.

Hij baande zich een weg door het hoge gras aan de andere kant van het pad en stuitte op de restanten van een prikkeldraadversperring. Hij bleef met zijn T-shirt aan een paaltje haken toen hij eroverheen klauterde. Hij haalde de stof los en bleef toen staan. Daar was ze, op nog geen vijftig meter afstand, de donkere contouren van haar hoofd en haar schouders zichtbaar boven het koren.

Hij liep het korenveld in. 'Emma?'

Met een ruk draaide ze zich om, haar hoofd iets schuin. Het was alsof ze hem aankeek met een nieuwsgierige, bijna sceptische blik, alsof hij een tweederangs goochelaar was en zij haar uiterste best deed zijn trucs te doorgronden.

'Papa,' zei ze, 'wat doe jij hier?' Het klonk verbaasd, maar ook afkeurend.

Hij bleef op ongeveer een meter bij haar vandaan staan. Soms kwam ze zo zelfverzekerd over dat ze hem op het verkeerde been zette. Hij had verwacht dat ze gedesoriënteerd zou zijn, misschien zelfs bang, en dat hij haar weer de veilige haven van haar slaapkamer zou binnenloodsen. Maar zoals zo vaak het geval was, zag zij het allemaal anders. In haar ogen was hij degene die wanhopig was, die zich op onbekend terrein bevond. Hij was degene die hulp nodig had.

'Ik kwam jou zoeken.' Het klonk niet erg overtuigend, zelfs niet in zijn eigen oren. Hij had zich al geschikt in de rol die zij hem had toebedeeld.

Ze stak een arm uit en tekende met een langzaam, statig gebaar een cirkel in de lucht. 'De nacht,' zei ze, alsof die haar toebehoorde. Alsof hij niet zou weten hoe het werd genoemd als zij hem dat niet had verteld.

'Het is al heel laat,' zei hij. 'Je hoort in bed te liggen.'

Ze mompelde een paar opstandige woorden, die hij niet goed kon verstaan, en wierp toen een blik in de richting van het bos, haar kin vastberaden naar voren, als een ontdekkingsreiziger die op het punt staat gebied te betreden dat nog niet in kaart is gebracht. Billy wierp even een blik over zijn schouder naar het huis, maar Sue was nergens te bekennen. Hij zou het alleen moeten opknappen.

'Waar is Parsons?' vroeg Emma.

'Thuis, in bed,' zei Billy. 'Zoals iedereen.'

Hij keek de andere kant op, zodat ze niet zou zien dat hij moest grinniken. Hij was gewoon blij dat ze er was, dat alles goed was met haar, dat ze was wie ze was – zo onmiskenbaar, weergaloos zichzelf. Stel dat hij niet wakker was geworden? Wie weet waar ze dan zou zijn beland. Ze was zich er niet van bewust dat er nare dingen konden gebeuren. Ze kende geen angst. Die moest hij voor haar voelen. Tijdens de laatste dagen van 1999, toen hij naar dat verlaten hoogveen was gegaan, had hij in gedachten een man gezien die een jongen meevoerde, langs een ondiepe geul. Hij had het allemaal kunnen zien, bijna alsof het zich voor zijn ogen afspeelde – twee gedaanten die zich van hem verwijderden, hand in hand, de een in een donkere jas, de ander in een korte broek – en op dat moment had hij aan Emma moeten denken, hoe kwetsbaar ze was. Ze was nóg goedgeloviger. Ze wist nóg minder. Ze zou geen idee hebben gehad. Dat was er door zijn hoofd gegaan, en vervolgens had hij zich bijna schuldig gevoeld, omdat Emma nog wel in leven was...

Na enkele mislukte pogingen wist hij haar met de belofte van een nachtelijk feestmaal weer mee naar huis te krijgen. Toen ze haar koekjes en haar chocolademelk op had, stopte hij haar in en drukte een kus op haar voorhoofd. Ze moest gaan slapen, zei hij tegen haar. Ze zouden elkaar morgenochtend weer zien.

'Zingen,' zei ze.

Ondanks zijn vermoeidheid moest hij weer grinniken. Hij noemde haar niet voor niets 'Kapitein' – of soms zelfs 'Inspecteur'.

Hij begon met een paar liedjes uit musicals – *Mary Poppins* en *West Side Story* – waarna hij overstapte op een potpourri van zijn eigen favorieten, waaronder 'You've Lost That Lovin' Feeling', 'Waterloo Sunset', 'Massachusetts', en 'Help Me Make It Through the Night'. Hij zong zelfs liedjes waarvan hij niet eens wist dat hij ze kende, nummers die in ordinaire Griekse en Spaanse disco's werden gedraaid toen hij jong was: 'Una Paloma Blanca', 'Sweet Caroline', en 'Lady in Red'. Hij zat nog steeds te zingen toen Emma al lang in slaap was gevallen. Hij zong omdat hij zich zorgen maakte. Hij zong omdat hij opgelucht was. Hij zong totdat zijn stem er pijn van deed, en toen gaf hij Emma nog een laatste kus en liep op zijn tenen naar de overloop. Toen hij zijn laarzen uittrok, zag hij dat Sue wakker was. Hij zag iets glinsteren op het kussen, ter hoogte van haar ogen.

'Ik dacht dat ik je kende,' zei ze.

Het hart klopte hem in de keel. Had hij zich iets laten ontvallen? Wat was ze aan de weet gekomen?

'Al die jaren dat we samen zijn,' zei ze, 'heb je me nooit verteld dat je van Neil Diamond houdt.'

Ze kon hem nog altijd aan het lachen maken, zelfs om half vier 's nachts.

'Ik hou helemaal niet van Neil Diamond,' zei hij, terwijl hij onder het dekbed kroop.

'Leugenaar,' zei ze.

Hij klampte zich vast aan dat gesprekje. Hij dacht eraan terug als hij zijn auto bij de rivier had gezet, om tegenwicht te bieden aan alle zorgen en alle ruzies, en hij zou willen dat het meer gewicht in de schaal legde.

Ze dacht dat ze je kende, zei hij zachtjes tegen zichzelf, terwijl hij de auto keerde en terug naar huis reed.

Of: *Leugenaar.*

34

Goed dan, Venetia. Hij was op geen enkele manier voorbereid op de uitwerking die ze op hem zou hebben. Alleen al haar naam. Die was ongebruikelijk, chic – meer een naam voor een van Raymonds vriendinnetjes. Ze had een Schotse vader en een Indiase moeder, en ze had het grootste deel van haar leven in Glasgow gewoond, was pas op haar veertiende naar Liverpool verhuisd, en beide steden klonken door in haar stem, met daarbij de zangerige, ritmische ondertoon van Bombay. Drie havens, één stem. Was het haar klank waar hij voor was gevallen? Misschien. Maar bij haar aanblik, in Lacey Street, was hij als aan de grond genageld blijven staan. Hij vergat een paar tellen lang adem te halen. Haar haar zo zwart en glanzend dat hij zichzelf er bijna in zag weerspiegeld. Net als haar ogen. Haar huid was donker, maar hij had ook iets citroenachtigs, alsof er een patinalaag over het geel was aangebracht, of een laagje doorschijnend zwart.

Venetia McGarry.

De eerste keer dat hij haar zag zat ze achter het stuur van een witte Ford Fiesta. Ze stond bij de kruising met Victoria Road en ze had haar rechterknipperlicht aan. Ze keek hem recht in zijn ogen, heel even maar, boog toen naar voren op haar stoel om te kijken of er iets aankwam. Ze had een gladde band, zag hij. De linkervoorband. Maar om de een of andere reden schreef hij geen bekeuring uit; hij deed alleen een stap bij de stoeprand vandaan zodat ze om hem heen kon kijken. Zodra ze had vastgesteld dat de weg vrij was glimlachte ze naar hem en hij maakte een weids armgebaar, niet alleen om aan te geven dat ze voor kon gaan, maar ook dat ze zijn zegen had. Het hele voorval nam hooguit vijftien seconden in beslag, en hoewel hij de rest van die dag nog zo nu en dan aan haar moest denken, had hij nooit gedacht dat hij haar nog eens tegen het lijf zou lopen.

Toen hij haar voor de tweede keer zag, in een pub in Liverpool, waren ze inmiddels zes maanden verder, en zij kon zich niet herinneren dat ze hem ooit eerder had gezien, zelfs niet toen hij haar precies vertelde hoe en wat en waar. Ze was verbaasd dat hij het zich allemaal nog zo goed kon herinneren. En gevleid. Later zei ze dat zijn verhaal zeer aannemelijk had geklonken, maar dat ze het toch niet had geloofd, nog geen seconde. Ze dacht dat hij het allemaal had verzonnen. Maar dat was op zich weer heel innemend, vond ze. Romantisch, zelfs. Dat hij al die moeite deed om een eerdere ontmoeting te verzinnen. Heel anders dan de versiertrucs die ze gewend was. Wel griezelig dat hij de kleur van haar auto goed had gegokt. Hoe zat dat? Kon hij gedachten lezen? Hij wierp haar een raadselachtig glimlachje toe en keek van haar weg. Het was heel goed denkbaar dat er nooit iets tussen hen zou zijn voorgevallen als hij niet meer had geweten dat ze elkaar eerder hadden gezien en de ontmoeting kon beschrijven, als hij die herinnering niet had gehad. Maar zoals de zaken er nu voor stonden, kon hij haar nog iets anders vertellen: er zat nauwelijks meer profiel op haar linkervoorband.

'Het mag eigenlijk niet,' zei hij, 'maar ik besloot het door de vingers te zien.'

'Was dat niet gevaarlijk?' zei ze.

En die woorden zetten iets in gang.

Drie maanden later, toen het allemaal achter de rug was,

kon hij zichzelf niet aan de indruk onttrekken dat ze zich meer herinnerde dan ze hem had doen geloven. Die ochtend in Widnes, toen ze door de autoruit keek, moest ze zijn uniform hebben opgemerkt. Misschien had ze ter plekke al met de gedachte gespeeld. Niet dat ze per se had verwacht hém nog eens te ontmoeten. Maar iemand zoals hij. Een polítieagent. Maar die gedachte haalde elke seconde die ze samen hadden doorgebracht naar beneden, en al was hij nog zo sceptisch en nog zo verbitterd, hij wilde er niet aan dat hun hele relatie een schijnvertoning was geweest. Daarvoor had hij domweg te veel te verliezen.

Billy was met Neil Batty naar Paradise Street gegaan en toen Neil om een uur of negen de pub verliet knoopte Billy een praatje aan met Venetia, die aan het tafeltje naast hem zat. Ze was met twee vrienden – Simon, haar huisgenoot, en Beryl, die een uitkering had – en na een poosje gingen ze met zijn vieren naar boven. Op de eerste verdieping was een bar met een biljarttafel. Er klonk een nummer van The Specials toen ze binnenkwamen, de stem van Terry Hall kwam boven de zo typerende zenuwslopende maar hypnotiserende beat uit. Venetia dronk Southern Comfort met ijs. Ze had een betoverende, maar tegelijkertijd verlammende uitwerking op hem: hij had het gevoel dat hij, als in een droom, een hand naar haar kon uitsteken, maar dat ze zich altijd enkele centimeters buiten het bereik van zijn vingertopjes zou bevinden. Hij kon niets anders doen dan haar aanstaren als zij even de andere kant op keek. Hij begreep niet waarom niet iedereen haar aanstaarde. Zo adembenemend mooi was ze. Ineens, zonder enige vorm van waarschuwing, kwam ze door de rokerige ruimte op hem af lopen en drukte zich tegen hem aan, van opzij, met een samenzweerderige blik in haar ogen, en hij voelde iets zwaars in de zak van zijn jasje ploffen.

'Voor jou,' zei ze.

En weg was ze weer, met het lange haar dat over haar rug

golfde, en haar Southern Comfort met ijs. Halverwege de bar wierp ze hem over haar schouder een glimlachje toe.

Jezus.

Dat was het moment dat hij verliefd op haar werd – of was het een paar tellen later, in de beslotenheid van het herentoilet, waar hij langzaam, behoedzaam een hand in zijn zak stak, en de zwarte biljartbal tevoorschijn zag komen?

De belangrijkste bal van het spel. De bal die meer waard is dan alle andere. Het verschil tussen winnen en verliezen.

'Waar is de zwarte bal gebleven, godverdomme?' hoorde hij een man schreeuwen.

Niemand wist het. De bal was weg.

Het was een raadsel.

Op het moment dat hij de bal uit zijn zak haalde wist hij wat de betekenis was: ze had besloten met hem naar bed te gaan. Zijn hart ging wild tekeer, alsof zijn lichaam met volle kracht vooruit was gegaan en hij ineens op de rem had getrapt, en hij bleef veel langer dan nodig op het toilet. Hij stelde het moment uit dat hij terug moest naar de bar, probeerde het voor zich uit te schuiven, de onvermijdelijke blik die ze zouden wisselen, de stilzwijgende afspraak.

Maar die avond gebeurde er niets. Sterker nog, er gebeurde niets tot de dinsdag daarna, en toen ze die woensdagochtend zijn flat verliet zei ze zelfs nog dat hij geen verwachtingen moest koesteren omdat het misschien nooit meer zou gebeuren. Haar leven, zei ze, was al ingewikkeld genoeg. Hoewel hij teleurgesteld was en zich gekwetst voelde, had hij het ook wel zien aankomen. Hij wist dat hij zich gelukkig mocht prijzen dat ze überhaupt iets met hem wilde, en hij was nu al dankbaar voor het weinige dat hem ten deel was gevallen. Dus van meet af aan was haar een paar dingen duidelijk: ten eerste, dat hij het gevoel had dat hij haar niet waard was, en ten tweede, dat hij geheel tot haar beschikking stond.

Ze kwam naar zijn flat. Maar hij mocht niet naar haar

huis komen. Ze wilde niet dat haar vrienden hen samen zouden zien. Ze wilde ook zijn vrienden niet ontmoeten. Ze gaf hem haar telefoonnummer, maar ze wilde niet zeggen waar ze woonde. Hij mocht geen foto's van haar maken en ze wilde ook niet met hem in een pasfotohokje; ze wilde niet dat hun relatie werd vastgelegd. Wat ze samen hadden moest tussen hen blijven, een geheim. Het mocht nooit naar buiten komen. Als het zou uitlekken zouden ze onder druk komen te staan, zei ze, en dan zou het afgelopen zijn. Hij deed zijn best om zich naar haar te schikken, maar het voelde met de week onnatuurlijker, beklemmender, wreed zelfs. Toen hij haar probeerde duidelijk te maken hoe hij zich voelde, viel ze hem in de rede.

'Weet je, je moet het allemaal niet zo seriéus nemen,' zei ze. 'We hebben het gewoon leuk samen.'

Hij knikte moedeloos. Leuk.

Een keer, begin maart, stemde ze erin toe samen een weekendje weg te gaan. Het was ongekend dat ze twee aaneengesloten nachten en dagen met hem doorbracht, en hoewel hij zich gelukkig prees, wist hij heel goed dat dit weekend iets eenmaligs was, dus toen ze die vrijdagavond de snelweg opdraaiden, voelde hij een nauwelijks verholen wanhoop. Het was laat toen ze bij het hotel aankwamen, en de bar was al gesloten. Gelukkig had Venetia champagne meegenomen. Na de lange tocht noordwaarts was hij wel aan een drankje toe, maar het simpele feit dat hij achter haar aan een vreemde kamer binnenliep wond hem zo op dat hij meteen met haar naar bed moest, nog voordat ze de fles zelfs maar hadden ontkurkt. In het verleden had ze er altijd op gestaan het licht uit te doen en de gordijnen te sluiten, alsof ze tot een andere generatie, een ander tijdperk behoorde. Maar die avond deden ze het met de televisie aan, en hij kon haar zien terwijl ze onder hem op de gewatteerde sprei lag, met haar smalle, jongensachtige heupen, haar magere benen, spillebenen haast, en haar opmerkelijke borsten, onevenredig groot in vergelijking met de rest van haar lichaam. Haar lichaam leek sensueler dan anders, en hij vroeg zich af of ze ongesteld was, maar toen hij in haar was leek dat niet zo te zijn. Na afloop smeerde ze met het topje van haar wijsvinger zijn sperma uit over haar tepels. 'Ik vind het een lekker gevoel als het opdroogt,' zei ze. 'Dan wordt het helemaal hard.' En hij was zo moe en zo loom dat deze bedekte toespeling op eerdere ervaringen, op andere mannen, hem min of meer ontging.

Uiteindelijk zette hij zich met veel moeite in beweging, ontkurkte de champagne en schonk een glas voor haar in. Later zat hij naast haar op de grond, terwijl zij in bad lag. Vanuit de slaapkamer klonk de spookachtige, haast extatische soundtrack van een Hammer-horrorfilm. Toen zij zich uitstrekte in het water, met haar hoofd aan zijn kant tegen het bad geleund, hing haar zwarte haar over de rand, en zonder dat zij er erg in had streelde hij de haarpunten. Er klonken hoge, ijle violen. Een vrouw slaakte een gil, en toen nog een. Venetia's haren dansten op zijn handpalm, alsof ze rechtop stonden. Hij had nog altijd het gevoel dat ze zich niet helemaal gaf – zelfs op dat moment, dat hij alles leek te hebben waar hij ooit op had durven hopen. Was ze domweg te overdadig voor hem? Of gaf ze slechts een deel van zichzelf bloot, niet meer dan nodig was? Nog voordat bewuste weekend was hij dingen van haar gaan bewaren – lippenbalsem, nagellak, een panty waar een ladder in zat. Ze merkte het niet: ze raakte voortdurend van alles kwijt. Hij had zelfs een paar dode haarpunten bewaard die ze op een avond toen ze dronken was in zijn badkamer had afgeknipt. Als ze had geweten dat hij een plukje van haar haar bewaarde in een plastic kokertje van een filmrolletje, zou ze waarschijnlijk hebben gezegd dat hij gestoord was en zou ze het ter plekke hebben uitgemaakt. Maar hij probeerde alleen de lacunes te vullen, dichter bij haar te komen. *We hebben het gewoon leuk samen.* Hij wilde niet dat ze het leuk hadden. Hij wilde dat ze altijd bij elkaar zouden blijven.

Toen hij de volgende ochtend vroeg wakker werd draaide hij zich om in bed en liet zijn rechterhand over de welving van haar heup glijden, en verder naar beneden, tussen haar benen. Ze reikte naast het bed en pakte iets uit haar handtas, die op het nachtkastje stond. Eerst dacht hij nog dat ze hem een condoom zou geven, maar toen zag hij dat ze een masker voor haar ogen deed. Het was een beige maskertje, met de woorden AIR INDIA erop.

'Je was toch niet van plan dat op te houden, hè?' zei hij.

'Jawel,' zei ze ijzig. 'Bezwaren?'

Hoewel hij ervan schrok zag hij vrijwel direct de erotische mogelijkheden – wat hij zich allemaal zou kunnen permitteren als ze niets kon zien. 'Nou ja,' zei hij, 'als jij dat graag wilt...'

Toen ze uitgevreeën waren zei ze dat hij haar zo stevig had omklemd toen hij klaarkwam dat ze het gevoel had dat hij op de een of andere manier door haar huid heen was gegaan, door alle zeven huidlagen, tot in haar spieren, tot in haar botten zelfs, alsof hij weer helemaal opnieuw bij haar was binnengedrongen, en dan niet alleen op die ene plek.

'Ik heb je toch geen pijn gedaan?' zei hij.

'Nee,' zei ze. 'Ik vond het lekker.'

Later die ochtend liepen ze een eindje over de Pennine Way. Terwijl hij in de verte staarde, de schaduw van de wolken zwartblauw tegen de glooiende zijkanten van de heuvels, vroeg hij naar het oogmasker. Wat was het precies dat ze niet wilde zien?

'Ik ben gewoon verlegen,' zei ze.

Hij lachte. 'Verlegen? Jij?'

Ze stond tot aan haar knieën in het stugge gras, een stuk steenbreek in haar handpalm.

'Waar ben je bang voor?' vroeg hij.

'Ik ben niet bang.'

'Heeft het iets met mij te maken?'

Haar hand sloot zich om de kleine, witte bloem, en ze keek hem aan met een open, oprechte blik. 'Het heeft niets met jou te maken.'

Het was een kort maar dubbelzinnig antwoord – wilde ze hem duidelijk maken dat hij niet moest denken dat alles om hem draaide, of probeerde ze hem gerust te stellen? – maar hij meende ook iets van schroom of angst te bespeuren. Hij wist dat hij ergens op was gestuit, op iets waardoor hij haar misschien beter zou gaan begrijpen. Ze was echter niet van plan er dieper op in te gaan en hij besloot niet aan te dringen. In plaats daarvan pakte hij haar hand, wat hij nooit zou hebben gedurfd als ze niet de enigen in de wijde omtrek waren geweest. Ze deed alsof ze het niet merkte, maar hij had het gevoel dat hij haar vingers om die van hem voelde klemmen. Hoewel dergelijke momenten schaars waren, boden ze hem hoop: gaandeweg zou ze zich misschien wat soepeler opstellen...

Die avond dronken ze Guinness in de bar van het hotel, waar ze werden bediend door een man uit de Midlands. Hij was begin veertig, had een gouden tand en was goed van de tongriem gesneden. Binnen afzienbare tijd had hij Venetia aan het lachen met verhalen over plaatselijke schandaaltjes, en het was Billy duidelijk dat hij geen enkele greep op haar had, geen enkele aanspraak op haar kon doen gelden, al waren ze de afgelopen vierentwintig uur nog zo dicht bij elkaar gekomen.

Tijdens het eten ontfermde Venetia zich over de wijnkaart, bestelde witte wijn voor bij het voorgerecht en stapte daarna over op rood voor bij het hoofdgerecht.

Billy schudde het hoofd. 'Onvoorstelbaar, hoeveel jij drinkt.'

'Dat zal mijn Schotse bloed wel zijn,' zei ze. 'Mijn vader...' Ze bedacht zich. 'Dat kan ik maar beter niet vertellen.'

Wat hij die nacht aan de weet kwam zou hem voorgoed

veranderen. Sommige verhalen blijven als een roestige haak steken in het tere weefsel van de geest. Je kunt jezelf er niet van losmaken.

Toen hij met gesloten ogen in het mortuarium zat, hoorde Billy het schrapende geluid van een aansteker.

'Daar weet jij natuurlijk alles van,' zei hij.

35

Met zijn ogen nog altijd gesloten zag hij de vrouw voor zich, niet in lila of kastanjebruin, helemaal niet in een pakje, zelfs, maar in een soort ochtendjas. Een vormeloos geval, met een capuchon. Bruin of zwart.

'Ze zullen het me nooit vergeven, hè?' zei ze. 'Zelfs niet nu ik dood ben?'

'Nee,' zei hij. 'Ik denk het niet.' Hij zweeg even, besloot toen dat hij net zo goed de waarheid kon spreken. 'Het is gek, maar ik denk dat je nu alleen nog maar intenser wordt gehaat. Het is net alsof wat je hebt gedaan met het verstrijken der jaren erger is geworden – of misschien heeft het gewoon zo lang geduurd totdat de verschrikkingen in hun volle omvang zijn doorgedrongen.'

Ze viel stil, alsof ze nog niet eerder op die gedachte was gekomen. Af en toe vroeg hij zich af of ze er nog was, maar dan hoorde hij ineens het scherpe geluid van lucht die naar binnen werd gezogen, of hij hoorde haar voet zachtjes over de grond schrapen als ze haar benen verzette. Hoewel hij het risico liep in slaap te vallen, weerstond hij de verleiding zijn ogen open te doen. Hij wilde haar niet meer zien. Hij had genoeg van haar gezien, vond hij, voor de rest van zijn leven.

'Ik droom soms dat ik in een menigte sta,' zei ze uiteindelijk, 'of dat ik ergens loop, omgeven door honderden mensen. Ik ken ze geen van allen. Allemaal onbekenden. Maar het voelt als… als een warm bad.' Weer viel er een stilte. Hij zag een sigarettenpeuk die in slow motion door de lucht dwarrelde en tussen twee spijlen van het donkere, metalen rooster door in de afvoer verdween.

'Deel uitmaken van een groep mensen,' zei ze. 'Je hebt geen idee hoe ik daar soms naar kan verlangen.'

'Ze zouden je waarschijnlijk aan stukken scheuren,' zei hij.

'In mijn droom herkennen ze me geen van allen. Ze hebben nog nooit van me gehoord. Ze zien me nauwelijks staan.'

'Je hebt iets gedaan waar mensen niet aan durven denken. Jij hebt ze gedwongen er zich een voorstelling van te maken. Je hebt ze met hun neus op de feiten gedrukt.'

Dat werd er bedoeld, realiseerde hij zich, als mensen haar een monster noemden. Ze had laten zien waartoe mensen in staat zijn. Ze had een glimp laten zien van de weerzinwekkende, gruwelijke daden die ze kunnen plegen. Ze had de mensen geconfronteerd met een waarheid die ze niet wilden zien, of die ze voor zichzelf verborgen hielden, of die ze tegenover zichzelf ontkenden.

'Daarom kunnen ze het je niet vergeven,' zei hij. 'Als je in de rechtbank nou nog was ingestort, of zo…'

Ze liet een kort, cynisch lachje horen. 'Ik ben godverdomme geen actrice.'

'Je had ze íéts moeten geven.'

'Ze hadden me nooit geloofd.'

Hij dacht na over haar woorden. In de loop der jaren had een aantal mensen haar kant gekozen. Ze zagen politieke motieven achter de beslissing haar gevangenschap te laten voortduren, een beslissing die niet was gestoeld op de wet maar op de publieke opinie. Andere moordenaars werden in vrijheid gesteld als ze hun straf hadden uitgezeten – waarom zij dan niet? Ze vormde duidelijk geen gevaar voor de maatschappij. Het omgekeerde was eerder het geval: als ze op vrije voeten kwam, zou de maatschappij een gevaar voor haar vormen. Dat was de navrante ironie van de situatie: er zou belastinggeld moeten worden aangewend om de vrouw in bescherming te nemen tegen wat de belastingbetalers haar zouden willen aandoen. Geen enkele regering zou zich vrijwillig in een positie manoeuvreren waarin ze een dergelijk beleid zou moeten verdedigen. In plaats daarvan wist de ene minister van Binnenlandse Zaken niet hoe snel hij de verantwoordelijkheid voor haar lot moest afschuiven op de volgende minister, als een wel heel erg hete aardappel.

'Je hebt waarschijnlijk gelijk,' zei hij. 'Ik geloof niet dat er nog een weg terug was na wat jij hebt gedaan. Ze hadden je nooit in vrijheid gesteld, in nog geen honderdduizend jaar.'

'Voor mijn gevoel duurde het al honderdduizend jaar.' Hij hoorde dat ze nog een sigaret opstak. 'Ik heb mezelf dood gerookt,' zei ze. 'Wat moest ik anders?'

'Je hebt het alleen nog maar erger gemaakt voor jezelf,' zei hij. 'Je hebt stommiteiten begaan.'

'Stommiteiten? Wat voor stommiteiten?'

'Na afloop, bedoel ik. Je hebt dingen gezegd die je beter niet had kunnen zeggen. Tegen journalisten.'

Hij had verwacht dat ze zou gaan steigeren, maar ze zei niets.

'En dan die foto die ze van je hebben genomen toen je je studie had afgerond,' zei hij, 'die foto die in de krant verscheen.'

'Wat is daarmee?'

'Je had niet moeten glimlachen.'

'Dus nu mag ik ook al niet meer glimlachen...' Ze klonk beteuterd, verslagen zelfs, maar toen ze weer iets zei, een paar tellen later, klonk haar stem weer even bars als eerst. 'En jij dan?' zei ze, 'ben jij dan zo onschuldig?'

36

Billy liep naar de roestvrijstalen gootsteen in de hoek en plensde handenvol koud water in zijn gezicht. Hij was eerlijk tegen haar geweest, op het wrede af, en zij had nauwelijks verzet geboden, al had ze tegen het einde nog wel even uitgehaald, net op het moment dat hij het allerminst verwachtte, en nu ze weer weg was bleef hij achter met een onbehaaglijk gevoel. Hij had te veel gepraat. Hij had niet geluisterd. Hij had onvoldoende opgelet en had nu dan ook het gevoel dat er iets was wat hij niet helemaal doorgrondde. Hij draaide de kraan dicht, trok een paar papieren handdoekjes los en droogde zijn gezicht en handen af. Onvermogen, dacht hij. Om te beginnen was zij niet in staat geweest om in te zien waar ze zich mee inliet. Vervolgens was ze niet in staat geweest zich ertegen te verzetten, afstand te nemen. Ze miste een bepaald vermogen, en dat maakte haar levensgevaarlijk. *En ik dan?* dacht hij, terwijl hij de doorweekte papieren handdoekjes in de prullenbak liet vallen. *Ben ik dan zo onschuldig?*

Het was al bijna twintig jaar geleden, maar nog altijd zag hij Venetia tegenover zich zitten in die keurige, kleurloze eetzaal van het hotel in de North Pennines.

'Als ik het je vertel...' zei Venetia, en viel toen stil.

'Wat?' zei hij.

'Het kan zijn dat alles erdoor verandert...'

'Het is aan jou.'

Ze haalde diep adem en begon. Als klein meisje, vertelde ze, zag ze haar vader zelden. Hij was vrijwel altijd weg – naar zijn werk, met klanten op stap, op reis. Ze wilde niets liever dan met hem samen zijn en ze fantaseerde eindeloos over alles wat ze dan zouden doen. Ze trok een gezicht en schonk zichzelf nog wat wijn in. Hij heette George McGarry, vervolgde ze, en hij was algemeen directeur van een scheepvaartmaatschappij – een bijzonder energiek en innemend man, daar was vrijwel iedereen het over eens. Toen hij in de veertig was trouwde hij met een levenslustige maar kwetsbare vrouw uit Bombay. Ze kregen twee dochters. Margaret was vier jaar ouder dan Venetia, langer, meer in zichzelf gekeerd.

'Ik vind nog altijd dat ze iets had moeten zeggen,' en nu keek Venetia van hem weg, de eetzaal in. 'Maar misschien is dat te veel gevraagd. Bovendien had ik haar waarschijnlijk niet eens geloofd. Niet willen geloven.'

Billy had het gevoel alsof zijn maaginhoud begon te bederven, en hij nam wat water.

'Ik zag mijn vader eigenlijk pas toen ik een jaar of acht, negen was,' ging Venetia verder, 'en toen ineens, van de ene dag op de andere, leek hij zich bewust van mijn bestaan. Ik kon mijn geluk niet op. Dit was mijn grote droom, en ik had de moed al bijna opgegeven. Hij noemde me v.v, mijn engeltje. v, mijn liefje. Hij haalde me op van school en dan gingen we naar de film, of 's zomers een autotochtje maken. Hij had een prachtige auto. Een Daimler, geloof ik – allemaal zacht leer en glanzend hout. Het was net zoiets als zijn werk, zijn geheime, spannende kant – de kant die ik nooit had mogen zien.'

Ze keek over de tafel naar Billy, en er lag een blik in haar ogen die hij niet kende. Ze had iets smekend, maar hij wist niet goed wat ze van hem wilde. Het verleden veranderen, misschien. Onmogelijk, in dat geval. Haar blik had ook iets intiems, een bepaalde vertrouwelijkheid, en voor de eerste keer, misschien wel de enige keer, had hij het gevoel dat hij echt deel uitmaakte van haar leven, en dat deed hem bijna fysiek pijn, zowel door de onverwachte schoonheid van het moment als door het feit dat hij zeker wist dat het niet zou standhouden.

'Ik kan het niet goed onder woorden brengen,' zei ze. 'Wil je dat ik verderga?'

Hij knikte, terwijl hij strak naar het tafelkleed keek.

'Je moet me één ding beloven,' zei ze.

'Wat?'

'Ik wil geen medelijden.'

'Als ik iets voel,' zei hij, 'is het geen medelijden.'

Haar blik werd naar het donkere raam getrokken. 'De eerste keer dat het gebeurde zaten we in zijn auto. We waren naar een museum geweest, geloof ik, maar hij nam een andere weg naar huis, en we belandden op een stil weggetje door het bos...'

Een van haar handen lag op tafel, de duim omhoog, de vingers gekromd. Haar hoofd, van hem afgekeerd, was volkomen roerloos, alsof het verhaal dat ze vertelde een dier was dat bij de minste of geringste beweging kon wegschieten.

'Hij zette de auto neer en draaide zich naar mij,' zei ze, 'en ik dacht dat hij over school zou beginnen, dat ik niet genoeg mijn best had gedaan, en ik had mijn uitvluchten al paraat, maar toen zag ik iets in zijn ogen waarvan ik me niet kon herinneren dat ik het eerder had gezien, iets vreemds, iets glinsterends, en zijn ademhaling was zwaarder dan anders. Ik kon hem horen in- en uitademen, en toen hij iets zei, was zijn stem heser dan anders.'

Ze staarde in haar wijnglas. Billy wilde een gebaar maken, zijn hand tegen haar wang leggen of haar haren strelen, maar hij voelde dat hij haar beter niet kon aanraken.

'Hij was hees, een beetje alsof hij verkouden was, of dat

hij moest huilen. "Je weet toch dat ik van je hou, hè, v?" zei hij, en ineens wilde ik niet meer dat hij me v noemde. "Venetia," zei ik. "Zo is dat," zei hij. "Je bent nu te groot voor een koosnaampje, hè?" Hij staarde een poos door de voorruit en keek me toen weer aan. "Ik hou zo veel van je," zei hij. En toen: "Hou je ook van mij?" "Natuurlijk hou ik van je," zei ik. Ik wilde hem met een grapje aan het lachen maken, maar hij had nog altijd die merkwaardige glinstering in zijn ogen, en het was heel benauwd in de auto. "Wil je iets voor me doen?" zei hij. "Natuurlijk," zei ik. En toen maakte hij zijn gulp open...'

Ze keek nog altijd naar beneden.

'Het heeft zes jaar geduurd,' zei ze.

'Venetia,' zei Billy.

Hij kon niets anders zeggen. Hij had, gek genoeg, het gevoel alsof haar vaders handelwijze ook iets over hem zei, alsof hij medeschuldig was. Omdat hij een man was, misschien.

Tja, vaders, zou hij een paar jaar later denken: het waren net klaprozen die in de zomer uit de grond schoten, zo fris tegen de achtergrond van het nieuwe, rijpe geel van het graan, zo mooi, maar als je de bloemblaadjes tussen duim en wijsvinger wreef werd het rood helemaal zwart en nattig.

Toen ze weer boven waren, ging hij naast Venetia op bed televisie liggen kijken. Hij viel per ongeluk in slaap. Toen hij wakker werd was het half drie 's ochtends en was Venetia verdwenen, maar hij zag licht door de kier van de badkamerdeur, en hij hoorde de kraan lopen.

'Gaat het?' riep hij.

Ze gaf geen antwoord.

Laat haar, dacht hij. *Laat haar nou maar.* Hij trok zijn kleren uit, kroop in bed en was alweer in slaap gevallen toen zij de kamer binnenkwam.

Toen ze die zondag terugreden naar Liverpool, vroeg hij of ze haar vader nog wel eens zag. Soms, zei ze. Bij bijzondere gelegenheden. Hoewel hij nu ernstig ziek was. Angina pectoris. Hij moest een streng dieet volgen en elke vorm van opwinding vermijden. Twee maanden eerder, toen hij eenenzeventig werd, had ze de vetste cake voor hem gekocht die ze maar kon vinden. Ze hoopte dat hij dood zou gaan als hij er maar genoeg van at. Ze sneed de ene na de andere plak voor hem af, en omdat hij zo veel van haar hield bleef hij maar dooreten.

'Maar het werkte niet,' zei ze. 'Hij leeft nog steeds.'

Billy keek niet langer naar de weg maar richtte zijn blik op haar. Ze maakte geen grapje.

Na dat weekend was er iets tussen hen veranderd. Hij voelde zich niet langer buitengesloten of tekortgedaan. Hij zag haar tien dagen lang niet, maar hij was niet jaloers vanwege de tijd die ze zonder hem doorbracht. Hij had nu wel zo'n beetje een idee wat hij voor haar betekende.

Op woensdagavond half zeven belde ze bij hem aan. Ze droeg een witte blouse en een kokerrok, waaruit hij opmaakte dat ze rechtstreeks uit haar werk kwam; ze werkte die maand als invalkracht bij een effectenmakelaar, en daar stond men erop dat ze zich netjes kleedde.

'Whisky,' zei ze, en ze reikte hem een fles Famous Grouse aan. Toen hield ze een zak ijsblokjes op. 'IJs.'

Toen de alcohol zijn werk had gedaan, kwam het gesprek weer op haar vader. Hij had laatst gebeld, zei ze. Haar verweten dat ze te weinig aandacht aan hem besteedde. Hoe kon ze zo ongevoelig zijn, zo harteloos? Voelde ze dan helemaal niets voor hem? Uiteindelijk had ze de stekker van de telefoon eruit moeten trekken. Als ze hem nog langer had laten praten, zou hij razend zijn geworden... of zijn gaan huilen.

Tegen middernacht waren ze op manieren aan het zinnen om hem te vermoorden. Ze moesten natuurlijk zorgen dat ze niet betrapt werden, en ze mochten ook geen verdenking op zich laden; het moest een natuurlijke dood lijken, of een ongeluk – of, in het ergste geval, een zinloos misdrijf. Wat ze zeiden was zo erg dat ze zich er volkomen door lieten meevoeren, dat ze elkaar de loef probeerden af te steken, dat hun ideeën steeds luguberder en onrealistischer werden. Maar op een zeker moment verstrakte Venetia's gezicht en sloeg ze een hand voor haar mond. Ze keek naar Billy's uniform, dat aan de achterkant van de deur hing.

'Wat is er?' zei hij.

'Mijn vader,' zei ze. 'Hij is altijd bang geweest voor de politie.' Ze zweeg even. 'Ik weet wel wat je zou kunnen doen.'

'Wat dan?'

'Je zou hem op de een of andere manier kunnen laten schrikken,' zei ze, en nu keek ze hem aan. 'Hem de doodsschrik op het lijf jagen.'

Iemand de doodsschrik op het lijf jagen. Dat was gewoon een uitdrukking, toch? Hij wilde lachen, maar hij voelde aan alles dat het haar ernst was.

Twee dagen later, toen hij zijn ronde deed door het centrum van Widnes, zag hij Raymond Percival. Aanvankelijk dacht hij dat hij het zich verbeeldde. De man die voor de Landmark stond had geblondeerd haar en hij droeg een lange, zwarte jas, maar toen hij zijn hoofd bewoog en het licht van de beveiligingslamp van de discotheek schuin op zijn gezicht viel, herkende Billy meteen de arrogante, minachtende blik. Hoe lang was het geleden? Elf jaar? Twaalf? En nu was hij hier, uitgerekend in Widnes. Terwijl Billy zijn kant op liep en nog altijd niet wist wat hij moest doen, gooide Raymond zijn peukje in de goot. Hij zag Billy niet – of als hij hem wel zag, besloot hij dat niet te laten merken – en Billy liep hem voorbij, waarbij zijn rechterhand min of meer langs de achterkant van Raymonds jas streek. Hij bleef pas staan toen hij de hoek om was, en daar, in de luwte van een doodlopende straat, leunde hij tegen een muur. Hij moest denken aan de slogan die Raymond ooit had geciteerd, en hij sprak de woorden hardop uit: 'Sexton's kent het geheim van het goede leven.' Toen keek hij lachend op naar de dreigende, oranjegrijze lucht. Hij had geen woord met Raymond gewisseld. Ze hadden elkaar niet eens aangekeken. Maar alleen al het feit dat hij hem had gezien, na al die jaren! Dat Raymond op zo'n cruciaal moment zomaar uit het niets was opgedoken...

De week daarop belde Billy Venetia op haar werk en vroeg waar haar vader woonde. Ze gaf hem het adres.

'Wat ga je doen?' zei ze.

'Ik weet het nog niet,' zei hij. 'Misschien wel niets.'

Hij moest haar verlossen, maar hij wist niet goed hoe ver hij kon gaan. Er waren zo veel factoren waarmee hij rekening moest houden. Soms vroeg hij zich af wat Raymond in zijn geval gedaan zou hebben – Raymond die altijd zo van zichzelf overtuigd was, zelfs als hij fout zat... Er was één gedachte die op de achtergrond voortdurend door Billy's achterhoofd spookte: wát hij ook zou doen, hij zou er zelf vermoedelijk niets mee opschieten. Als je iets voor een ander doet, levert dat je uiteindelijk alleen rancune op. Dankbaarheid is een tweesnijdend zwaard.

Op een zaterdagavond, om een uur of elf, ging hij van huis. Hij droeg een bomberjack en een spijkerbroek; in de roltas in zijn rechterhand zat zijn uniform. Het had eerder die avond geregend, maar de lucht begon alweer op te klaren. De wolken schoten langs de hemel. Hij liep naar de volgende straat, waar in bijna elke woonkamer de blauwwitte gloed van de televisie te zien was. *Match of the Day* was begonnen. In de goot vlak bij zijn auto lag een binnenstebuiten gewaaide paraplu, waardoor hij moest denken aan het meisje dat Neil en hij een paar weken eerder in een club hadden aangetroffen. Ze had te veel gedronken en was uiteindelijk met haar jurk over haar hoofd op de vloer van het toilet beland. Terwijl hij zijn portier opende, hoorde hij in de verte op straat mensen schreeuwen. Een pub die ging sluiten.

Hij reed over de Runcorn-Widnes-brug, met boven zijn hoofd de wirwar aan balken. Eenmaal aan de zuidkant was er nauwelijks meer verkeer. Heel af en toe kwam er een taxi langs op de linkerbaan, mannen die zich hadden laten vollopen met bier werden teruggebracht naar hun riante huis, na een dagje in het stadion of op de renbaan. Hij remde af voor een rotonde, volgde toen de bordjes North Wales. Het was nu nog stiller op de weg. In het westen, achter het moerasgebied, zag hij de vlammen boven de schoorstenen van de olieraffinaderij. Vijf voor half twaalf, en de meeste wolken waren verwaaid, al voorspelde de weerman dat het nog voor de ochtend zou gaan regenen.

Hij sloeg rechtsaf, richting A540. De geur van kuilvoer drong de auto binnen. Hij reed het schiereiland Wirral op, waar Venetia's vader woonde, en hij voelde zijn maag samentrekken. Hij zette de radio uit; de stemmen klonken te warm, te geruststellend. Dat viel niet te verenigen met wat hij op het punt stond te gaan doen.

Voorbij Heswall parkeerde Billy de auto in een onverlichte straat en liep met zijn tas de bosjes in. Toen hij niet meer te zien was vanaf de weg trok hij snel zijn uniform aan. Thuis had hij de zilverkleurige epauletnummers van zijn uniform gehaald en ze er in willekeurige volgorde weer op gezet, voor het onwaarschijnlijke geval dat McGarry zijn nummer zou onthouden en hem zou aangeven. Hij betwijfelde of iemand op het idee zou komen om alle agenten tot aan Widnes na te trekken. Maar goed, je kon maar het beste het zekere voor het onzekere nemen.

Terwijl hij verder reed in de richting van West Kirby verdwenen geleidelijk de huizen. Eerst ontvouwde het landschap zich tot een soort hei, of een meent – een golfbaan zou hier niet hebben misstaan – en vervolgens werd de auto ingesloten door met brem begroeide hoge muren. Hij sloeg links af op een kruising die werd gemarkeerd door een obelisk, waarna de weg een slinger maakte en met een ruime boog terugliep naar de rivier. Aan zijn rechterhand doemde de doodlopende straat op waar McGarry woonde – hij had het adres in zijn geheugen geprent – maar hij reed nog even door en zette zijn auto onder aan de heuvel op de parkeerplaats van een pub. Omdat hij een uniform droeg, moest hij bij alles wat hij deed wilskracht en autoriteit uitstralen. Hij was nu in functie. Hij vertegenwoordigde het gezag.

Vanaf het parkeerterrein liep weer een voetpad de heuvel op. Bomen die doorbogen en kraakten, ongelijke muren van door klimop overwoekerde baksteen. Eerst een paar treden, daarna werd het pad smaller. Billy kwam ergens halverwege de doodlopende straat uit, recht tegenover het huis van McGarry. Zijn voetstappen weerklonken toen hij de straat overstak. Aan zijn linkerhand hing een maansikkeltje boven het leistenen puntdak.

McGarry's voordeur bevond zich aan de rechterkant van het huis, een flink eind van de stoep. Billy aarzelde geen seconde. Toen hij het pad op liep werd hij door een hoge coniferenhaag aan het oog van de directe buren onttrokken, maar hij was nog wel zichtbaar voor de mensen aan de overkant. Niet dat ze een beschrijving van hem zouden kunnen geven. Het was donker en hij bevond zich op een kleine vijftig meter afstand. Zodra mensen een uniform zagen, leken ze blind voor alle andere details. *Een politieagent*, zouden ze zeggen, en misschien zouden ze ook nog een vaag beeld hebben van zijn postuur of zijn lengte, maar daarmee was alles wel gezegd. Hoe dan ook, het ging Billy er niet zozeer om dat zijn komen en gaan onopgemerkt bleef, maar dat zijn identiteit geheim bleef. Het was des te beter als een van de buren een agent voor de deur zag staan. Het zou de druk op McGarry alleen maar opvoeren. Er moet tenslotte wel iets ernstigs aan de hand zijn wil de politie in het holst van de nacht op de stoep staan. Als een van de buren er in alle onschuld over zou beginnen, zou McGarry vast niet de waarheid vertellen. Billy verwachtte ook niet dat McGarry het hogerop zou zoeken, gezien wat hij zou gaan zeggen. Want dan zou hij alleen maar de aandacht vestigen op het geheim dat hij al die jaren had weten te bewaren. Al met al kwam Billy dan ook tot de slotsom dat hij misschien niet eens een alibi nodig zou hebben.

Hij drukte twee keer op de bel, vastberaden, en deed een stap naar achteren. Hij keek even op zijn horloge. Zeven voor half een. Hij meende ergens diep in het huis een klik te horen. Hij wilde net nog een keer aanbellen toen er aan de andere kant van de deur een stem klonk.

'Ja? Wie is daar?'

Een onmiskenbaar Schots accent. Billy had het goede huis te pakken.

'Doe open,' zei hij. 'Politie.'

Geen enkel geluid van binnen. Had McGarry's hart een slag overgeslagen bij het horen van het woord 'politie'? Begon Billy's strategie nu al effect te sorteren?

Na lange tijd hoorde hij een sleutel draaien in het slot en ging de deur open, waarop hij een oude man zag staan, in een donkerrode ochtendjas en op leren slippers.

Billy pakte zijn opschrijfboekje en keek naar een lege pagina. 'Meneer McGarry?' zei hij. 'George McGarry?'

'Ja?'

'Politie. Ik moet u spreken – onder vier ogen.'

'Ik lag te slapen.'

'Dit duldt geen uitstel.' Billy liep langs hem de gang in.

Zodra de oude man de voordeur weer op slot had gedaan, deed hij aan zijn linkerhand een deur open en knipte het licht aan. Billy liep achter hem aan een werkkamer in. De vele boekenplanken stonden vol met romans, en een enkel naslagwerk, maar het was ook duidelijk waar McGarry's belangstelling lag en wat hij allemaal had gepresteerd: aan de wanden hingen schilderijen van renpaarden en slagschepen, en de schoorsteenmantel stond vol met trofeeën – van roei-, tennis- en golfwedstrijden – die McGarry hoogstpersoonlijk in de wacht leek te hebben gesleept. Op het dressoir stonden, naast een glazen bak met daarin een schaalmodel van een oceaanstomer, twee foto's in een zilverkleurig lijstje, eentje van Venetia en eentje van een meisje met een iets voller gezicht en een iets lichtere huid. Dat moest Margaret zijn, de zus. Niet verwonderlijk dat de foto's genomen waren toen de meisjes nog veel jonger waren.

De oude man nam Billy aandachtig op vanaf de plek waar hij stond, net over de drempel, en onder zijn pupillen was het wit van zijn ogen zichtbaar, waardoor het leek alsof hij naar de lucht vlak boven Billy's hoofd staarde, of naar het vonnis dat op dat moment boven zijn hoofd hing. Van de energieke en innemende uitstraling waar Venetia op had gezinspeeld was niets meer over – ziekte en leeftijd hadden hun tol geëist. Hij had rode wangen en de huid rond zijn mond en zijn ogen was pafferig, slap, kleurloos; hij zag eruit naar wat hij was, een man van begin zeventig met hartproblemen. Dat was allemaal niet zo verrassend. Maar waar Billy niet op had gerekend – of zelfs maar bij had stilgestaan – was de gelijkenis. Toen Venetia hem vertelde dat haar vader haar had misbruikt had hij een beeld voor ogen gehad van een zonderling, een viezerik, iemand die buiten de maatschappij stond, maar niet alleen vertoonde deze man een grote gelijkenis met alle andere oude mannen die je op straat zag lopen, hij vertoonde ook nog eens een grote gelijkenis met zijn dochter. *Hij leek op Venetia.* Billy was even uit het lood geslagen door de wonderbaarlijke uiterlijke verwantschap, en hij vroeg zich af waarom Venetia het nooit over haar moeder had. Hij herinnerde zich dat ze haar moeder in dat hotel in de North Pennines 'gevoelig' had genoemd, en hij bedacht dat mevrouw McGarry al dood moest zijn.

'Nou?' zei de oude man. 'Wat komt u doen?'

Door de norse toon, een echo van McGarry's arrogantie, voelde Billy zich ineens weer wat steviger in zijn schoenen staan.

'Er zijn beschuldigingen tegen u geuit,' zei hij. 'Zeer ernstige beschuldigingen.'

'Beschuldigingen? Wat voor beschuldigingen? Waar heeft u het over?'

De oude man draaide zich om en liet zich in een stoel zakken die vlak naast hem stond. Hij vermeed het om Billy aan te kijken en hij zei zo min mogelijk, waaruit Billy opmaakte dat hij zich ongemakkelijk voelde, om niet te zeggen schuldig.

'Seksueel misbruik,' zei Billy, 'van minderjarigen.'

'Wát? Hoe durft u!'

'We hebben uit betrouwbare bron vernomen, meneer McGarry, dat u seksuele handelingen heeft verricht met minderjarige kinderen. U heeft zich vergrepen aan jonge meisjes...'

'Hoe durft u die woorden te gebruiken, in mijn huis?' De oude man kwam overeind uit zijn stoel en leek Billy naar de keel te willen vliegen; er zaten wittige spuugbelletjes in zijn mondhoeken. 'Dit is mijn huis. Dergelijke taal wens ik hier niet te horen.'

'U heeft geen seconde aan hen gedacht, hè? Het kon u niets schélen hoe het voor hen was.'

Zoals gewoonlijk.

'Mijn huis uit,' zei de oude man.

Billy liet zijn stem dalen. 'Je bent een viezerik, McGarry. Een pedofiel. Iemand die zich vergrijpt aan kleine kinderen. Een kinderverkrachter.' Hij voelde alle woorden opborrelen, klaar om naar buiten geslingerd te worden; hij moest er zelf bijna om glimlachen dat hij de man zo ongezouten de waarheid zei. 'Weet je wat ze in de gevangenis doen met mensen zoals jij? Ze maken je leven tot een hel, van het moment dat je wakker wordt tot het moment dat je weer gaat slapen – als je tenminste nog dúrft te gaan slapen. Je wilt niets liever, maar je durft het eigenlijk niet. Want je weet niet wat er gebeurt als je even niet oplet. Vroeg of laat komt iedereen erachter wat voor iemand je bent. Daar zorgen de bewakers wel voor. Weet je wat ze doen met mensen zoals jij?'

'Er is geen sprake van mensen zoals ik,' schreeuwde de oude man schor.

Mijn god, dacht Billy. In zijn hoofd had hij deze scène wel honderd keer afgespeeld, maar hij had nooit verwacht dat de man zich zo heftig zou verzetten. Heel even zag hij de kamer draaien, een surrealistische mallemolen van paarden, boeken en zilveren bekers. Hij liep naar het raam en schoof de gordijnen open. De straat was verlaten. In de huizen aan de overkant brandde vrijwel nergens licht. Geen mens te bekennen.

'Mooie buurt, dit,' zei hij, terwijl hij nog steeds naar buiten keek, 'ik vraag me alleen af hoe lang je hier nog kunt blijven wonen.'

Hij had het griezelige gevoel dat de oude man hem elk moment met een stomp voorwerp tegen het hoofd kon slaan, en hij draaide zich weer snel naar de kamer. Hoewel McGarry's mond was vertrokken en de huid onder zijn ogen vlekkerig grijs-wit was, stond hij roerloos in de kamer, alsof hij in de lucht hing, aan een touwtje, en Billy moest heel even aan het voorval in Weston Point denken, de wandelstok die woest door de lucht maaide, de stortregen van glassplinters.

'Iedereen zal te weten komen wat je hebt gedaan,' zei Billy, zijn stem nog altijd vlak, beheerst, 'en zodra dat gebeurt, is het hele verleden in één klap betekenisloos. Dit alles' – en hij keek om zich heen, naar de schilderijen, de trofeeën – 'dit alles heeft dan geen enkele waarde meer. Vanaf dat moment ben je uitschot – tot aan de dag van je dood. Ik weet niet of je een goede naam had, maar die zal door het slijk worden gehaald. Laat dat maar aan de pers over.

Zelfs als je wordt vrijgesproken – wat ik me persoonlijk niet kan voorstellen – zullen ze het nooit geloven,' en hij gebaarde met zijn hoofd in de richting van de erker achter hem, 'zij zeker niet. De mensen hier in de buurt zullen je leven tot een hel maken, want in hun ogen bestaat er niets ergers dan mensen zoals jij.' Hij zweeg even. 'Nee, geen hel,' zei hij. 'Iets nog veel gruwelijkers.'

'Sodemieter toch op.' McGarry spuugde de woorden bijna uit. 'Sodemieter op, jij.'

Billy werd door een onweerstaanbare kracht naar de andere kant van de kamer gedreven, totdat hij zo dicht bij de man stond dat hij zijn adem kon ruiken, die naar nat hooi stonk.

'Ik geloof dat je niet goed naar me hebt geluisterd, McGarry,' zei Billy met opeengeklemde kaken. 'Ik zal je krijgen. Je zult er godverdomme voor boeten.' En hij gaf de oude man een duw tegen zijn borstkas.

McGarry viel achterover in zijn leunstoel. 'Dat is mishandeling,' zei hij, maar zijn stem had alle kracht verloren.

'Tja,' zei Billy, 'daar weet jij alles van.'

Hij stond nog steeds over de oude man gebogen, maar die keek dwars door hem heen. De donkerrode ochtendjas was opengevallen waardoor er een driehoek dunne, doorschijnende huid was te zien, het wit van het borstbeen eronder bijna zichtbaar.

'Ik voel me niet goed,' zei de oude man.

Billy liep de kamer uit. Hij deed de voordeur van het slot en liet zichzelf uit. McGarry zou nooit schuld bekennen. Daar was hij niet toe in staat. Maar nu was er tenminste iemand die hem de waarheid had gezegd... Billy stond onder een lantaarnpaal en keek op zijn horloge. Hij was maar elf minuten binnen geweest.

Hij liep de heuvel weer af. De nacht rook naar de rivier. De maan, die boven een groepje zwarte bomen hing, leek smaller, scherper omlijnd. Hij stapte in zijn auto en stak het sleuteltje in het contactslot. Zijn handelingen leken geïntensiveerd terwijl ze ook een gevoel van claustrofobie opriepen; als hij zijn hand bewoog was het net alsof er telkens verspringende beelden van in de lucht bleven hangen.

Na Heswall zag hij aan zijn linkerhand een boerderij. Donkere ramen, iedereen al naar bed. Hij zette zijn auto neer en liep totdat hij in een hoek van een weiland een paar opgestapelde zakken kuilvoer zag liggen. Hij haalde uit naar de dichtstbijzijnde zak, zijn vuist beukte tegen het glanzende plastic. Hij bleef stompen totdat zijn armen moe en loom waren, en deed toen een stap naar achteren, hijgend. De wind die was opgestoken had wolken meegevoerd. Hij wachtte tot zijn ademhaling iets rustiger was geworden, liep toen terug naar zijn auto en reed weg.

Toen hij het schiereiland Wirral achter zich had gelaten, zette hij de radio aan. Nieuws en sport. Het weer. Hij meende de hele tijd rottende groente te ruiken. Misschien was de zak met kuilvoer op een bepaald moment gescheurd. Hij haalde zijn rechterhand van het stuur en hield hem onder zijn neus. Hij had de frustratie echt van zich af moeten slaan. Die McGarry... Hij was nog altijd verbijsterd over de razernij van de oude man – een razernij alsof hij het gelijk aan zijn kant had. *Hoe durft u. Sodemieter op.* Mogelijk had het feit dat hij wakker was geschrokken uit een diepe slaap hem beschermd tegen de schok toen hij Billy voor de deur zag staan – of misschien was zijn afwerende houding een blijk van angst.

Billy was zelf ook geschokt door wat hij had gedaan. De woorden die van zijn lippen waren gerold, de beheerste, venijnige dreigementen. De intimidatie. Het was hem makkelijker afgegaan dan hij had verwacht, wat hij niet echt een geruststellende gedachte vond. Telkens als hij bepaalde momenten van de confrontatie de revue liet passeren, moest hij zichzelf eraan helpen herinneren dat hij degene was die het recht aan zijn kant had.

Het duurde ruim een week voordat hij Venetia weer sprak. Hij kon maar niet besluiten wat hij haar wel en niet moest vertellen, wat hij moest zeggen. Toen hij haar dan eindelijk belde, klonk haar stem zachter dan anders, en vlakker, en hij wist meteen dat er iets mis was. Ze had merkwaardig nieuws, zei ze. Haar vader was overleden.

'Wat?' zei hij. 'Wanneer?'

'Ik heb het net gehoord.'

Ze zei niet wanneer de dood precies was ingetreden, en hij vroeg er niet naar.

Met de hoorn nog in zijn hand keek hij uit het raam. Midden op Frederick Street liep een vrouw met een wandelwagentje. Haar kind had een vrolijk gekleurd plastic windmolentje in zijn hand geklemd, en Billy hoorde de wieken in slow motion ronddraaien, het geluid zwaar en melodieus als de schroefbladen van een helikopter. Hij had het gevoel alsof zijn hoofd achterwaarts de kamer in zweefde, terwijl zijn lichaam bleef waar het was.

'Nou ja,' zei hij na lange tijd, 'daar zul je niet echt rouwig om zijn...'

Venetia gaf geen antwoord.

'Toch?' zei hij.

'Ik weet het niet.'

'Je weet het niet? Hoor eens, ik ben nu thuis. Kun je deze kant op komen?'

'Nee. Er moet van alles geregeld worden. De begrafenis...'

Frederick Street was nu helemaal verlaten. Billy draaide weg van het raam en keek de woonkamer in. 'Kan ik iets voor je doen?'

'Bel me maar niet meer,' zei ze.

Ze zagen elkaar een aantal weken niet. Op zijn werk was het net alsof hij ergens op wachtte, zonder precies te weten waarop. Er werd hem steeds gevraagd of hij ziek was. Hij ging een keer met Neil naar de pub in Paradise Street, maar Venetia was er niet.

'Weet je nog, de vorige keer dat we hier waren?' zei hij.

Neil knikte. 'Ik heb toen maar twee biertjes gedronken. Ik moest vroeg weg.'

'Er zat een Indiase vrouw achter je.'

'Een Indiase vrouw?' Neil keek hem niet-begrijpend aan.

Billy deed alsof hij naar het toilet moest, om even bij de bar op de eerste verdieping te kunnen kijken. Er was niemand, maar hij zag dat ze een nieuwe zwarte bal voor de biljarttafel hadden gekocht. Hij hield hem even in zijn gekromde hand, liet hem toen langzaam over de biljarttafel rollen. Hij zag hoe hij zachtjes tegen de verste band stootte, met een geluid alsof hij tot stilstand kwam.

Op een avond ging bij hem thuis de bel, en toen hij opendeed zag hij haar op de stoep staan. Hij wist dat er veel tijd was verstreken omdat haar kleren hem allemaal onbekend voorkwamen. Haar citroenachtige glans was vervaagd: haar huid zag er droog uit, zelfs een beetje grauw. Hij vroeg haar binnen. Boven bood hij haar een biertje aan – hij had niets anders in huis – maar ze schudde het hoofd. Ze was gestopt met drinken, zei ze.

'Gecondoleerd met je vader,' zei hij. Dat was wat ze leek te willen horen.

Ze knikte, maar zei niets.

Later, toen ze op de bank zaten, boog hij naar haar toe en legde zijn hoofd in haar schoot. Hij probeerde te bedenken hoe vaak hij met haar naar bed was geweest. Iets meer dan tien keer. Bij lange na geen twintig keer. Hij schrok ervan toen hij zich realiseerde met hoe weinig hij tevreden was geweest. Hij keek de kamer in, zijn wang rustte op haar dij. De stevige maar soepele welving van spieren. Ergens daarboven het snelle kloppen van een hart.

Hij voelde haar hand op zijn hoofd, om hem weg te duwen.

'Je bent te zwaar,' zei ze.

'Ik mis je,' zei hij.

Hun zinnen vonden geen aansluiting bij elkaar.

Ze zagen elkaar nog een laatste keer. Een stralende namiddag in Liverpool. De wolken boven St George's Hall waren goudgerand, als uitnodigingskaartjes of bladzijden uit de bijbel. Buiten bij het station meende hij teer en touwen te ruiken, alsof er een paar minuten eerder een tallship voorbij was gekomen; in de lucht waren nog rimpelingen zichtbaar, het enige wat er restte van het kielzog. Hij was naar de stad gegaan vervuld van een dieptrieste zekerheid. Dat ze bereid was hem in het openbaar te ontmoeten kon maar één ding betekenen.

'Het is afgelopen,' zei ze.

Ze moest de woorden herhalen omdat het zo'n herrie was in de pub. Half zes, mensen die uit hun werk kwamen. Uitgelaten. Eindelijk was het zomer.

'Ik hou niet meer van je,' zei ze.

'Dat heb je nooit gedaan,' zei hij.

Ze slaakte een zucht en keek van hem weg.

'Wil je soms beweren van wel?' Hij boog naar voren, bracht zijn gezicht in haar blikveld.

'Als je een scène gaat schoppen…' zei ze.

Hij leunde weer naar achter.

Hij pakte zijn glas, maar hij voelde dat hij niet kon slikken en schoof het naar de zijkant van de tafel. Hij had nooit naar haar kunnen kijken zonder naar haar te verlangen. Hij had nooit genoeg van haar kunnen krijgen, bij lange na niet. Was het gek dat hij van streek was? Door hem zo weinig te geven, had ze hem alleen nog maar meer aan zich gebonden. Was ze zich dat wel bewust?

'Wat wilde je eigenlijk van me?'

Ook nu had ze geen antwoord op zijn vraag.

Hij troostte zich met één gedachte, die absoluut beneden peil was, om niet te zeggen hardvochtig: de waarheid omtrent haar vaders dood zou eeuwig voor haar verborgen blijven. Ze mocht het dan met Billy over wraak hebben gehad en hem de naam en het adres hebben gegeven, ze kon op geen enkele manier bewijzen dat hij daadwerkelijk actie had ondernomen. Ze wist niet dat hij naar Wirral was gereden. Ze wist niets van de elf minuten die hij in het huis van George McGarry had doorgebracht. Had Billy's onverwachte bezoek haar vaders dood veroorzaakt, of zou hij hoe dan ook zijn overleden? Niemand die het kon zeggen, zelfs Billy niet, en op een bepaalde manier putte hij troost uit die onzekerheid.

Terwijl hij terugkeek op hun kortstondige verleden, gleed er een glimlach over zijn gezicht. De ironie wilde dat uitgerekend dat aspect van hun relatie waarmee hij de meeste moeite had gehad, hem nu een zekere mate van bescherming bood. Niemand wist dat ze met elkaar naar bed waren geweest. Niemand had hen ooit samen gezien. Niemand kon zelfs maar vermoeden dat ze elkaar kenden. Voor de buitenwereld bestond er geen enkele relatie tussen hen, nu niet en in het verleden niet.

'Wat valt er te lachen?' vroeg Venetia.

Op die zwoele avond, in die lawaaierige pub in Lime Street, niet ver van het station, keek hij haar aan en zag haar vader. Die mond, die ogen. *Sodemieter op.* Hij schudde het hoofd.

Maar wat had hij van haar gehouden.

37

Een klein uur voordat zijn dienst erop zat kwam Eileen
Evans nog even langs, en hij stelde het zeer op prijs dat ze
die moeite nam. Ze had geen idee hoe goed het hem deed
om even met iemand te kunnen praten. De afgelopen twintig minuten had hij gevochten tegen een allesoverweldigend
verlangen om te gaan slapen. Hij had geen koffie meer, geen
druppel. Het enige wat erop zat was blijven staan. Heen
en weer lopen. Hij hoefde zijn hoofd maar een paar tellen
op zijn armen te leggen of hij was weg. Volkomen van de
wereld.

Hij ging zitten, boog zich over het journaal en noteerde
Eileens komst naar het mortuarium. Terwijl hij zat te schrijven, vroeg hij of ze Phil nog had gezien.

'Die is een paar uur geleden naar huis gegaan,' zei ze.
'Hij is om elf uur terug.'

Billy legde zijn pen neer en zakte weer onderuit op de
stoel. Eileen stond tegen de radiator geleund, haar armen
over elkaar geslagen.

'En jij?' zei hij. 'Heb jij nog kunnen slapen?'

'Nauwelijks.' Ze keek hem aan met een blik die hij zich
herinnerde van hun eerste ontmoeting bij de receptie; on-
derzoekend en berustend, alsof ze zich er al bij had neergelegd dat hij niet beschikte over de karaktertrekken die ze
in hem hoopte te ontdekken, alsof ze gewend was geraakt

aan dergelijke teleurstellingen. 'Het is een lange nacht geweest.' Ze hield een hand voor haar mond om een geeuw te onderdrukken. 'De zoveelste lange nacht, kan ik beter zeggen.' Ze geeuwde weer. 'Maar goed – sorry – het is nu bijna achter de rug.'

'Ik zal blij zijn als het zover is,' zei hij. 'Ik had gistermiddag willen gaan slapen, maar op de een of andere manier kwam het er niet van. Het kostte me grote moeite om wakker te blijven.'

'Moet je ver?' vroeg ze. 'Naar huis, bedoel ik.'

Hij vertelde waar hij woonde. 'Het is een dorpje. In de buurt van Ipswich.'

'Ik geloof niet dat ik het ken.'

Hij gaf haar een beschrijving. Het was maar klein, zei hij, en het lag merendeels aan een lange weg. Hij vertelde over de volkstuintjes achter hun huis, en over Harry Parsons en zijn geheime biervoorraad, en hij vertelde haar van het korenveld waar zijn dochter, nog maar een paar maanden geleden, 's nachts had lopen dolen. Hij zou haar nooit hebben gezien als ze haar bril niet op had gehad. Hij lachte zachtjes toen het tot hem doordrong hoe gek dat klonk, en Eileen lachte met hem mee.

'Was ze aan het slaapwandelen?' zei Eileen.

'Ze heeft het downsyndroom,' zei hij. 'Ze is niet helemaal in orde, hier.' Hij tikte met zijn wijsvinger tegen zijn slaap. 'Helemaal niet, eigenlijk.'

Ineens hoorde hij zichzelf vertellen over de keer dat ze Emma kwijt waren geweest, in een winkelcentrum. Toen Sue hem belde dacht hij eerst nog dat ze vanuit het zwembad belde. De achtergrondgeluiden waren hetzelfde: stemmen, gelach, geschreeuw, alles galmend en vervormd in de reusachtige holle ruimte achter haar stem.

'Ik ben Emma kwijt,' zei ze.

Ze klonk zo rustig dat hij dacht dat hij haar verkeerd had verstaan.

'Ik ben met haar gaan winkelen,' zei Sue, 'en nu is ze weg.'

Hij vroeg Sue waar ze was. Tower Rampants, zei ze. Bij de lift. Hij zei dat ze moest blijven staan waar ze stond. Het winkelcentrum was nog geen kilometer van het politiebureau, en hij rende het hele stuk. Toen hij tegen de goudgerande glazen deuren duwde en naar binnen ging, plakte zijn overhemd aan zijn rug. Hij zag Sue meteen staan. Ze was de enige die niet bewoog. Tegen de achtergrond van een winkelcentrum kwam haar roerloosheid heel onnatuurlijk over, verdacht.

Hij pakte haar bij de arm. 'Je hebt toch niets gedaan, hè?'

'Gedaan?' zei ze. 'Hoe bedoel je?'

Je zou denken dat ze na al die jaren op dezelfde golflengte zouden zitten, maar ze hadden er vaak moeite mee om elkaar te begrijpen; ze hadden zelden aan een half woord genoeg, zoals je zou verwachten bij zo'n langdurige relatie.

'Sue,' zei hij zachtjes, 'heb je iets gedaan?'

Ze trok haar arm los. 'Dacht je dat ik er zo uit zou zien als ik iets had gedaan?'

Ja, misschien wel, had hij willen zeggen. Niet uitgesloten. Want alle kleur was uit haar gezicht getrokken, behalve onder haar ogen, waar de huid juist donkerder was, terwijl haar irissen lichter waren dan anders, zoals vaak wanneer ze bang was.

'Wanneer heb je haar voor het laatst gezien?'

'Ik weet het niet. Een minuut of twintig geleden.'

'Stond ze toen hier? Naast jou?'

'O, mijn god.' Sue draaide langzaam in de rondte, alsof ze in trance was; ze leek haar omgeving niet goed te kunnen plaatsen.

Hij zei dat zij op de eerste verdieping moest gaan zoeken, en in de verschillende eettentjes, en dan zou hij de begane grond en de uitgangen voor zijn rekening nemen. Ze spraken af dat ze elkaar over tien minuten weer bij de lift zouden treffen.

'Wat heeft ze aan?' vroeg hij.

Sue vertelde het hem.

Omdat hij nergens beveiligingspersoneel zag, rende Billy naar boven, naar de klantenservice, en hij vroeg de man die de leiding had of hij om de zoveel tijd het volgende bericht wilde omroepen: *Als iemand een achtjarig meisje met het downsyndroom ziet, wil hij dan zo snel mogelijk met haar naar de klantenservice gaan? Ze heeft blond haar tot op haar schouders, en ze draagt een spijkerbroek met een roze* T-*shirt. Emma Tyler, heet ze.*

Nadat hij bij alle uitgangen had gekeken ging hij systematisch de winkeltjes af, een voor een, terwijl hij alle gedachten en beelden uit zijn hoofd bande, behalve het beeld van Emma's haar, haar bril, de lichte hoek waarin ze haar hoofd meestal hield en die zo kenmerkend voor haar was. Hij praatte aan een stuk door tegen zichzelf, binnensmonds, om maar nergens aan te hoeven denken. *Kom op, Emma. Toe. Waar zit je nou?* Hij probeerde vooral niet te denken aan de ouders van vermiste kinderen. Hij wilde niet een van hen worden. Hij zou het niet aankunnen. 'Kom op, nou,' mompelde hij. 'Waar zít je?'

Wat een nachtmerrie toch ook, die winkelcentra, met de schelle popmuziek, de groepjes landerige pubers, en overal die achterlijke kortingen en koopjes. Elk verticaal oppervlak was voorzien van spiegelend glas, waardoor de algemene ruimten twee keer zo druk leken als ze in werkelijkheid waren, en overal waar hij keek ving hij een glimp op van zichzelf, een grote man, verhit en ongerust. De glazen etalageruimten glommen. Net als de goudkleurige relingen. Alles even weerspiegelend, vervormend, verwarrend.

Een keer meende hij haar te horen, toen hij langs een platenzaak liep. Het onmiskenbare, toonloze, loeiende geluid als ze meezong met *West Side Story* of *Belle en het Beest.*

Hij schoot de winkel in en riep haar naam, maar nog voor het einde van het eerste gangpad bleef hij alweer staan. Bij een van de luisterplekken stond een meisje met het down-syndroom, met een koptelefoon op, en ze zong mee met een liedje dat duidelijk een van haar lievelingsnummers was. Ze was ouder dan Emma. Ze had bruin haar. Hij kon merken dat ze zich nauwelijks bewust was van de wereld om haar heen. Emma zou zich net zo gedragen. Het was onwaar-schijnlijk dat ze zich verlaten of verloren zou voelen. Waar-schijnlijk had ze er niet eens erg in dat ze alleen was.

Toen hij Sue op de afgesproken plek bij de lift trof, schudde ze het hoofd.

'Ik breng het niet meer op,' zei ze.

Hij zei dat ze moest blijven staan waar ze stond.

Toen hij voor de derde keer de begane grond afspeurde, zag hij ineens een deur waar NOODUITGANG op stond. Die bood toegang tot een ruimte zonder ramen, maar met de af-metingen van een pakhuis, een reusachtig gewelf van gego-ten beton en metalen opbergsystemen, en daar, in het harde licht, tussen de schoonmaakmiddelen en de brandblussers, stond een meisje in een spijkerbroek en een roze T-shirt. Ze had haar armen in de lucht en deinde mee op de schelle mu-ziek, terwijl ze haar blik gericht hield op haar voeten, om te kijken of die wel deden wat ze moesten doen. Hij vroeg zich af of ze de oproep had gehoord. Als dat al het geval was, had ze waarschijnlijk gedacht dat er een direct verband was tussen het keer op keer noemen van haar naam en de num-mers die werden gedraaid. Ze dacht waarschijnlijk dat die muziek speciaal voor haar werd gedraaid. Ze zou het ge-voel hebben dat ze in het zonnetje werd gezet, en daardoor zou ze blijven dansen. In gedachten was ze op een feestje, of deed ze mee aan een show. Ze leek zich er in ieder geval niet van bewust in wat voor kille, ongewone omgeving ze zich bevond. Een paar tellen lang bleef Billy bij haar aanblik roerloos staan, op zo'n veertig meter afstand.

Sue stond bij de lift toen Billy met Emma kwam aanlopen. Aanvankelijk reageerde ze helemaal niet – ze had niet gedacht dat hij haar zou weten te vinden, misschien – maar toen liet ze zich op haar knieën vallen.

'Emma, Emma,' zei ze. 'Is alles goed?'

'Ik heb gedanst,' zei Emma.

Sue had haar dochter inmiddels in haar armen gesloten, en ze hield haar stevig vast. 'Ik dacht dat je verdwaald was. Ik wist niet waar je was.'

'Stout.' Emma had een ernstige blik in haar ogen, die ze had afgekeken van een lerares op school.

Sue liet een kort lachje ontsnappen en begon toen te huilen.

Billy zag Emma's gezicht boven Sues rechterschouder. Het strenge had plaatsgemaakt voor een blik vol medeleven, medelijden haast. Een van Emma's handen ging omhoog, bleef toen in de lucht hangen. Ze keek van heel dichtbij naar de zijkant van Sues hoofd en streelde toen voorzichtig, een beetje onhandig, Sues haar.

'Zo,' zei ze.

Ook nu weer was Billy als verlamd. Moeder en dochter in een innige omhelzing, onbekenden die hen aan twee kanten passeerden, nog even omkeken, waarschijnlijk wel aanvoelden dat er heftige emoties in het spel waren, maar niet het ware verhaal kenden – terwijl hij daar gewoon maar stond, en toekeek…

Er gebeurden voortdurend van dat soort dingen, leek het wel, of ze dreigden te gebeuren. Hij keek Eileen aan, alsof hij bevestiging zocht, maar hij praatte alweer verder voordat zij kans zag haar mond open te doen. Soms vloog het hem aan, zei hij, en dan reed hij uit zijn werk naar de riviermond van de Orwell. De gedachte om naar huis te moeten vervulde hem van angst. Of zoog alle energie uit hem. Een van de twee, hij wist het niet precies. Misschien wel allebei. Hij kwam er maar niet uit of hij geluk had gehad, of juist pech. Hij had geen helder beeld van wat zijn leven waard was. Meestal bleef hij wel een uur, of nog langer, aan de riviermonding, waar hij een soort nieuwe versie van zichzelf in elkaar probeerde te flansen. Niet dat die zou standhouden. Nou ja, in ieder geval niet langer dan een paar dagen – soms begon hij al scheuren te vertonen op het moment dat hij de voordeur opendeed. Er waren ook dagen dat hij gewoon maar wat in zijn auto zat en helemaal niet nadacht. Dan schakelde hij domweg zijn verstand uit. Of hij las over de vogels die op hun trek de riviermonding aandeden, en bedacht dat hij zelf niet zo heel veel anders was, hij ging tenslotte ook naar het water om op krachten te komen voordat hij verder ging. Hij kon Eileens zwijgen, vlak naast hem in de ruimte, bijna voelen. Hij kon maar niet besluiten wat hij haar al dan niet moest vertellen. Er leken geen barrières te zijn, geen grenzen. Toen hij een hand tegen zijn wang legde, voelde hij dat die nat was.

Eileen liep naar hem toe en legde een hand op zijn schouder.

'Het gaat wel weer,' zei hij. 'Niets aan de hand.' Hij glimlachte naar haar, door zijn tranen. 'Het is soms gewoon moeilijk, en we zijn geen van allen erg sterk, hè?'

'Nee,' zei ze zachtjes.

'Dank je, Eileen. Jezus.' Hij veegde met twee handen zijn gezicht droog. 'Ik heb gisteren helemaal niet geslapen, dat is alles. Normaal gesproken doe ik 's middags een dutje.'

'Je kunt maar het beste meteen naar bed gaan zodra je thuis bent,' zei Eileen. 'Dat geldt voor ons allemaal.' Ze haalde haar hand van zijn schouder en liep terug naar de muur.

'Ik heb waarschijnlijk te veel zitten piekeren,' zei hij, 'me van alles en nog wat in mijn hoofd gehaald...' Zijn blik dwaalde naar de gesloten koelcel. 'Phil zei dat jij de sleutel hebt.'

Ze knikte, klopte toen even op de zak van haar jasje. 'Die zit hier.'

'Maar je mag de koelcel zeker niet openmaken?'

'Niet zonder toestemming.'

'Dus je kunt hem ook niet even voor mij openmaken?'

'Nee.'

'Dacht ik al. Maar je wordt gewoon benieuwd, hè, als je hier zo de hele nacht zit…'

Er viel een stilte, en Eileen deed geen enkele moeite die te doorbreken.

'Heb jij haar ooit ontmoet?' vroeg Billy uiteindelijk.

'Een paar keer.' Eileen keek hem aan met dezelfde blik die hij had gezien in de ogen van anderen die nauw bij de hele operatie betrokken waren. Er school iets bedachtzaams in, en tevens iets van angst om te veel los te laten – allebei volkomen begrijpelijk gezien de omstandigheden – maar de blik had ook iets opgejaagds, hij was omgeven met een zeker schuldbewustzijn, alsof enkel en alleen het feit dat je met de kindermoordenares van doen had gehad, al was het nog zo vluchtig, betekende dat je jezelf blootstelde aan wantrouwen en verwijten, bijna alsof je zelf ook een misdaad had begaan.

'Wat was het voor iemand?' vroeg hij.

'Tja,' en nu dwaalde Eileens blik af, naar de andere kant van het mortuarium, 'ik ben nooit langer dan een paar minuten met haar in een ruimte geweest, en nooit alleen.' Ze zweeg even, alsof ze zocht naar een beeld dat haar nog helder voor ogen stond. 'Ik vond haar, hoe zal ik het zeggen, nogal fragiel…' Opnieuw een lange stilte, en toen keek ze Billy recht in zijn ogen. 'Als ik niet had geweten wat ze had gedaan…'

'Zou je hebben gedacht dat het een heel gewoon iemand was,' zei hij.

'Heel gewoon. Ja.' Eileen leek verbaasd dat hij haar te hulp was geschoten. Dankbaar. Maar toen deed ze een stap naar achteren, en een van haar handen schoot naar voren, met gespreide vingers, alsof ze iets op afstand probeerde te houden. Haar andere hand was naar haar gezicht gegaan.

'Eileen?' zei Billy. 'Is er wat?'

Ze gebaarde naar hem met de uitgestoken hand, maar ze keek hem niet aan, de rest van haar lichaam was verstijfd, zette zich schrap, volkomen roerloos. Toen nieste ze, vier keer snel achter elkaar.

'Gezondheid,' zei Billy.

Ze pakte een zakdoekje en snoot haar neus. 'Ik weet niet wat ik heb,' zei ze.

'Misschien komt het door de kou – het is hier sowieso kouder dan in de rest van het ziekenhuis.'

'Ja,' zei ze, terwijl ze zich naar de deur keerde, 'dat zal het zijn.'

Hoewel hij het heel goed bij het rechte eind kon hebben, had hij het merkwaardige gevoel dat hij haar een alibi verschafte – hun allebei, misschien wel. Minstens zo merkwaardig was het gevoel dat ze samenspanden. Heel even leek het alsof ze zich in een hachelijke situatie hadden bevonden en het er alleen levend hadden afgebracht doordat ze, op een bepaalde manier, hun krachten hadden gebundeld en hadden standgehouden.

Hij boog zich over het journaal.

'Je vertelt het toch niet verder, hè?' zei hij. 'Dat ik even – nou ja, je weet wel...'

Ze stond schuin voor hem, bij de deur. 'Nee, dat lijkt me niet nodig, hè?'

Ze zei het op achteloze toon en keek hem er bewust niet bij aan, zodat hij geen gezichtsverlies hoefde te lijden, en dat nam hem geweldig voor haar in.

Hij liep met haar mee naar de deur en wierp toen een blik op zijn horloge. Nog dertien minuten te gaan.

38

'En, is het een beetje te doen?'

Virus Malone stond net over de drempel van het mortuarium, met zijn handen in zijn zakken, zachtjes wippend op zijn hakken.

'Er waart hier een geest rond,' zei Billy.

Virus keek Billy onbewogen aan, alsof het slechts een kwestie van tijd was voordat Billy zijn opmerking weer zou intrekken.

'Als ze aan je verschijnt,' zei Billy, 'moet je heel rustig blijven. Ze zal proberen een gesprek aan te knopen. Niet op reageren. O, en zeg tegen haar dat ze hier niet mag roken. In het mortuarium wordt niet gerookt. Verboden.'

'Je bent niets veranderd.' Virus schudde het hoofd.

Hoewel de twee mannen halverwege de jaren negentig hadden samengewerkt, was Virus vlak voor het nieuwe millennium overgeplaatst naar de andere kant van het district, en ze hadden elkaar al een hele tijd niet gezien.

'Hoe is het in Newmarket?'

'De paardenrennen zijn echt te gek – en nou ja, het is er wel wat rustiger. Om te beginnen loop jij er niet rond...' Virus keek met een grijns naar de vloer en wreef met zijn hand in zijn nek – om de een of andere reden voelde hij zich altijd opgelaten als hij een grapje maakte – en liet zijn blik weer door de kamer glijden. 'Maar hoe is het nou echt?' zei hij.

'Je zit maar wat te zitten,' zei Billy. 'De tijd kruipt echt voorbij.'

Virus knikte. Nu kon hij zich dan eindelijk een beeld vormen van wat hij moest doen.

Billy maakte melding van zijn eigen vertrek, waarna hij de pen aan Virus gaf en zag hoe die noteerde dat hij het journaal overnam. *Ik ben agent James Malone...* Hij schreef met onverwacht kleine, precieze letters, die allemaal vooroverhelden, als mensen die het oog van een orkaan in liepen. Billy zwaaide zijn tas over zijn schouder. Bij de deur draaide hij zich om en zei: 'Zorg dat je nergens aankomt.'

Virus stak zijn middelvinger op, maar hij grinnikte erbij.

Op de gang hing een andere sfeer dan eerst. Er was een nieuwe dag aangebroken en de verpleegsters draafden af en aan. Sommigen duwden een karretje of een rolstoel; anderen hadden een status in hun hand. Het rook er naar ontbijt – ziekenhuisontbijt: slappe toast, thee die te lang heeft staan trekken, waterige roereieren. Terwijl hij naar de hoofdingang liep, had Billy er een dubbel gevoel over dat zijn dienst erop zat. Aan de ene kant moest hij nodig naar bed. De twaalfuursdienst na nauwelijks te hebben geslapen had hem heen en weer geslingerd tussen momenten van ongekende helderheid en plotselinge aanvallen van paniek en vertwijfeling. Hij kon nog altijd niet geloven dat hij zich zo had laten gaan in het bijzijn van Eileen Evans; hij hoopte van harte dat het verhaal zich niet als een lopend vuurtje zou verspreiden. Aan de andere kant was de operatie nog niet ten einde, en als hij niet ter plekke was zou het allemaal buiten hem om gaan. Hoewel hij zijn plaats kende – hij was maar agent, een klein radertje in het geheel – zou het een zekere bevrediging bieden om er tot het einde aan toe bij betrokken te zijn. Maar misschien had hij zich niet voldoende ingezet voor een dergelijke bevrediging. Misschien had hij die nergens aan verdiend, al met al.

Door de gesprekken met Phil Shaw en andere personeelsleden, zowel op het politiebureau als in het ziekenhuis, was hij aardig wat aan de weet gekomen over het verdere verloop van de dag. Hij wist dat er een begrafenisonderneming van dik driehonderd kilometer verderop was ingeschakeld – Sue had heel goed gezien dat het nog knap lastig zou zijn om een bedrijf te vinden dat bereid was zich over het stoffelijk overschot te ontfermen – en dat ze haar volgens planning die middag om vijf uur zouden komen halen. Terwijl het stoffelijk overschot, onder toeziend oog van Phil, werd overgebracht van de koelcel naar de kist zouden de politieauto's zich buiten opstellen. Het crematorium waarvan gebruik zou worden gemaakt lag ten noordwesten van Cambridge, ongeveer waar de A14 en de M11 elkaar kruisten. Met andere woorden, een dikke dertig kilometer van het ziekenhuis, en over de gehele lengte van de route zou het verkeer moeten worden geregeld. De tocht zou een minuut of veertig in beslag nemen. De lijkwagen zou nergens blijven stilstaan.

De uitvaart zou plaatsvinden om half acht, als het crematorium eigenlijk gesloten was. Bij de korte plechtigheid werd slechts een handjevol mensen verwacht. Ten gevolge van ziekte zou de moeder van de vrouw er niet bij zijn. Het stoffelijk overschot zou worden gecremeerd, en zodra de as was afgekoeld zou hij in een urn worden gedaan. Ook dan zou de rechercheur aanwezig zijn, die bij alle stadia van het proces een oogje in het zeil hield.

Tegen elven zou hij in een onopvallende auto het crematorium verlaten, met de urn. Hopelijk zouden tegen die tijd ook de laatste verslaggevers en andere nieuwsgierigen zijn vertrokken; er was een gure nacht voorspeld, mogelijk met regen, en met dat weer lag het niet voor de hand dat mensen bij het crematorium zouden blijven hangen. De rechercheur zou naar een geheime locatie rijden, waar hij de as zou overhandigen aan een niet nader genoemde derde.

Zodra hij de as uit handen had gegeven zou zijn taak – en die van de politie – erop zitten.

Toen Billy langs de cafetaria kwam, bleef hij even staan om een blik naar binnen te werpen, in de hoop meneer Prabhu nog een hart onder de riem te kunnen steken, maar die was er niet. Hij was vast in gesprek met een van de artsen, of anders was hij misschien ook naar huis gegaan om wat te slapen. Billy liep door, knikte even naar de twee vrijwilligers achter de balie en verliet het ziekenhuis.

Hij stond op het trapje naar het parkeerterrein en snoof de geur op van natte bladeren. Het was nog donker. In het noorden steeg witte rook op, van de suikerraffinaderij. Hij wist goeddeels wat de dag voor de politie in petto had, al waren er natuurlijk nog wel een paar vragen. Wie was die onbekende derde, om maar wat te noemen? En wie besliste waar de as van de vrouw zou worden uitgestrooid? Welk stuk land zou als neutraal genoeg worden beschouwd, of veerkrachtig genoeg, om te dienen als haar symbolische laatste rustplaats? Of zou ze worden uitgestrooid over het water? En zou het daarmee zijn afgedaan? Zou het dan eindelijk worden vergeten? Vergeven? Op geen van deze vragen wist Billy het antwoord. Hij kon slechts gissen. Hij herinnerde zich dat de as van de sigaret van de vrouw geruisloos in het afvoergootje was gevallen, en dat hij later nog eens goed naar het metalen rooster had gekeken, maar geen spoor van haar as had kunnen ontdekken, niet een enkel grijswit vlokje. Misschien zou het zo gaan. Geen echte rust vinden, maar in rook opgaan. Geen gemoedsrust, maar stilzwijgen.

Toen hij weer in zijn auto zat, keek Billy op zijn mobiele telefoon – geen nieuwe berichten – legde hem toen op de passagiersstoel en stak het sleuteltje in het contactslot. Hoewel het koud was besloot hij de verwarming niet aan te zetten; hij zou er alleen maar soezerig van worden. Als hij doorreed en er was niet al te veel verkeer op de weg kon hij op tijd bij de riviermond zijn om het water van kleur te zien veranderen – hoewel kleur een groot woord was, in november. Geleidelijk manifesteerde het water zijn aanwezigheid: van zwart naar leigrijs, of staalgrijs, soms zelfs zilvergrijs – alsof je naar een glazen tafelblad in een verduisterde ruimte keek. Maar hij was zijn belofte aan Sue niet vergeten, om samen te ontbijten. Hij zou hooguit een paar minuten blijven.

Hij verliet het ziekenhuisterrein. Woensdagochtend. In de meeste huizen waren de gordijnen nog gesloten. Over niet al te lange tijd zouden de kinderen rechtop in bed zitten, hun ogen uitwrijven, hun haar nog in de war. Over niet al te lange tijd moesten ze zich klaarmaken om naar school te gaan. Hij herinnerde zich het gespannen gevoel dat hij als klein kind had gehad – dat onbestemde, weeë gevoel… De korte dagen waren het moeilijkst: als je opstond was het donker en als je thuiskwam ook. De weg liep in een brede slinger naar beneden. Hij kwam langs een pub, een verlaten parkeerterrein, een speelplaatsje. Een rotonde, toen nog een. Hij zag het ook in de gezichten van andere automobilisten. Ze hadden allemaal iets verfomfaaids, iets pafferigs. Niet alleen de restanten van de slaap, maar een zekere kwetsbaarheid; je kon ze bijna zien slikken, met een droge keel, bij de gedachte aan wat hun te wachten stond nu ze weer wakker waren.

Hij gaf extra gas en voegde in op de A14, met de stad nu achter zich. Daar lag ook de suikerraffinaderij, met de dikke, roomkleurige rook die hij in zijn spiegeltje omhoog zag kringelen. Zijn oogleden waren zwaar. Hij draaide het raampje een centimeter naar beneden en er stroomde koude lucht de auto in. In westelijke richting stond een file. Maar in oostelijke richting was de weg helemaal vrij, op een vrachtwagen met een Nederlands nummerbord na.

Misschien kunnen we er even tussenuit…

Sue had vast moeten denken aan de vakantie vlak voordat ze zwanger werd van Emma. Toen ze in Amsterdam voor een coffeeshop stonden had Sue tot zijn grote schrik voorgesteld drugs te kopen. 'Maar ik zit bij de politie,' had hij gezegd. Ze had hem uitgelachen. 'Billy,' had ze gezegd, 'het is hier legáál.' Hoewel het hem niet lekker zat had hij haar het geld gegeven en haar zien verdwijnen door een deur van zwart glas. *Ik koop drugs*, ging het door hem heen. Toen realiseerde hij zich weer wat ze had gezegd. *Het is hier legaal.* Al klonken die woorden op de een of andere manier ongeloofwaardig. Maar goed, hij had wel ergere dingen gedaan…

Die middag reden ze naar de kust en parkeerden de auto op een weg met uitzicht op zee. Susie haalde een pakje vloei-tjes tevoorschijn en Billy stond opnieuw versteld, dit keer van haar bedrevenheid. Ze draaiden de raampjes dicht en staken de joint op. De auto vulde zich met rook. Het was zondag en er liepen allemaal gezinnetjes langs. Mensen met hondjes en kinderen.

'Het vóélt niet legaal,' zei hij, en hij liet zich nog iets ver-der onderuitzakken op zijn stoel.

Toen de joint op was, gingen ze een eindje over het strand lopen. Er stond een kille wind vanaf de Noordzee. De gol-ven sloegen stuk op het strand, als muren die instortten.

'Er gebeurt niets,' schreeuwde Billy, en hij hoorde zelf de opluchting in zijn stem.

Maar zodra ze het strand achter zich hadden gelaten be-gon hij onzin uit te kramen. Ze kregen de slappe lach, wat al jaren niet meer was voorgekomen. In een souvenirwin-keltje liep hij met acht chocoladerepen naar de kassa, maar vlak voordat hij moest betalen sloeg de twijfel toe. Hij gaf Susie een por en liet haar zien wat hij wilde kopen. 'Zou dit genoeg zijn?' vroeg hij.

Toen ze weer in Amsterdam waren, besloten ze naar de film te gaan. Ze zouden veiliger zijn in het donker, dach-ten ze, waar niemand hen kon zien. Ze kochten kaartjes voor *In the Name of the Father* en gingen op de voorste rij zitten.

Na een poosje boog Billy zich naar haar toe en fluisterde iets in haar oor. 'Ik begrijp helemaal niets van deze film.'

'Hij is nog niet begonnen,' fluisterde ze terug. 'Dit zijn de reclames.'

Toen de pub de lucht in vloog, moest Billy lachen. Hij kon het niet helpen. Het leek allemaal zo onecht, zo overdreven. Bespottelijk, eigenlijk.

'Er zijn mensen omgekomen,' hield Susie hem ernstig voor. 'In het echt.'

Billy kon niet meer ophouden met lachen, en ze werden verzocht te vertrekken.

Ze gingen terug naar hun hotel en namen een douche, waarna Susie haar teennagels lakte, wat een eeuwigheid leek te duren. Vervolgens gingen ze op bed televisie liggen kijken. Op een bepaald moment, toen Susie naar voren boog, viel haar ochtendjas open en zag Billy de welving van een borst, de onderkant, zwaar en zacht.

Toen viel hij, om onverklaarbare redenen, in slaap.

Hij werd midden in de nacht wakker, met een erectie. Susie was diep in slaap, één arm stak moederziel alleen onder het beddengoed uit. Zijn penis was stijver dan ooit, en hij wilde maar niet slapper worden, hoe lang hij ook wachtte. Uiteindelijk besloot hij bij haar naar binnen te gaan. Hij wist niet wat hij anders moest doen. Ze lag met haar rug naar hem toe, wat het makkelijker maakte, en ze was al nat, wat het nog makkelijker maakte. Het was bijna alsof ze hem verwachtte. Hij drong voorzichtig, haast stiekem, bij haar naar binnen en bleef toen liggen, zonder zich te verroeren. Hij voelde hoe de spieren binnen in haar zich spanden, hem vastklampten. Was ze dan toch wakker? Als dat het geval was, liet ze dat verder op geen enkele manier blijken. Hij kwam klaar zonder haar aan te raken, behalve op die ene plek. Alleen door aan haar te denken, door haar voor zich te zien – terwijl ze gewoon naast hem lag. Hij voelde het kloppen in zijn penis terwijl het sperma naar buiten spoot, maar zijn penis bewoog niet. Hij viel weer in slaap terwijl hij nog in haar zat.

De volgende ochtend ging ze rechtop in bed zitten en keek hem aan. 'Heb je het vannacht met me gedaan?'

Hij knikte.

'Ben ik wakker geworden?'

'Weet ik niet,' zei hij. 'Ik geloof van niet.'

Ze ging weer liggen, met haar hoofd op het kussen. 'Weet je, ik vind het niet erg. Ik vind het niet erg als je dat doet.' Ze staarde naar het plafond. 'Hoe was het?'

'Het was ongelooflijk,' zei hij. 'Het was alsof onze lichamen er helemaal niet waren, alleen de delen die elkaar raakten. Die waren volledig autonoom, en ze waren veel groter dan anders, en alles eromheen was donker, alsof ze zich in een grot bevonden...'

Susies hoofd draaide op het kussen, en ze keek hem weer aan. 'Volgens mij ben je nog steeds stoned,' zei ze.

Er klonk een droog geritsel en Billy wierp een blik over zijn schouder. Op de achterbank van de auto lagen alle kranten die hij dat weekend had gekocht, het papier wapperend in de tocht. Hij draaide het raam weer een beetje dicht, net genoeg om het geluid te doen ophouden.

Maar goed, Amsterdam.

Het was de eerste en de laatste keer geweest dat hij drugs had gebruikt, en hij had er geen spijt van gehad, nog geen seconde, maar als ze in de nabije toekomst weer naar Amsterdam zouden gaan, met Emma, zou het anders zijn dan toen. Het zou gewoon een voortzetting zijn van hun dagelijkse bestaan, maar dan op een andere plek. Wat Sue eigenlijk bedoelde, bedacht hij, was niet zozeer dat ze aan vakantie toe was, of dat ze terug wilde naar een plek waar ze ooit gelukkig waren geweest, maar dat ze iets hoopte terug te vinden van het vuur en de intensiteit die ze leken

252

te zijn verloren. Nou, hij wilde niets liever. Maar het zou niet makkelijk zijn. Sterker nog, hij vroeg zich af of het wel mogelijk was.

Op een voetgangersbrug voor hem had iemand met reusachtige letters BOEREN ZIJN BOOS geschreven. De Labourpartij was nu alweer vijf jaar aan de macht, en alle opwinding en optimisme waren inmiddels geluwd. De glans was eraf. Ze bemoeiden zich met van alles en nog wat, wilden de mensen voorschrijven hoe ze moesten leven. Waarom hielden ze zich niet bezig met de dingen waar een regering zich mee bezig diende te houden – gezondheidszorg, onderwijs, verkeersproblematiek – en lieten ze de rest rusten? Degene die verantwoordelijk was voor de graffiti had schade toegebracht aan openbaar bezit, maar Billy kon er niet mee zitten.

Hij wierp even een blik in zijn achteruitkijkspiegeltje en richtte toen zijn aandacht weer op de weg voor hem. Die was verlaten.

Toen een vrachtwagen, volgeladen met hout, die hij inhaalde.

Toen niets.

39

Op het moment dat hij over de top van een heuvel kwam, niet ver van Stowmarket, zag Billy onder zich de lichten van een benzinestation, waarop hij remde en de vierbaansweg verliet. De koude lucht was niet genoeg: hij had frisdrank nodig, iets met suiker erin, om wakker te blijven.

Hij parkeerde zijn auto bij de shop, ging naar binnen en pakte een energiedrankje en een krant. Hij had gehoopt dat Keith achter de kassa zou zitten – als Billy een avonddienst had gedraaid wipte hij vaak even bij Keith aan en kreeg dan een gratis broodje en een kop koffie – maar er zat een man die hij nog nooit had gezien, jong en te dik, met slap, donkerbruin haar en een soort gevlochten gouddraad bungelend in zijn rechteroor.

'Druk op de weg,' zei Billy. 'In westelijke richting, bedoel ik.'

De jongen keek niet eens op, hij knikte alleen maar.

'Ongeluk, schijnt het. Een vrachtwagen die zijn lading heeft verloren...'

'Wanneer?'

'Een uur geleden of zo.' Hij sloeg het drankje en de krant aan, wierp toen een blik door het raam, op de benzinepompen. 'Getankt?'

Billy schudde het hoofd. 'Nee.'

Achter hem stond een fruitautomaat die een reeks gedempte, onsamenhangende geluiden liet horen. Gehinnik van paarden, pistoolschoten – een Iers muziekje.

Hij stak een hand in zijn zak en haalde in één beweging een briefje van vijf pond en het visitekaartje van meneer Prabhu tevoorschijn. Hij legde het geld op de toonbank. 'Ik heb de hele nacht gewerkt,' zei hij. 'Ik hoop dat dit me een beetje een oppepper geeft.'

De man gaf Billy zijn wisselgeld en keerde zich van hem af.

De meeste ongelukken waren te wijten aan vermoeidheid, dacht Billy terwijl hij de shop uit liep – dat, of de aandacht die heel even verslapte. Enige tijd na Sues ongeluk, toen ze niet langer nachtmerries had, had hij gevraagd of ze een verklaring had voor wat er was gebeurd, in de veronderstelling dat ze het aan het verraderlijke weer zou wijten, of aan de stuurbekrachtiging, maar ze had gezegd dat het helemaal haar eigen schuld was. Ze had domweg de macht over het stuur verloren. 'Maar uitgerekend *voor Emma's school*?' had hij gezegd. Zelfs maanden later kon hij dat aspect van het ongeluk nog altijd niet bevatten. 'Dat is het nou juist,' zei Sue. 'Ik moest denken aan die keer dat ik met haar naar Whitby was, toen ik haar bijna…' Haar stem stierf weg, ze wilde – of kon – de zin niet afmaken.

Toen Billy naar zijn auto liep, zag hij dat het al licht begon te worden. De mist bleef hangen tussen de kale takken van de bomen die de ene helft van de A14 scheidden van de andere helft. In een opwelling pakte hij zijn mobiele telefoon en toetste het nummer in dat op het visitekaartje van de hifidealer stond.

Er werd vrijwel meteen opgenomen.

'Meneer Prabhu?' zei Billy. 'Met Billy Tyler. We hebben elkaar ontmoet in de cafetaria van het ziekenhuis.'

'Agent Tyler,' zei meneer Prabhu. 'Maar natuurlijk. Dus u heeft besloten van mijn aanbod gebruik te maken?'

Billy lachte. 'Nee. Eigenlijk vroeg ik me alleen maar af hoe het met uw vrouw gaat. Is alles goed met haar?'

'Ze is buiten levensgevaar, kan ik u gelukkig melden. De operatie lijkt geslaagd.'

'Fantastisch. Weet u, ik had u al eerder gezocht, om een uur of vier, en later weer, toen ik om zeven uur het ziekenhuis verliet, maar ik zag u nergens. Ik nam aan dat u naar huis was.'

'Nee, ik mocht op de afdeling blijven slapen – op een stoel. Ik verga van de pijn in mijn nek.'

'Nou ja, hoe dan ook,' zei Billy met een glimlach, 'ik ben blij te horen dat uw vrouw de operatie goed heeft doorstaan.'

'Aardig van u om even te bellen, agent Tyler. Hartelijk dank.'

'Nou, tot ziens dan maar, meneer Prabhu.'

'Tot ziens – en zorg dat u veilig thuiskomt.'

Billy verbrak de verbinding en voelde van binnen iets verslappen, iets dat daarvoor tot het uiterste gespannen was geweest. Hij had even iemand willen spreken, iemand die blij was zijn stem te horen. Hij had goed nieuws willen horen.

Hij liet de telefoon in zijn zak glijden en zette het flesje op het dak van de auto, keek toen even snel de krant door. En daar, op pagina 26, stond een foto van het crematorium waar het lichaam van de vrouw die avond verast zou worden. De kop luidde VLAMMEN VAN HET VAGEVUUR. Hij klemde de krant onder zijn arm, pakte het flesje frisdrank en dronk staande naast zijn auto. Na twee of drie flinke slokken legde hij zijn hoofd in zijn nek en keek naar de hemel. Weer een bewolkte dag. En dan ook nog eens zo'n dik wolkendek. Hij dacht aan alle mensen in vliegtuigen, die zich daarboven bevonden, en hij zou willen dat hij zelf ook naar boven kon worden geschoten, het wonderbaarlijke zonlicht in. Hij dronk zijn flesje leeg, gooide het in een vuilnisbak en stapte weer in zijn auto.

Tien minuten later kwam hij langs de afslag naar het

dorp waar hij woonde, met aan zijn rechterhand de ken-
merkende bakstenen muur van een Travel Inn-hotel, maar
hij verliet pas een paar kilometer verderop de vierbaansweg, bij de laatste afslag voor de brug over de Orwell. Toen
hij naar beneden reed zag hij in de diepte de haven van
Ipswich, met de jachthaven vol plezierjachten en de roer-
loze, donkerblauwe kranen. Hij nam de rotonde. Achter
een houten hek bij de werf brandde een vuurtje, en de rook
dreef over de weg. Het was een scherpe lucht, waaruit hij
afleidde dat er illegaal iets werd verbrand. Het rook naar
rubber – of plastic. Twee jaar eerder was zijn broer met
Kerstmis overgekomen uit San Francisco, waar hij inmiddels een succesvol kinderarts was, en Billy was samen met
Sue en Emma naar Runcorn gereden om hem op te zoeken.
Op kerstavond hadden ze tot laat aan de whisky gezeten, en
toen had Billy hem gevraagd wat hij zich nog van hun vader
kon herinneren.

'Weinig,' zei Charlie. 'Hij had me ooit een speelgoed-
saxofoon gegeven. Goudkleurig.' Hij liet de whisky ronddraaien in zijn glas. 'Ik heb hem verbrand.'

'Meen je dat nou?'

'In de tuin,' zei Charlie. 'Ik heb hem in het vuur gegooid.
Een paar tellen lang gebeurde er helemaal niets, toen werd
hij ineens helemaal slap. Het stonk verschrikkelijk.' Hij
nam een slokje van zijn whisky. 'Ik dacht altijd dat die stank
zijn ware aard toonde. Dat denk ik nog steeds, trouwens.'

'Weet je nog dat ik mijn tenen had gebroken?' zei Billy,
waarna hij het verhaal vertelde dat hij naar de Iron Door
was gegaan, in Liverpool.

'Echt?' zei Charlie. 'Heb je hem zien spelen?'

Billy knikte.

'Was hij goed?'

'Ik zou het niet weten,' zei Billy. 'Ik heb echt geen flauw
idee.'

Nu moesten ze allebei lachen, twee broers die elkaar zelden of nooit zagen, en het was zo'n ingehouden lach die maar niet ophoudt. Net als je denkt dat het over is, steekt hij weer de kop op.

Billy volgde de smalle weg die met de rivier meeliep. Hij moest Charlie binnenkort maar eens een keer opzoeken. Sterker nog, misschien was dat een goede vakantiebestemming. Niet naar Amsterdam, maar naar San Francisco. Hij zou natuurlijk wel moeten sparen – of lenen – maar stel je voor! San Franciso, met de straten die ineens de diepte in doken. Alcatraz, de Golden Gate-brug – de mist… Hij vond het zo'n goed idee van zichzelf dat hij zich iets minder schuldig voelde dat hij naar de riviermond was gegaan, en hij trapte het gaspedaal diep in en reed op hoge snelheid tussen de oprijzende betonnen stutten van de Orwell-brug door. Aan zijn linkerhand zag hij de vlakke, weidse slikgrond. Eb.

Er stond een aftandse, zilvergrijze Volvo op zijn plek, maar er was nog net voldoende ruimte overgelaten om zijn auto achteruit het parkeerhaventje in te draaien. Hij zette de motor uit, maar liet zijn sleutels in het slot zitten. Hij meende zich te herinneren dat de vrouw die de zwanen voerde een Volvo had. Maar ze kwam meestal pas later op de dag: hij zag haar altijd om een uur of drie 's middags, als hij een vroege dienst had gehad. Hij gaapte en liet zijn hoofd even tegen de hoofdsteun rusten.

40

Trevor bevond zich hoog boven hem in een half afgebouwd huis en was druk bezig een spijker in een dakspant te slaan. *Trevor?* riep hij. *Wat doe je?* Trevor keek naar beneden, zijn lichaam leek heel klein, alsof hij werd geplet door het gewicht van de helderblauwe lucht die hij op zijn schouders torste. Billy wilde dat Trevor naast hem op de grond kwam staan, maar het lukte hem maar niet Trevor dat duidelijk te maken. Trevor keurde hem geen blik meer waardig, laat staan dat hij iets tegen hem zei. Er kwam maar geen einde aan het gehamer – ontelbare spijkers die in ontelbare houten balken werden geslagen.

Billy's ogen gingen open. In paniek keek hij om zich heen. Hij was iets vergeten – of hij was ergens te laat voor. Nee, wacht. Hij zat in zijn auto. Hoewel alle raampjes waren beslagen, zag hij dat er iemand door het glas naar binnen tuurde. Verstijfd van de kou stak hij een arm uit en draaide het raampje aan de passagierskant naar beneden. Een breed gezicht, pijpenkrullen. Het was de vrouw die de zwanen voerde.

'Gaat het wel?' zei ze.

'Ja, hoor,' zei hij. 'Ik ben gewoon in slaap gesukkeld.'

'Je lichten zijn nog aan.'

'Je hebt gelijk.' Hij deed ze uit. 'Bedankt.' Hij gaapte, ging toen iets meer rechtop zitten. 'Hoe laat is het?'

'Tegen negenen.'

'Meen je dat nou? Jezus.' Hij wreef met zijn handen over zijn gezicht. Zijn huid voelde leerachtig en slap aan, en hij moest zich nodig scheren. 'Wat doe jij hier eigenlijk?' zei hij. 'Ik dacht dat je alleen maar 's middags kwam.'

'Normaal gesproken wel. Maar vandaag heeft mijn zoon een muziekuitvoering. Op school.' Ze keek langs hem, naar de achterbank. 'Is ze dood?'

Hij wierp een blik over zijn schouder. Boven op de stapel kranten van dat weekend lag de *Telegraph* van zaterdag, waarvan de halve voorpagina was ingeruimd voor de beroemde foto van de moordenares.

'Ze is vrijdag overleden,' zei hij.

'Dat wist ik helemaal niet.' Ze schudde het hoofd. 'Verschrikkelijk, wat zij heeft gedaan.'

Hij knikte afwezig.

'Dat soort mensen,' zei ze, 'volgens mij gooien die het op een akkoordje.'

Hij keek haar aan, de vrouw met de krullen en het brede gezicht, als een huis waarvan alle ramen zijn opengegooid. 'Hoe bedoel je?'

'Ze gaan verder dan wie ook, en daar moeten ze een prijs voor betalen.' Haar ogen dwaalden weer naar de foto achter hem. 'Vandaar die blik in haar ogen.' Ze keek Billy aan, met een bijna trieste glimlach. 'Je hebt geen idee waar ik het over heb, hè?'

'Ik geloof dat ik nog half slaap.'

Ze keek hem aan met een onverstoorbare, ietwat minzame blik, die hem duidelijk moest maken dat het niet aan zijn vermoeidheid lag.

Toen ze was weggereden, pakte hij de krant van de achterbank. Hij legde hem op het stuur en liet zijn ogen over het artikel op de voorpagina glijden. Er stond niets in wat hij nog niet wist. De toedracht van haar overlijden, een beschrijving van de bandopname. Een kort stukje over de houding van de moordenaars in de rechtbank. *Nors, uit-dagend. Onverschillig.* In zijn herinnering had men zich vooral opgewonden over de demonstratieve onverschilligheid, die werd gezien als een blijk van arrogantie, een duidelijke indicatie dat het stel in het strafbankje geen wroeging kende en geen respect, noch voor degenen die hen berechtten, noch – wat veel schokkender was, als het waar was – voor degenen die in hun handen waren gevallen. *Jullie doen maar*, leek hun stilzwijgen te zeggen. *Het laat ons koud.*

Zijn ogen gingen omhoog, naar het gezicht van de vrouw. Die blik, die steevast wezenloos werd genoemd. De hoeken van de zwarte mond licht opgetrokken, alsof ze de fotograaf maar een zwakkeling vond, op hem neerkeek. En toen, ineens, dacht hij wel ergens te begrijpen waar de zwanenvrouw op had gedoeld. De vrouw en haar geliefde hadden zich op terrein begeven waar niemand anders zich waagde. Waarschijnlijk zagen ze zichzelf als rebellen, durf-allen – pioniers. Met andere woorden: ze waren heel bijzonder. Uniek. En om dan te worden ingerekend, aangeklaagd, opgesloten... Dat moest allemaal nogal suf hebben geleken. Te saai voor woorden. Geen wonder dat ze er grappen over maakten toen ze elkaar schreven, ieder vanuit een eigen cel. Wat stelde het nou helemaal voor om berecht te worden? Waar ging het nou helemaal over?

Het werd tijd om naar huis te gaan, dat wist hij ook wel, maar hij moest eerst nog iets anders doen. Hij vouwde de *Telegraph* dubbel en stapte uit. Het was nog altijd een grijze ochtend, de hemel had de kleur van een gloeilamp die niet brandde. De slibvlakten glinsterden. Aan de rivieroever gleden meeuwen door de lucht, hun vleugelpunten leken vlak langs het land te scheren. Hij deed het achterportier open en graaide de overige kranten bij elkaar, deed toen de auto op slot en liep door het gras in de berm. Het zou niet al te veel tijd in beslag nemen, dacht hij. Nog los van alles zou hij het er weer warm van krijgen. Zou zijn bloed weer gaan stromen.

De weg maakte een slinger naar rechts, toen naar links en toen weer naar rechts, vlak voordat hij onder de brug door ging. In een van de bochten stond een vrijstaand, rood huis, met sparren in de tuin, en als hij het zich goed herinnerde was net even verderop een bushalte. Hij liep stevig door, tegen eventueel aankomend verkeer in, de kranten onder zijn arm geklemd. Hij hield zijn blik strak naar de grond gericht. Hoewel het met gras begroeide talud iets hoger lag dan de weg, schurkte het ertegenaan, en zo nu en dan werd Billy bijna omvergeblazen door de zuiging van een passerende auto. Hij zag een kobaltblauwe Cortina voor een witte muur. Hij zag het hoofd van een jongen onder het gladde, donkere water van een stuwmeer verdwijnen. Hij zag een vrouw met een zwarte pruik, die een sigaret rookte. De beelden hielden allemaal verband met elkaar.

Een keer wierp hij een blik over zijn schouder. Zijn auto was tot speelgoedformaat gekrompen.

Nog voordat hij bij het huis was, kwam hij langs een grijze, verrijdbare vuilnisbak. Hij stond aan de rand van een parkeerhaventje en hij was met een ketting met hangslot aan een metalen paal bevestigd. De woorden op het deksel – GEEN TUINAFVAL – waren voor de helft aan het oog onttrokken door vogelpoep. Dit was niet de vuilnisbak die hij zich herinnerde, en hij stond ook niet op de plek die hij in gedachten had. Hier had Billy ook wel met de auto kunnen komen. Nou ja. Hij tilde het deksel op en keek erin. Kartonnen Big Mac-verpakkingen, een KitKat-wikkel, de restanten van een Happy Meal. Een samengeknepen colablikje. Het landelijke voedselpatroon in een notendop.

Toen hij zijn stapel kranten in de vuilnisbak kieperde, bleef de *Telegraph* van die zaterdag bovenop liggen. Het gezicht van de vrouw keek naar hem op, koppig, uitdagend, alsof ze hem tot actie wilde aanzetten. Hij legde de krant

ondersteboven en duwde hem zo diep mogelijk weg, waarna hij het deksel dichtsloeg en een stap naar achteren deed.

Hij keek om zich heen.

Het was nog altijd een grijze, regenachtige dag. Het verkeer denderde over de imposante boog van de brug. Voor
hem, op iets van honderd meter afstand, draaide een jacht
heel langzaam rond op het water, tegen de wijzers van de
klok in. De man die in de grond spitte, op zoek naar zagers
en scheermessen, had hem verteld wat dat betekende.

Het tij begon te keren.

41

Er stoof een Mercedes langs, en één blik op de jonge blonde vrouw achter het stuur vertelde hem alles over haar leefwijze, haar financiële positie, haar vastberadenheid. Billy wierp een blik op zijn horloge. Het was half tien. Vijf minuten om bij zijn auto te komen, dan nog een kwartiertje rijden. Hij kon voor tienen thuis zijn.

Toen hij haastig de parkeerplaats verliet, zakte zijn linkervoet weg in een kuil in het met gras begroeide talud en hij viel, rolde van de helling en kwam ongelukkig terecht aan de oever van de rivier. Hij had zich niet bezeerd, maar zijn broek zat onder de modder en er was water in een van zijn schoenen gelopen. Hij zat er nog steeds, nauwelijks in staat te bevatten wat er was gebeurd, toen zijn mobiele telefoon ging. Hij hoefde niet eens te kijken om te weten dat het Sue was. Ze had Emma naar school gebracht en bij thuiskomst een leeg huis aangetroffen. Ze vroeg zich natuurlijk af waar hij bleef.

Met zijn linkerhand, die veel minder modderig was, viste hij de telefoon uit zijn zak. 'Sue, ben jij het?'

'Billy,' zei ze, 'waar zit je?'

Hoofdschuddend krabbelde hij overeind. 'Ik ben op weg naar huis.' En toen, nog voordat ze iets kon zeggen: 'Heb je mijn berichtje trouwens nog gekregen?'

'Nee.'

'Ik heb je een sms'je gestuurd – gisteravond...'

'Ik heb nog niet op mijn telefoon gekeken. Wat had je geschreven?'

'Ik hoopte dat we samen konden ontbijten,' zei hij.

'Ben je niet te moe?'

Hij glimlachte. 'Nee.'

'Wanneer ben je thuis?'

'Over twintig minuten. Misschien iets eerder.'

Zodra Sue had opgehangen, veegde hij de modder van zijn telefoon en deed hem weer in zijn zak, waarna hij naar zijn broek keek. Wat een smeerboel. Hij zou zijn uniform naar de stomerij moeten brengen. Maar goed, hij hoefde in ieder geval tot zondag niet te werken. Vier dagen vrij – en hij was er hard aan toe. Misschien kon hij in het weekend met Sue en Emma naar dat dorpje gaan dat helemaal op de punt van het schiereiland lag. Er was daar een pub – de huppeldepup Arms. Daar zouden ze een broodje kunnen eten. Hij zag het al helemaal voor zich: de geur van houten meubels, van boenwas, zwemend naar zweetlucht, bijna menselijk, glazen bier en kabeljauw in deeg, het donkere, grijsgroene water vlak voor de deur. Na afloop zouden ze misschien langs het strand kunnen lopen, en als hij heel goed oplette, kon hij met een beetje geluk misschien een tureluur of een grutto ontdekken, en dan zouden zij zich erover verbazen dat hij de naam van een vogel wist. Nou ja, Sue zou zich er in ieder geval over verbazen. Emma's reacties waren moeilijker te voorspellen. Hij vroeg zich af wat ze zou zeggen als ze hem nu kon zien. *Vies.* Het woord zou uit volle borst worden geroepen. Ze zou haar hoofd uitdagend schuin houden en waarschijnlijk haar handen in haar zij zetten. *Vieze papa.* Hij moest onwillekeurig lachen.

Zondagavond had hij Emma in bad laten zitten terwijl hij even naar beneden was gegaan om te kijken of hun eten niet aanbrandde. Maar toen hij in de keuken stond was hij in paniek geraakt, had haar in gedachten zien verdrinken, en hij was de trap weer op gerend en de badkamer in gestormd.

'Stil,' zei Emma met die toonloze stem van haar. 'Te hard.' Zonder bril was ze heel erg bijziend, en haar ogen hadden een wezenloze uitdrukking die kil, haast vijandig kon overkomen.

Grinnikend zei hij 'sorry' en ging op de grond naast het bad zitten.

'Dat is beter,' zei ze.

Later, toen hij de stop eruit trok, draaide ze zich om, zodat haar hoofd dichter bij de kranen was. Ze lag op haar buik te kijken hoe het water in de afvoer verdween. Ze steunde op haar ellebogen, haar kin in haar handen, en ze straalde een ongekende concentratie uit, alsof ze een zeldzaam natuurverschijnsel bestudeerde.

Ze zou nooit iets bestuderen, natuurlijk.

Op dat moment had hij zich afgevraagd hoe haar leven eruit zou zien. Wat zouden Sue en hij over haar toekomst beslissen?

Zou ze altijd thuis blijven wonen, bij hen? Wie zou er voor haar zorgen als zij dood waren?

Of zou zij, met haar gebrekkige hart, als eerste sterven?

Hij legde zijn onderarmen op de rand van het bad en liet zijn kin erop rusten. Hij keek ook hoe het bad langzaam leegliep. Hij zag haar hoofd in heel kleine cirkeltjes ronddraaien, gelijk op met de miniatuurdraaikolk die ontstond doordat het water het gat in werd gezogen. De merkwaardige geluiden die het maakte, fluitend en gorgelend...

Na lange tijd keek Emma naar hem op.

'Weg,' zei ze.

Toen hij zijn dochter zo languit in bad zag liggen viel het hem op hoe sterk haar lichaam was, hoe goed gebouwd – haar huid zo glanzend en roze, zo gaaf.

'Je bent prachtig,' zei hij.

Ze klom uit bad en ging voor hem op de mat staan, haar armen iets van haar lichaam af.

'Afdrogen.'

Wat vond ze het toch heerlijk om te commanderen! Hij pakte de handdoek die over de radiator hing, zodat hij lekker warm was.

Toen hij voor haar knielde en haar benen droogwreef, legde ze een hand op zijn hoofd, bukte en keek hem recht aan.

'Papa,' zei ze.

Dankwoord

Ik ben veel dank verschuldigd aan het West Suffolk Hospital in Bury St Edmunds, en aan de diverse agenten van de politiekorpsen Suffolk en Cheshire, en aan het personeel van het Cambridge City Crematorium, want zonder hun geduld, hulpvaardigheid en vakkennis had dit boek nooit geschreven kunnen worden.

Over de auteur

Rupert Thomson is in 1955 geboren in Eastbourne en woont in Barcelona met zijn vrouw en zijn dochter. Hij heeft zeven zeer goed ontvangen romans op zijn naam staan, waaronder *Lucht en vuur* en *Met open ogen*, genomineerd voor respectievelijk de Writer's Guild Fiction Prize en de *Guardian* Fiction Prize. *The Book of Revelation* (*De ontlading*) is onlangs verfilmd door Ana Kokkinos.